ANTOLOGÍA DE RELATOS ROMÁNTICOS

TORMENTOSOS

T0051523

ALMA CLÁSICOS ILUSTRADOS

ANTOLOGÍA
DE
RELATOS
ROMÁNTICOS

TORMENTOSOS

Ilustrado por
Holly Jolley

Títulos originales: *The Adventure of the German Student, Die Zauberei im Herbste, The Dream, Метель, Un Bal masqué, Eleonora, Right at Last, Les Trois oranges d'amour, La Morte amoureuse, L'Inconnue, An Imaginative Woman, The Friends of the Friends, Les Fraises, Au bois, The Nitghtingale and the Rose, После театра, Flower O' the Quince, A Service Of Love, The Singing Lesson*

© de esta edición:
Editorial Alma
Anders Producciones S.L., 2021
www.editorialalma.com

○ @almaeditorial
f @Almaeditorial

© de la selección y prólogo: Blanca Pujals

© de la traducción:
La aventura de un estudiante alemán, Eleonora, Por fin se hace justicia, Una mujer soñadora, Los amigos de los amigos, El ruiseñor y la rosa, La flor del membrillo, Un sacrificio por amor, Lección de canto: Laura Fernández
La muerta enamorada, La desconocida, Las fresas, En el bosque: Jaume Ferrer
La tempestad, Después del teatro: Jorge Ferrer
Hechizo de otoño: Vera Von Kreutzbruk
El sueño: Jorge Rizzo

© de las ilustraciones: Holly Jolley

Diseño de la colección: lookatcia.com
Diseño de cubierta: lookatcia.com
Maquetación y revisión: LocTeam, S.L.

ISBN: 978-84-18008-03-0
Depósito legal: B122-2021

Impreso en España
Printed in Spain

Este libro contiene papel de color natural de alta calidad que no amarillea (deterioro por oxidación) con el paso del tiempo y proviene de bosques gestionados de manera sostenible.

Índice

Prólogo

¡Pero él no era ningún desconocido! Conocía sus pensamientos y sentimientos tanto como los suyos propios; de hecho, eran los mismos pensamientos y sentimientos que los suyos, de los que su marido carecía, quizá por suerte para él, teniendo en cuenta que debía encargarse de sufragar los gastos de la familia.
—Él está más cerca de mi verdadero yo, está más conectado conmigo que Will, aunque no le haya visto nunca —dijo.

THOMAS HARDY, *Una mujer soñadora*

Querido lector:

Si tienes este libro entre tus manos es porque, como la protagonista de la historia de Thomas Hardy, eres una persona soñadora y romántica, que cree que el amor es un sentimiento sublime; un entendimiento entre dos almas sensibles que comparten pensamientos, inclinaciones y gustos en poesía y música, y una pasión capaz de luchar contra todos los obstáculos, aunque no siempre pueda superarlos, pues el amor no siempre tiene un final feliz. El amor romántico es tormentoso, apasionado, imposible... pero eterno. Y tú, como buen lector romántico, sufres con los padecimientos de los protagonistas. Por eso hemos preparado esta selección para ti, para que te emociones con estas historias, para que sientas el amor romántico y tormentoso que corre por las venas de los personajes que aman y sufren entre estas páginas.

Si nos preguntan qué nos evoca la palabra «romántico» lo primero que nos viene a la cabeza es amor, pasión, deseo, afecto, destino... Sin embargo, cuando la buscamos en el diccionario de la Real Academia, hasta la tercera acepción no encontramos términos como «sentimental, generoso y soñador»; los románticos son para la Academia, en primera instancia, pertenecientes o seguidores del Romanticismo. En esta antología hemos querido unir estas dos acepciones, con relatos pertenecientes al Romanticismo y con el amor como hilo conductor.

Que nuestra selección de relatos de amor se centre en el Romanticismo tiene su razón de ser, pues hasta esa época no se podía hablar de sentimientos de una manera sincera e íntima. La nueva tendencia nace al grito de *Sturm und Drang,* es decir, tormenta e ímpetu; con este movimiento precursor del Romanticismo se concedió a los artistas la libertad de expresión, la subjetividad individual y la emoción en contraposición a las limitaciones impuestas por el racionalismo de la Ilustración. Fue el *Sturm und Drang* el que estableció como fuente de inspiración el sentimiento en vez de la razón, y por eso hemos querido honrar también a este célebre movimiento en el título de esta antología de relatos de amor romántico tormentoso.

El Romanticismo supuso un giro de 180 grados respecto a los valores proclamados durante el siglo precedente: la razón ya no era suficiente para explicar la dureza de la realidad, por lo que los románticos se refugiaron en los ideales y se centraron en los sentimientos del ser humano. Durante el clasicismo, el paradigma había sido la Antigüedad clásica. Los románticos, en cambio, se fijan en la Edad Media, y muchos de sus relatos están ambientados en esa época; los protagonistas son príncipes y princesas, condes, hadas…, y se desarrollan en fantásticos castillos y bosques impenetrables. El autor romántico busca escapar de la realidad inmediata, que lo abruma y lo angustia, por ello sitúa sus historias en épocas pasadas y lugares más agrestes donde el hombre aún no ha dominado la naturaleza. Se pasa de los jardines franceses versallescos a los bosques silvestres alemanes, lugares propicios para la introspección, la melancolía y la nostalgia; nostalgia de paraísos perdidos. La naturaleza adquiere un rol destacado como fuerza viva por encima de los designios humanos.

Para los escritores, el Romanticismo supone una verdadera revolución: dejan de guiarse por las estrictas normas de los cánones imperantes hasta el momento y adoptan un nuevo criterio de autenticidad y de belleza supeditado a los mandatos del corazón. La vivencia de la lectura cambia, al igual que la relación con el lector, que ya no es adoctrinado, ni se limita a contemplar con admiración las hazañas de los protagonistas. A partir de ahora se vive la experiencia de un alma ajena que nos ayuda a ahondar en la nuestra. El narrador adquiere una nueva voz que nos habla con viveza y desde dentro, sin seguir la tradición clasicista, ni imitando fórmulas antiguas; una voz única e individual dotada de imaginación, fantasía y sentimientos, frente a la universalidad de la razón dieciochesca.

Para la mujer también supuso un cambio radical: las autoras empiezan a escribir sin pseudónimo y las mujeres empiezan a aparecer en roles protagonistas. En la sociedad ilustrada, a la mujer no se le daba ninguna importancia, sus deseos y anhelos eran irrelevantes y simplemente se ignoraban. Con el Romanticismo la mujer empieza a desarrollarse dentro de la literatura, puede expresar sus pensamientos y sentimientos, adquiere por fin una voz gracias a autoras que abanderaron este movimiento literario feminista, como Mary Shelley o Emilia Pardo Bazán, que por supuesto se ven representadas en esta antología.

El Romanticismo no fue un movimiento que se desarrollara únicamente en Alemania o Inglaterra, sino un fenómeno mundial con el que se identificó toda una generación que no se entendía con la de sus padres, que no se sentía identificada ni con la Ilustración ni con los valores que representaba. En el Romanticismo vieron reflejada su manera de entender la vida y el amor. Por ello hemos seleccionado textos de autores de distinta procedencia: Alemania, Inglaterra, España, Rusia, Francia..., para que disfrutes de historias románticas con prismas culturales diversos.

Pero si algo tienen en común los románticos, independientemente de su procedencia, es que defienden la singularidad de los sentimientos, cada enamoramiento es particular y único. Hay amores felices, amores no correspondidos, amores imposibles, amores dulces, amores fatuos, amores fatídicos, amores tortuosos, amores trágicos... y en esta antología encontrarás buena muestra de ello.

Esperamos, querido lector, que este libro te acompañe en los días de pasión y de tormenta.

BLANCA PUJALS

La aventura de un estudiante alemán

Washington Irving
(1783-1859)

Una noche de tormenta, durante la tempestuosa época de la Revolución francesa, un joven alemán regresaba a su alojamiento a altas horas de la noche cruzando la parte vieja de París. Los relámpagos iluminaban el cielo y el estallido de los truenos resonaba por las imponentes calles estrechas... Pero primero debo decir algo acerca de este joven alemán.

Gottfried Wolfgang era un joven de buena familia. Había estudiado unos años en Gotinga, pero como poseía un espíritu visionario y entusiasta, se había dedicado a esas doctrinas insólitas y especulativas que durante tanto tiempo han fascinado a los estudiantes alemanes. Su vida solitaria, su gran dedicación y la singular naturaleza de sus estudios repercutieron tanto en su mente como en su cuerpo. Empezó a tener problemas de salud y su imaginación enfermó. Llevaba tiempo entregado a especulaciones fantasiosas sobre la esencia del espíritu, hasta que, como Swedenborg, se encerró en un mundo ideal propio. Nadie sabe por qué, pero se convenció de que pendía sobre él alguna influencia maligna, que un genio o un espíritu maléfico quería apoderarse de él y arrastrarlo a la perdición. Esa idea produjo unos efectos de lo más sombrío sobre su temperamento melancólico. Se le veía abatido. Sus amigos se dieron cuenta de que su salud mental peligraba y decidieron que el mejor remedio era un cambio de aires, así que lo mandaron a terminar sus estudios a la alegre y esplendorosa ciudad de París.

Wolfgang llegó a París cuando estalló la revolución. Al principio, el delirio popular captó la atención de su espíritu entusiasta, y se sintió cautivado por las teorías políticas y filosóficas de la época, pero las sucesivas escenas sangrientas hirieron su sensibilidad y, disgustado con la sociedad y con el mundo, se recluyó más que nunca. Se encerró en un apartamento solitario del Barrio Latino, el barrio de los estudiantes. Allí, en una calle lúgubre no muy lejos de las monásticas paredes de la Sorbona, continuó entregándose a sus estudios preferidos. A veces pasaba horas en las enormes bibliotecas de París, esas catacumbas de autores desaparecidos, revolviendo montones de obras polvorientas y obsoletas en busca de alimento para su apetito enfermo. En cierto modo, era como un demonio necrófago que se alimentaba en el osario de la literatura putrefacta.

A pesar de llevar una vida solitaria y recluida, Wolfgang tenía un temperamento ardiente que durante mucho tiempo solo actuaba en su mente. Era demasiado tímido e inexperto como para hacer proposiciones a alguna joven, aunque era un apasionado admirador de la belleza femenina y, a solas en su habitación, solía soñar con las siluetas y rostros que había visto, y su imaginación creaba imágenes encantadoras que superaban la realidad.

Mientras su mente se encontraba en tal estado de excitación tuvo un sueño de efectos extraordinarios. Se trataba de un rostro femenino de una belleza excepcional. El impacto fue tal que lo soñó una y otra vez. De día rondaba sus pensamientos y de noche, sus sueños, y al final se enamoró apasionadamente de esa sombra de sus sueños. Tanto duró que se convirtió en una de esas ideas fijas que atormentan las mentes de los hombres melancólicos y que, en ocasiones, se confunden con la locura.

Así era Gottfried Wolfgang y esa era su situación en aquel momento. Regresaba a su apartamento una noche de tormenta por las viejas y sombrías calles del Marais, la parte antigua de París. Los truenos resonaban con fuerza en los altos edificios de aquellas angostas callejuelas. Llegó a la Place de Grève, la plaza donde se celebraban las ejecuciones públicas. Los relámpagos temblaban sobre los pináculos del antiguo Hôtel de Ville y los rayos centelleaban en el espacio abierto. Mientras cruzaba la plaza, Wolfgang se apartó horrorizado al advertir que estaba muy cerca de la guillotina. El reinado del terror estaba en su momento de apogeo, ese terrorífico instrumento mortal siempre estaba preparado y en el cadalso no paraba de correr la sangre de los virtuosos y los valientes. Ese mismo día se había utilizado extensamente para una nueva carnicería, y allí seguía, cruel, preparada, en medio de la ciudad silenciosa y dormida, aguardando nuevas víctimas.

A Wolfgang se le encogió el corazón. Ya se alejaba, temblando, del terrible artefacto cuando vio una sombra agachada a los pies de los escalones que conducían al cadalso. Una sucesión de relámpagos le permitió verla con mayor claridad, era una mujer vestida de negro. Estaba sentada en uno de los primeros escalones del cadalso, inclinada hacia delante, con el rostro escondido en el regazo. Las trenzas, largas y despeinadas, le llegaban hasta el suelo empapadas con la lluvia que caía a mares. Wolfgang se detuvo. Había algo espantoso en aquel solitario monumento de dolor. Por su aspecto parecía pertenecer a una clase acomodada. Wolfgang sabía que era una época de grandes altibajos y que más de una hermosa cabeza que antes había descansado sobre almohadones de plumas, ahora vagaba desprovista de hogar. Quizá se tratara de alguna pobre plañidera a quien la terrible cuchilla hubiera dejado desamparada, con el corazón destrozado y separada de sus seres queridos, arrojados a la eternidad.

Se acercó y le habló en tono compasivo. Ella levantó la cabeza y le miró de forma salvaje. ¡Cuál fue su asombro al advertir, a la brillante luz de un relámpago, que se trataba del mismo rostro que le perseguía en sueños! Estaba pálido y desconsolado, pero era arrebatadoramente hermoso.

Wolfgang volvió a acercarse a ella temblado y preso de violentas emociones encontradas. Le habló de andar por la calle a esas horas de la noche a merced de aquella furiosa tormenta y se ofreció a acompañarla a casa de sus amigos. Ella señaló la guillotina.

—¡No tengo a nadie en el mundo! —exclamó.

—Pero tiene un hogar —respondió Wolfgang.

—Sí, ¡en la tumba!

Al escucharla, se le encogió el corazón.

—Si un desconocido puede haceros un ofrecimiento sin peligro de ser malinterpretado —dijo Wolfgang—, os ofrezco mi humilde apartamento como refugio y también mi devota amistad. Yo tampoco tengo amigos en París y soy extranjero en este país, pero si mi vida puede seros de utilidad está a vuestra disposición, y la sacrificaría antes de causaros algún daño o deshonra.

Había tanta sinceridad en la actitud del joven que sus palabras surtieron efecto. Su acento extranjero también le favorecía, pues demostraba que no era el clásico habitante de París. Ciertamente, no debe ponerse en duda la elocuencia del verdadero entusiasmo. La desconocida se entregó sin reservas a la protección del estudiante.

El muchacho acompañó sus pasos vacilantes a través del Pont Neuf por el lugar donde el pueblo había derribado la estatua de Enrique IV. La tormenta había amainado y los truenos rugían a lo lejos. París estaba en calma; ese gran volcán de pasiones humanas descansaba mientras recuperaba fuerzas para la explosión del día siguiente. El estudiante llevó a la muchacha por las antiguas calles del Barrio Latino y junto a los oscuros muros de la Sorbona hasta llegar al sórdido hotel donde vivía. La vieja portera que les abrió se quedó mirando sorprendida aquella inusual imagen del melancólico Wolfgang con compañía femenina.

Al entrar en el apartamento, el estudiante se avergonzó por primera vez de la miseria y mediocridad del lugar donde vivía. Solo había una habitación, un salón anticuado lleno de grabados y fantásticamente amueblado con los restos de su antigua magnificencia, pues era uno de esos hoteles que había pertenecido a la nobleza. Estaba repleta de libros, papeles y todo lo que suele necesitar un estudiante, y su cama estaba en un rincón al fondo.

Cuando encendió la luz y Wolfgang tuvo la oportunidad de contemplar a la desconocida, se quedó más prendado que nunca de su belleza. Tenía la tez pálida, pero también una hermosura arrebatadora que su abundante cabellera negra resaltaba. Sus ojos eran grandes y brillantes, con una expresión casi salvaje. Por lo que se adivinaba de su figura oculta bajo el vestido negro, mostraba una perfecta simetría. En general, su apariencia era absolutamente deslumbrante, aunque su ropa y su estilo eran sencillos. Lo único que llevaba y que parecía un adorno era una cinta ancha y negra en el cuello con diamantes engastados.

El estudiante empezó a preguntarse cómo podía ayudar a aquel ser indefenso ahora bajo su protección. Pensó en cederle su habitación y buscar otro alojamiento, pero estaba demasiado fascinado por sus encantos. Parecía que hubieran hechizado sus pensamientos y sentidos, y no se veía capaz de separarse de ella. Su actitud también era singular e indescriptible. Ya no volvió a mencionar la guillotina. Ya no se la veía tan triste. Con sus atenciones, el estudiante se ganó primero su confianza y luego, por lo visto, su corazón. Era evidente que ella tenía un espíritu tan entusiasta como él, y las personas con el mismo espíritu congenian enseguida.

Llevado por la pasión del momento, Wolfgang le confesó su amor. Le habló de su misterioso sueño y de cómo se había apoderado de su corazón antes incluso de haberla conocido. Ella se sintió extrañamente conmovida por su confesión y reconoció haber sentido un impulso hacia él igual de inexplicable. Había llegado el momento la época de las teorías arriesgadas y las acciones impetuosas. Se eliminaban los viejos prejuicios y las supersticiones, todo estaba bajo el dominio de la «diosa de la razón». Entre otros desvaríos de los viejos tiempos, los formalismos y las ceremonias del matrimonio empezaron a considerarse vínculos innecesarios para mentes honorables. El pacto social estaba de moda. Wolfgang era demasiado teórico como para no sentirse tentado por las doctrinas liberales de la época.

—¿Por qué deberíamos separarnos? —dijo él—. Nuestros corazones están unidos; a los ojos de la razón y del honor somos como un único ser. ¿Qué necesidad tenemos de sórdidos formalismos para unir nuestras almas?

La desconocida lo escuchaba emocionada, era evidente que pertenecía a la misma escuela.

—No tenéis hogar ni familia —prosiguió él—. Permitid que yo lo sea todo para vos, o mejor aún, seámoslo todo el uno para el otro. Si los formalismos son necesarios, los respetaremos. Tomad mi mano, me entrego a vos para siempre.

—¿Para siempre? —dijo la desconocida con solemnidad.

—¡Para siempre! —repitió Wolfgang.

La desconocida tomó la mano que él le tendía.

—Entonces soy vuestra —murmuró, y se apoyó sobre su pecho.

A la mañana siguiente, el estudiante dejó a su esposa durmiendo y salió a primera hora en busca de un apartamento más espacioso que se adaptara a su cambio de situación. Cuando regresó se encontró a la desconocida tendida con la cabeza fuera de la cama y el brazo colgando. Le habló, pero no recibió ninguna respuesta. Se acercó a ella para despertarla de su incómoda postura. Al tomar su mano notó que estaba fría, no tenía pulso, su rostro estaba pálido y cadavérico. Estaba muerta.

Horrorizado y fuera de sí, llamó a toda la casa. A continuación, se produjo una escena de gran confusión. Llamaron a la policía. El oficial de policía entró en la habitación y examinó el cadáver.

—¡Cielo santo! —exclamó—. ¿Cómo ha llegado esta mujer hasta aquí?

—¿La conoce? —preguntó Wolfgang con impaciencia.

—¿Que si la conozco? —exclamó el oficial—. La guillotinaron ayer.

Dio un paso adelante, le desató la cinta que llevaba en el cuello y la cabeza salió rodando por el suelo.

El estudiante se volvió loco.

—¡El diablo! ¡El diablo me ha poseído! —gritó—. ¡Estoy perdido para siempre!

Intentaron tranquilizarlo, pero fue en vano. Estaba convencido de que un espíritu malvado había reanimado el cadáver para apoderarse de él. Enloqueció y murió en un manicomio.

Así terminó el relato del anciano loco.

—¿Esto ocurrió de verdad? —preguntó el caballero.

—Sin ninguna duda —respondió el otro—. Lo sé de buena tinta, me lo contó el mismísimo estudiante. Lo conocí en un manicomio de París.

Hechizo de otoño

JOSEF FREIHERR VON EICHENDORFF
(1788-1857)

Mientras cazaba durante una tarde soleada de otoño, el caballero Ubaldo se alejó de sus compañeros. Cabalgando por las montañas boscosas y solitarias, vio avanzar hacia él a un hombre vestido con ropas extrañas y coloridas. El desconocido no notó su presencia hasta que se detuvo delante de él. Ubaldo observó con asombro que vestía un jubón muy elegante con espléndidos adornos, pero ya pasado de moda y descolorido por el paso del tiempo. Su rostro era bello, aunque estaba pálido y cubierto por una barba tupida y descuidada.

Se saludaron sorprendidos y Ubaldo le dijo que había tenido la mala fortuna de perderse en aquel lugar. El sol se había ocultado tras las montañas y estaban lejos de cualquier lugar habitado. El desconocido le ofreció al caballero pasar la noche en su refugio; al día siguiente temprano le indicaría el único sendero que conducía más allá de las montañas. Ubaldo aceptó gustoso y siguió a su guía por los desfiladeros desiertos.

Pronto llegaron a un peñón elevado a cuyo pie se ocultaba una espaciosa cueva. En el centro yacía una roca grande y sobre ella, un crucifijo de madera. En el fondo de la cueva había un lecho de hojas secas. Ubaldo ató su caballo a la entrada mientras su anfitrión le ofreció vino y pan sin mediar

 17

palabra. Se sentaron uno junto al otro, y el caballero, que pensaba que las ropas del desconocido no parecían las de un ermitaño, no se resistió a preguntarle quién era y cómo había llegado allí.

—No indagues quién soy —respondió el ermitaño con severidad, y la expresión de su rostro se tornó sombría y hostil. Entonces Ubaldo comenzó a contarle viajes y hazañas gloriosas de su juventud mientras el extraño lo escuchaba con atención y se sumergía en una profunda reflexión. Exhausto, Ubaldo se tendió sobre las hojas secas que su anfitrión le ofreció y pronto se quedó adormilado. El ermitaño permaneció sentado a la entrada de la cueva.

En mitad de la noche, el caballero se despertó sobresaltado por un sueño perturbador y se incorporó. Fuera, la clara luz de la luna brillaba sobre las montañas silenciosas. Delante de la cueva vio a su anfitrión, que caminaba intranquilo de un lado a otro bajo los altos árboles que se balanceaban. Cantaba con voz profunda y Ubaldo solo pudo comprender las siguientes palabras:

> Me arrastra fuera de la cueva el temor,
> me llaman viejas melodías.
> ¡Abandóname, dulce pecado,
> o déjame postrado en el suelo
> ante el hechizo de esta canción,
> escondiéndome en las entrañas de la tierra!
>
> ¡Dios! Te suplicaría con fervor,
> pero las imágenes del mundo
> siempre se interponen entre nosotros,
> ¡Y el rumor de los bosques
> me llena el alma de terror!
> ¡Te temo, Dios severo!
>
> ¡Oh, rompe también mis cadenas!
> Para salvar a todos los hombres
> sufriste tú una amarga muerte.
> Estoy vagando ante las puertas del infierno.
> ¡Qué desamparado estoy!
> ¡Jesús, ayúdame en mi angustia!

Al terminar su canción, se sentó sobre una roca y comenzó a murmurar unas plegarias ininteligibles, que más bien sonaban como un mágico y confuso conjuro. El rumor de los arroyos de las montañas cercanas y el suave silbido de los abetos entonaban una melodía, y Ubaldo, vencido por el sueño, se durmió en su cama.

Apenas brillaron los primeros rayos de la mañana a través de las copas de los árboles, apareció el ermitaño frente al caballero para indicarle el camino hacia los desfiladeros. Ubaldo montó alegre en su caballo y su extraño guía lo acompañó, caminando a su lado en silencio. Pronto alcanzaron la cima de la última montaña y contemplaron el valle que aparecía a sus pies con sus ríos, ciudades y castillos bajo el hermoso fulgor de la mañana. También el ermitaño pareció sorprendido:

—¡Oh, qué bello es el mundo! —exclamó turbado, se cubrió el rostro con las manos y se apresuró a volver al bosque. Sacudiendo la cabeza, Ubaldo emprendió el camino ya familiar a su castillo.

Su curiosidad lo empujó a regresar pronto a aquel lugar solitario, pero le costó cierto esfuerzo encontrar la cueva. Esta vez el ermitaño lo recibió menos sombrío y silencioso.

Por la canción que había escuchado en aquel primer encuentro nocturno, Ubaldo había comprendido que el ermitaño deseaba sinceramente expiar sus graves pecados, sin embargo, parecía que su espíritu luchaba en vano contra el enemigo, pues el cambio en su conducta no mostraba la alegre confianza de un alma verdaderamente entregada a la voluntad de Dios. En ocasiones, cuando conversaban sentados uno junto al otro, los ojos extraviados y ardientes de aquel hombre rezumaban con terrible violencia una ansiedad terrenal contenida que transformaba sus rasgos y le daba un aire salvaje.

Esto impulsó al piadoso caballero a visitar más a menudo a aquel espíritu vacilante para ayudarlo con toda la fuerza de su alma pura y serena. Sin embargo, en sus encuentros el ermitaño nunca dijo su nombre ni habló sobre su vida anterior, más bien parecía estremecerse ante su pasado. Pero con cada visita se mostraba visiblemente más confiado y tranquilo. Finalmente, el caballero logró convencerlo para que lo acompañara a su castillo.

Ya había anochecido cuando llegaron a la fortaleza. El caballero hizo encender la chimenea para entrar en calor y mandó traer su mejor vino. Por primera vez el ermitaño parecía sentirse a gusto. Observó con suma atención una espada y otras armas que colgaban de la pared y reflejaban los destellos del fuego, y luego se quedó largo rato en silencio contemplando al caballero.

—Vos sois feliz —dijo— y veo vuestra fuerte y alegre figura masculina con verdadero temor y profundo respeto. Os comportáis despreocupado ante lo bueno y lo malo, y domináis la vida con serenidad, entregándoos a ella por completo, igual que el navegante que sabe manejar el timón y no se deja engañar por el maravilloso canto de las sirenas. Con vos me he sentido muchas veces como un necio cobarde o un loco. Hay personas que están embriagadas de vida. ¡Ah, qué terrible es estar de nuevo sobrio!

El caballero, que no quería desaprovechar esa actitud inusual de su invitado, insistió con empeño en que le contara por fin la historia de su vida. El ermitaño lo pensó un momento.

—Si me prometéis —dijo finalmente— callar para siempre lo que voy a contaros y me permitís omitir los nombres, lo haré.

Ubaldo le dio la mano para sellar la promesa y llamó a su mujer, de cuya discreción él respondía, para escuchar juntos la tan esperada historia.

La mujer apareció con un niño en sus brazos y llevando a otro de la mano. Era alta y de hermosa figura, y estaba en la plenitud de su juventud; su presencia era suave y silenciosa como el atardecer, y sus hijos habían heredado su encanto y su belleza. El extraño se sintió perturbado al verla. Abrió bruscamente la ventana y durante unos instantes se quedó mirando el bosque nocturno para recomponerse. Ya serenado, se acercó a sus anfitriones, se sentaron alrededor del fuego y comenzó su relato:

—El tibio sol del otoño se levantaba sobre la niebla colorida que cubría los valles cercanos a mi castillo. La música había callado, la fiesta había terminado y los animados invitados se dispersaban. Era una fiesta de despedida que le ofrecía a mi amigo más querido, que aquel día se había armado de la Santa Cruz para ayudar junto con su hueste al gran ejército cristiano a conquistar la Tierra Santa. Desde nuestra temprana juventud esta empresa era nuestra única meta, deseo y esperanza. Aún hoy pienso con una indescriptible nostalgia en ese tiempo apacible y hermoso como la mañana, cuando, sentados bajo los altos tilos en la ladera de mi castillo, nuestros pensamientos seguían las nubes en movimiento hacia aquellas tierras sagradas, donde Godofredo y otros héroes vivieron y lucharon bajo el esplendor de su gloria. Pero ¡qué pronto cambió todo para mí!

»Una señorita de belleza sublime como una flor, a quien solo había visto unas pocas veces y de la que me sentía perdidamente enamorado desde el primer momento sin que ella lo supiera, me retenía como un prisionero en estas montañas silenciosas. Aunque era lo suficientemente fuerte para luchar, no tuve el valor de irme y dejé partir solo a mi amigo.

»También ella había asistido a la fiesta y tuve la enorme dicha de volver a ver su belleza. Solo al alba, cuando ella ya se marchaba y yo la ayudaba a montar en su caballo, tuve el valor de confesarle que por ella había abandonado mi propósito de ir a las cruzadas. Ella no me respondió, parecía asustada y partió al galope.

Al oír estas palabras, Ubaldo y su mujer se miraron asombrados, pero el huésped no lo notó y continuó con su relato:

—Todos se habían ido. El sol brillaba a través de las altas ventanas ojivales en los espacios vacíos, donde solo resonaban mis pasos solitarios. Permanecí largo rato asomado al mirador. Desde el bosque silencioso llegaba el eco de las hachas de los leñadores. En mi completa soledad, un indescriptible anhelo se adueñó de mí. Ya no pude soportarlo, entonces monté en mi caballo y salí de caza para aliviar mi corazón afligido.

»Vagué durante largo tiempo hasta llegar a una parte de la montaña que para mi sorpresa aún no conocía. Cabalgué pensativo, con mi halcón en la mano, a través de un prado maravilloso sobre el que resplandecían los oblicuos rayos del sol del atardecer. Las nubes otoñales volaban como velos en el aire azul claro y en lo alto de las montañas se oían los cantos de despedida de las aves migratorias.

»De pronto escuché el sonido de varios cuernos de caza que parecían responderse unos a otros en las montañas. Algunas voces los acompañaban cantando. Nunca antes la música me había conmovido tanto, y aún hoy recuerdo algunas estrofas cuyas melodías me trajo el viento:

Alto en el cielo, en bandadas amarillas y rojas,
los pájaros se alejan volando.
Vagan desconsolados los pensamientos,
¡ay, no encuentran refugio!,
y los lamentos oscuros de los cuernos
atraviesan el corazón solitario.

¿Ves el contorno de las montañas azules
que se yerguen a lo lejos, más allá del bosque,
y los arroyos que susurran en el valle silencioso?
Nubes, arroyos, pájaros ruidosos:
todos se juntan allí abajo.

Mis rizos de oro ondean,
mi cuerpo joven florece con dulzura.
Pronto se marchitará también la belleza,
como se apaga el esplendor del verano.
Las flores de la juventud deben hacer una reverencia,
mientras alrededor callan todos los cuernos.

Brazos esbeltos para abrazar
y la roja boca para el dulce beso.
Blanco pecho donde cobijarse
y el cálido saludo del amor
te ofrece el eco de los cuernos.
¡Ven aquí, dulce amor, antes de que callen!

»Yo estaba trastornado por esa melodía que me había conmovido el corazón. Cuando mi halcón oyó las primeras notas, se asustó y levantó el vuelo chillando, y desapareció para siempre. Yo, en cambio, no pude resistir y me dispuse a seguir los seductores cantos de los cuernos que me confundían, pues a veces eran lejanos y otras parecían acercarse traídos por el viento.

»Finalmente salí del bosque y divisé un castillo majestuoso sobre una montaña. Alrededor del castillo, desde la cima hasta el bosque, sonreía un jardín maravilloso de todos los colores, que rodeaba el castillo como un anillo mágico. Todos los árboles y arbustos estaban teñidos con tonos otoñales, pero allí eran mucho más intensos: rojo púrpura, amarillo oro y naranja fuego. Altos asteres, las últimas estrellas del verano, brillaban con innumerables destellos. El sol poniente arrojaba sus rayos sobre esta cumbre encantadora, haciendo resplandecer las fuentes y las ventanas del castillo.

»Entonces advertí que el sonido de los cuernos de caza que había escuchado antes provenía de ese jardín. Y en medio de tanto esplendor, debajo de unas parras silvestres, vi con pavor a la doncella de mis sueños, que paseaba cantando la misma melodía. Cuando me vio calló, pero los cuernos siguieron sonando. Unos jóvenes apuestos, vestidos de seda, se acercaron a mí y me ayudaron a desmontar.

»Atravesé el portón enrejado dorado para llegar a la terraza del jardín donde se hallaba mi amada y caí a sus pies, rendido por tanta belleza. Llevaba un vestido rojo oscuro, y un largo y fino velo, sujeto sobre la frente con una reluciente diadema de piedras preciosas en forma de aster, cubría sus rizos de oro.

»Con dulzura me ayudó a levantarme y, con una voz entrecortada, como conmovida por el amor y el dolor, me dijo:

»—¡Hermoso y desdichado joven, cuánto te amo! Desde hace mucho tiempo te amo. Cuando el otoño inicia su misteriosa fiesta, se despierta el deseo en mí con nueva e irresistible intensidad. ¡Qué infeliz eres! ¿Cómo has logrado acercarte a mi canto? ¡Déjame y huye!

»Sus palabras me estremecieron y le supliqué que se explicara. Pero ella no respondió, y recorrimos juntos el jardín en silencio.

»Entretanto, había anochecido y el aspecto de la doncella se tornó grave y majestuoso.

»—Debes saber —dijo—, que tu amigo de la infancia, que se despidió hoy de ti, es un traidor. Me han obligado a ser su prometida. Por sus celos impetuosos te ocultó su amor por mí. No ha partido a Palestina, mañana viene a buscarme para llevarme a un castillo remoto y ocultarme del mundo para siempre. Ahora debo irme. No volveremos a vernos, a menos que él muera.

»Tras pronunciar estas palabras me besó en los labios y desapareció en las oscuras galerías. El frío brillo de una gema de su diadema me deslumbró, y su beso encendió mis venas con un placer estremecedor.

»Espantado, me quedé reflexionando sobre las terribles palabras que, al despedirse, había vertido en mi sangre como un veneno. Así vagué durante largo tiempo, meditando en los senderos solitarios. Al fin, cansado, me eché sobre los escalones de piedra de la puerta del castillo. Los cuernos de caza todavía se escuchaban y yo dormitaba dominado por extraños pensamientos.

»Cuando abrí los ojos ya había amanecido. Las puertas y ventanas del castillo estaban cerradas, el jardín y los alrededores, en silencio. En esa soledad, con los nuevos y hermosos colores de la mañana, mi corazón evocó la imagen de mi amada y todo el hechizo de la víspera, y sentí la bendición del amor correspondido. A veces, al recordar esas espantosas palabras, sentía el impulso de irme lejos, pero aquel beso aún ardía en mis labios y no podía hacerlo.

»Soplaba un viento cálido, casi sofocante, como si el verano quisiera volver. Me fui soñando despierto al bosque cercano para distraerme cazando. De pronto vislumbré en la copa de un árbol un pájaro con el plumaje más bello que había visto jamás. Cuando tensé el arco para lanzar la flecha, voló rápidamente a otro árbol. Lo seguí con ansia, pero el hermoso pájaro seguía escapando de copa en copa, y sus alas doradas reflejaban la luz del sol.

»Así llegué a un angosto valle, rodeado de altos acantilados. Allí el viento no soplaba fuerte, todo estaba verde y florido como en el verano. Del centro del valle llegaba un canto embriagador. Asombrado, aparté las ramas de los densos matorrales y mis ojos quedaron cegados ante el hechizo que se abría delante de mí.

»En medio de los riscos había un apacible lago, adornado de exuberantes hiedras y juncos. Un grupo de doncellas remojaban sus bellos miembros en el agua tibia mientras cantaban. Entre ellas se encontraba mi hermosa amada sin su velo y, mientras las otras cantaban, ella miraba silenciosa las olas juguetonas que cubrían sus tobillos, como hechizada y absorta por el reflejo de su propia belleza. Durante un tiempo permanecí inmóvil, presa de una ardiente emoción, hasta que el bello grupo se dirigió a la orilla y me retiré para no ser descubierto.

»Me adentré en lo profundo del bosque para calmar el ardor que sentía en mi interior. Pero cuanto más me alejaba, más me embriagaba la visión de aquellos miembros juveniles.

»Me sorprendió la noche estando aún en el bosque. El cielo se había transformado y estaba oscuro; una tremenda tormenta avanzaba sobre las montañas. "¡No volveremos a vernos, a menos que él muera!" repetía mientras corría como si me persiguieran fantasmas.

»Por momentos me parecía escuchar cerca de mí el galope de caballos, pero yo huía de toda mirada humana y de todo rumor que pareciera acercarse. Cuando llegaba a una cima, miraba a lo lejos el castillo de mi amada. Como cada noche, los cuernos de caza hicieron sonar su melodía, el resplandor de las velas irradiaba desde las ventanas como una tenue luz de luna iluminando mágicamente los árboles y las flores cercanas, mientras el resto del paraje luchaba contra la tormenta y la oscuridad.

»Con mis facultades reducidas, escalé por un acantilado escarpado. Debajo bramaba una fuerte corriente de agua. Al llegar a la cima divisé una figura oscura sentada sobre una roca, en silencio e inmóvil, como si también fuera de piedra. Las nubes huían rasgando el cielo. Por un instante la luna se tiñó de color sangre y reconocí la figura: era mi amigo, el prometido de mi amada. Apenas me vio, se levantó a toda prisa y yo me estremecí de pavor. Entonces lo vi empuñar su espada. Furioso, me lancé sobre él, luchamos por unos instantes, hasta que lo empujé hacia el risco y cayó por el precipicio.

»De pronto reinó el silencio, solamente se oía la corriente a mis pies, como si toda mi vida anterior hubiese quedado sepultada bajo esas aguas turbulentas.

»Me apresuré a huir de aquel lugar aterrador. Entonces me pareció oír a mis espaldas una carcajada fuerte y ominosa que venía de las copas de los árboles. Al mismo tiempo, en la confusión de mis sentidos, creí ver entre las ramas el pájaro que había estado persiguiendo. Corrí aterrado y aturdido a través del bosque hasta el castillo de mi amada. Salté el muro del jardín y llamé a la puerta con todas mis fuerzas.

»—¡Abre! —grité fuera de mí—. ¡Abre, he matado a mi hermano del alma! ¡Ahora eres mía, tanto en la tierra como en el infierno!

»La puerta se abrió y la doncella, más hermosa que nunca, se hundió en mi pecho atormentado y me cubrió de besos ardientes.

»No os hablaré de la magnificencia de las salas, del aroma de flores y árboles exóticos, entre los cuales cantaban hermosas mujeres, de las olas de luz y de música, del placer salvaje e indescriptible que sentí en los brazos de la doncella.

En esta parte de la historia, el extraño se quedó callado. Fuera se oía una rara melodía que parecía pasar volando frente a las ventanas de la fortaleza. Eran notas sueltas, que por momentos se asemejaban a una voz humana y otros a los tonos agudos de un clarinete, que se oían cuando el viento soplaba entre las montañas, encogiendo el corazón.

—Calmaos —dijo el caballero—, ya estamos acostumbrados. El bosque cercano está encantado y con frecuencia en las noches otoñales llegan al castillo estas melodías. Pero se van tan pronto como llegan, por lo que no nos preocupan.

Sin embargo, el corazón de Ubaldo se estremecía, y apenas podía ocultarlo. Ya no se escuchaba la música. El ermitaño estaba como ausente, sumido en sus pensamientos. Tras una larga pausa recobró la consciencia y retomó su relato, pero no con la calma de antes:

—Observé que a veces la doncella, en medio de todo aquel esplendor, caía en una profunda melancolía al ver desde el castillo que el otoño se estaba despidiendo. Pero un sueño largo y reparador bastaba para volver a su estado anterior. Su bello rostro, el jardín y todo el entorno lucían regenerados a la mañana siguiente.

»En una ocasión, estábamos sentados uno junto al otro en la ventana y la noté más callada y triste que nunca. Fuera, en el jardín, el viento invernal jugaba con las hojas caídas. Advertí que se estremecía al mirar el descolorido paisaje de afuera. Todas las demás doncellas nos habían abandonado. Aquel día las canciones de los cuernos de caza solo se oían a lo lejos, hasta que se desvanecieron en el infinito y callaron. Los ojos de mi amada habían perdido su brillo hasta casi apagarse. El sol se ocultó detrás de las montañas e iluminaba con sus últimos rayos tenues el jardín y los valles. De repente, la joven me abrazó fuerte y comenzó a cantar una extraña canción que no había escuchado antes y que inundó toda la casa con acordes infinitamente melancólicos. La escuché cautivado. Sentía que la melodía me arrastraba hacia abajo junto con el crepúsculo. Mis ojos se cerraron involuntariamente y caí presa del sueño.

»Cuando desperté ya era de noche. En el castillo reinaba el silencio y la luna brillaba clara. Mi amada dormía a mi lado sobre un lecho de seda. La miré con asombro, pues estaba pálida como un cadáver; sus rizos caían despeinados sobre el rostro y el pecho, como si el viento los hubiese enredado. Todo lo demás permanecía intacto, igual que antes de dormirme. Tenía la sensación de que había transcurrido mucho tiempo. Me acerqué a la ventana abierta. El paisaje exterior parecía transformado, diferente a lo que conocía. El rumor de los árboles era misterioso. De pronto vi junto al muro del castillo a dos hombres que murmuraban frases ininteligibles y se hacían mutuas reverencias y se movían como si tejiesen. No entendía lo que decían, solo los oí varias veces pronunciar mi nombre. Me volví para contemplar la figura de mi amada, más pálida ahora a la luz de la luna. Me parecía estar viendo una escultura de piedra, hermosa, pero fría como la muerte e inmóvil. Sobre su pecho centelleaba una piedra como los ojos de un basilisco y su boca parecía extrañamente desfigurada.

»Entonces me invadió un miedo como nunca antes había sentido. Dejé todo y corrí a través de los salones desiertos que habían perdido todo su esplendor. Cuando salí del castillo vi en la distancia a los dos desconocidos, que al verme se quedaron rígidos como dos estatuas. Al pie de la montaña divisé un lago solitario en cuya orilla había varias muchachas vestidas de blanco, que cantaban maravillosamente y que estaban extendiendo un paño sobre el prado para que se blanqueara a la luz de la luna. Esa visión y el canto me aterrorizaron aún más. Salté el muro del jardín, las nubes pasaban rápidas a través del cielo, las hojas de los árboles susurraban a mis espaldas y yo corrí hasta quedarme sin aliento.

»Poco a poco la noche se tornó más tranquila y cálida, los ruiseñores cantaban entre los arbustos. Escuché voces que venían del valle y me volvieron a la mente viejos y olvidados recuerdos que emocionaron mi triste corazón mientras contemplaba el más hermoso amanecer primaveral.

»—¿Qué es esto? ¿Dónde estoy? —exclamé sorprendido. No sabía qué me había sucedido—. Ya pasaron el otoño y el invierno. Ha llegado la primavera al mundo. ¡Dios mío! ¿Dónde he estado tanto tiempo?

»Cuando alcancé la cima de la última montaña salía un sol espléndido. Un temblor de felicidad recorrió la tierra, los ríos y los castillos brillaban. Tranquilos y alegres, los hombres se afanaban en sus quehaceres cotidianos; incontables alondras volaban jubilosas en lo alto del cielo. Caí sobre mis rodillas y lloré desconsolado por mi vida perdida.

»Nunca comprendí, y sigo sin comprender, cómo ocurrió todo eso. Pero no quise volver al mundo feliz e inocente con mi corazón lleno de pecados y deseo desenfrenado. Resolví enterrarme en vida en un lugar desolado para pedir perdón al cielo y no volver a pisar el hogar de ningún hombre sin antes haber expiado mis culpas, lo único que conocía de mi pasado, con cálidas lágrimas de arrepentimiento.

»Viví de esta manera por un año entero hasta que vos me encontrasteis en la cueva. Elevaba ardientes plegarias para calmar mi corazón atemorizado y a veces sentía que lo había superado y había encontrado la gracia de Dios, pero solo eran falsas ilusiones que duraban unos momentos. Únicamente escuchaba las conocidas melodías del bosque cuando volvía el otoño desplegando su maravillosa red colorida sobre las montañas y el valle. Lograban penetrar mi soledad y voces oscuras dentro de mí les respondían. Los sonidos de las campanas de la catedral lejana me espantaban cuando en las claras mañanas de domingo llegaban hasta mí a través de las montañas. Era como si estuvieran buscando en mi pecho el reino apacible y antiguo del Dios de la infancia que ya no existe. Sabed que en el corazón de los hombres existe un reino encantado y oscuro, donde brillan cristales, rubíes y todas las piedras preciosas de las profundidades, generando sensaciones simultáneas de amor y miedo. Se escuchan melodías que hechizan, pero no se sabe de dónde vienen ni a dónde van. La belleza de la vida terrenal se filtra resplandeciente y se va apagando como el crepúsculo. Las fuentes invisibles se arremolinan y susurran melancólicas, arrastrándote a las profundidades por toda la eternidad.

—¡Pobre Raimundo! —exclamó el caballero Ubaldo, que había escuchado con profunda emoción al ermitaño, que estaba absorto en inmerso en su relato.

—¡Por Dios! ¿Quién sois que conocéis mi nombre? —preguntó el ermitaño, levantándose como alcanzado por un rayo.

—¡Dios mío! —respondió el caballero abrazando con cariño al tembloroso ermitaño—. ¿No me reconoces? Soy tu viejo y fiel camarada Ubaldo. Y ella es Berta, a quien amabas en secreto y ayudaste a montar en su caballo después de la fiesta de despedida en el castillo. El paso del tiempo y las vicisitudes de la vida han cambiado nuestros rasgos jóvenes y solo te reconocí cuando comenzaste a relatar tu historia. Nunca he estado en el paraje que has descrito y nunca luché contigo en un acantilado. Después de aquella fiesta partí a Palestina, donde combatí durante varios años, y la bella Berta se convirtió en mi esposa a mi retorno. Ella tampoco volvió a verte después de aquella fiesta, y todo lo que cuentas es pura fantasía. Mi pobre Raimundo, un hechizo maléfico, que despierta cada otoño y luego desaparece, te ha atrapado por muchos años con juegos engañosos. Has vivido meses como si fueran días sin que lo notaras. Cuando volví de Tierra Santa nadie sabía dónde estabas y pensamos que te habíamos perdido.

Ubaldo se sentía tan contento que no se dio cuenta de que su amigo temblaba más con cada una de sus palabras. Raimundo miraba a uno y a otro con ojos desorbitados, y de pronto reconoció a su amigo y a la amada de su juventud, iluminadas sus marchitas figuras por las crepitantes llamas de la chimenea.

—¡Perdido, todo perdido! —exclamó desde lo más hondo de su pecho.

Se separó de los brazos de Ubaldo y huyó a toda velocidad hacia el bosque en medio de la noche.

—Sí, perdido. ¡Mi amor y toda mi vida no han sido más que una larga ilusión! —se decía mientras corría hasta dejar atrás las luces del castillo de Ubaldo.

Sin proponérselo, había tomado el camino hacia su propio castillo, al que llegó al amanecer.

Era una mañana soleada de otoño, como aquel día, hace muchos años, en que dejó su castillo. El recuerdo de aquella época y el dolor por la pérdida del esplendor y la gloria de la juventud le arrebató el alma. Los altos tilos del patio empedrado susurraban como antes, pero la plaza y el castillo estaban vacíos y yermos, y el viento silbaba a través de los arcos en ruinas.

Se dirigió al jardín. Estaba desierto y destruido, apenas unas pocas flores tardías asomaban aquí y allá entre la hierba amarillenta. Sobre una rama un pájaro entonaba un canto maravilloso que llenaba de nostalgia el corazón. Era la misma melodía que había oído la víspera en el castillo de Ubaldo mientras relataba su historia. Aterrado, reconoció al pájaro de hermoso plumaje dorado del bosque encantado. Detrás de él vio asomado a una ventana del castillo a un hombre alto que miraba hacia fuera. Estaba pálido y manchado de sangre. Era la imagen de Ubaldo.

Espantado, Raimundo apartó la mirada de esa visión y se detuvo a contemplar la mañana soleada. De repente vio aparecer a la bella doncella del hechizo a lomos de un esbelto corcel. Estaba sonriente e irradiaba toda la plenitud de su juventud. Unos hilos plateados del verano flotaban a sus espaldas, la piedra preciosa de su diadema emitía desde su frente rayos de verde oro sobre la llanura.

Raimundo, trastornados todos sus sentidos, salió del jardín siguiendo a la encantadora figura, precedido por el extraño canto del pájaro. A medida que avanzaba, las melodías se iban transformando en la vieja canción de los cuernos de caza que lo habían seducido en otro tiempo.

> Mis rizos de oro ondean,
> mi cuerpo joven florece con dulzura.

Logró comprender algunas estrofas que se escuchaban como un eco a gran distancia.

> En el valle silencioso, los arroyos se alejan susurrantes.

Su castillo, las montañas y el mundo entero se sumergieron en la oscuridad a sus espaldas. Los siguientes versos sonaron una vez más:

> Y el cálido saludo del amor
> que te ofrece el eco de los cuernos.
> ¡Ven aquí, dulce amor, antes de que callen!

Vencido por la locura, el pobre Raimundo se adentró en el bosque para seguir la melodía. Desde entonces, nadie lo ha vuelto a ver.

El sueño

MARY SHELLEY
(1797-1851)

L a época en que transcurrió esta pequeña leyenda que se va a narrar fue
la del inicio del reinado de Enrique IV de Francia, cuyo ascenso al trono
y conversión, pese a llevar paz al reino, resultaron insuficientes para
sanar las profundas heridas que se habían infligido mutuamente los bandos
enfrentados. Entre los que ahora parecían unidos existían enemistades pri-
vadas y recuerdos de afrentas mortales, y en muchos casos las manos que se
estrechaban en un saludo aparentemente amistoso agarraban involuntariamente la empuñadura de su daga en cuanto se veían libres, en un gesto que
reflejaba mejor sus pasiones ocultas que las palabras de cortesía que acababan de pronunciarse. Muchos de los católicos más iracundos se retiraron a
sus lejanas provincias, y aunque ocultaban su gran descontento, no dejaban
de anhelar la llegada del día en que pudieran mostrarlo públicamente. En
un enorme castillo fortificado construido en una agreste ladera frente al río
Loira, no muy lejos de la ciudad de Nantes, vivía la joven y bella condesa de
Villeneuve, última de su linaje y heredera de la fortuna familiar. El año anterior lo había pasado en completa soledad en su retirada mansión, y el luto
que mantenía por su padre y por dos hermanos, víctimas de la guerra civil,
era motivo más que suficiente para no presentarse en la corte ni participar de

sus festejos. Pero la condesa huérfana había heredado un título de alcurnia y extensas tierras, y muy pronto le hicieron saber que el rey, su guardián, deseaba que otorgara ambas cosas, junto con su mano, a cierto noble cuyo linaje y logros le hacen merecedor de tal regalo. Como respuesta, Constance expresó su intención de tomar los votos y retirarse a un convento. El rey se lo prohibió enérgicamente, convencido de que tal acción se debía a una sensibilidad exacerbada por la pena, y confiando en que, con el paso del tiempo, aquellos grises nubarrones se despejarían y saldría a la luz el espíritu de su juventud.

Pasó un año y la condesa persistía en su empeño. Al final, Enrique, reacio a imponer su poder por la fuerza y deseoso también de juzgar por sí mismo los motivos que habían llevado a una joven tan bella y tan favorecida por los dones de la fortuna a desear enclaustrarse, anunció su intención de visitar el castillo, pues ya había pasado el periodo de luto, y declaró que si no era capaz de convencerla de cambiar de planes, daría su consentimiento para que los llevara a término.

Constance había pasado muchas horas triste, muchos días de llanto y muchas noches de inagotable pena. Había cerrado las puertas a cualquier visita y, al igual que lady Olivia en *Noche de Reyes,* se había jurado llevar una vida de soledad y lágrimas. Como dueña y señora de su destino, no tuvo problema en silenciar las súplicas y protestas de sus subordinados, y alimentó su dolor como si fuera lo que más amaba en este mundo. Sin embargo, era un huésped demasiado intenso, demasiado amargo, demasiado candente como para ser bienvenido. De hecho, Constance, joven, ardiente y vivaz, luchaba contra él y deseaba ahuyentarlo, pero todo lo que en sí mismo era motivo de júbilo, o hermoso en su apariencia externa, solo conseguía agudizarlo, y solo la paciencia le permitía soportar el lastre de su pena, que la oprimía pero no hasta el límite de la tortura.

Constance había salido de su castillo para pasear por los alrededores. Pese a la amplitud y el lujo de sus aposentos, se sentía encerrada entre aquellas paredes, bajo aquellos ornamentados techos. La inmensidad de las laderas y de los viejos bosques le suscitaba recuerdos de su vida pasada, induciéndola a pasar horas e incluso días bajo su frondoso abrigo. El movimiento y el cambio constante, como el del viento agitando las ramas o el del sol surcando el cielo y atravesándolas con sus rayos, la apaciguaban y la sacaban de aquel tedioso dolor que con tanta fuerza le atenazaba el corazón bajo el techo de su castillo.

En un extremo del frondoso bosque había un rincón sombrío, densamente poblado de árboles altos desde el que se veía el campo que se extendía más allá, un lugar del que había renegado, pero al que le llevaban siempre sus pasos de forma inconsciente y donde se encontró de improviso por vigésima vez aquel día. Se sentó en un montículo cubierto de hierba y contempló con melancolía las flores que ella misma había plantado para adornar aquel lugar tan verde, que para ella era el templo del recuerdo y del amor. Llevaba la carta del rey, motivo de tanta desazón, y el abatimiento se apoderó de su rostro; su noble corazón le preguntaba al destino por qué alguien tan joven, tan desprotegida y tan desamparada como ella debía enfrentarse a aquella nueva forma de infortunio.

«¡Lo único que pido —pensó— es vivir en los aposentos de mi padre, en el lugar en que pasé mi infancia, para poder regar con mis inagotables lágrimas las tumbas de mis seres queridos, y aquí, en estos bosques, donde me posee un loco sueño de felicidad, celebrar para siempre las exequias de la esperanza!»

De pronto oyó el murmullo de ramas moviéndose y el corazón le palpitó con fuerza, pero enseguida se hizo el silencio de nuevo.

«¡Qué tonta soy! —se dijo—, víctima de mi fantasía desbocada; porque aquí fue donde nos conocimos, aquí me senté a esperarle, y ruidos como este anunciaban su esperado regreso. Ahora cada conejo que se mueve y cada pájaro que despierta de su silencio hablan de él. ¡Oh, Gaspar, mío en otro tiempo, nunca más alegrarás este lugar con tu presencia, nunca más!»

De nuevo se agitaron las ramas y se oyeron pasos entre los matorrales. Se puso en pie, el corazón se le disparó. Debía de ser la tonta de Manon, con sus impertinentes súplicas para que regresara. Pero los pasos eran demasiado firmes y lentos como para ser los de su doncella, y de pronto, emergiendo de entre las sombras, vio al intruso. Su primer impulso fue salir corriendo... pero verlo de nuevo, oír su voz, una última vez antes de tomar los votos que los separarían definitivamente, estar juntos y llenar de pronto el abismo abierto entre ellos por la ausencia... Aquello no podía hacer ningún daño a los muertos y mitigaría la terrible pena que hacía palidecer sus mejillas.

Y ahí lo tenía, ante ella, el mismo ser querido con el que había intercambiado promesas de eternidad. Él, como ella, parecía triste, y Constance no pudo resistirse a aquella mirada que le imploraba que no se fuera.

—He venido, mi señora —dijo el joven caballero— sin ninguna esperanza de doblegar vuestra voluntad inflexible. He venido para veros una vez más y para despedirme antes de partir a Tierra Santa. Vengo a suplicaros que nos os encerréis tras los muros de un oscuro convento para evitar a alguien tan odioso como yo, alguien a quien nunca más veréis. ¡Tanto si sobrevivo como si muero en mi misión, no volveré nunca a Francia!

—Si eso fuera cierto, sería terrible —dijo Constance—, pero el rey Enrique nunca accederá a perder a su caballero favorito. Seguiréis protegiendo el trono que ayudasteis a levantar. No, si alguna vez tuve algún poder sobre vuestros pensamientos, no iréis a Palestina.

—Una sola palabra vuestra podría detenerme, una sonrisa, Constance... —Y el joven amante se arrodilló ante ella, pero ella de pronto recordó su decidido propósito al encontrase ante aquella imagen en otro tiempo tan querida y familiar, y ahora tan extraña y prohibida.

—¡Marchaos de aquí! —gritó—. Ninguna sonrisa, ninguna palabra mía volverán a ser vuestras. ¿Por qué estáis aquí, aquí, donde vagan los espíritus de los muertos, reclamando estas sombras como propias? ¡Maldita sea la desleal doncella que permite que su asesino perturbe su sagrado reposo!

—Cuando nuestro amor era nuevo y vos amable —respondió el caballero— me enseñabais a transitar por los recovecos de estos bosques y me dabais la bienvenida a este lugar tan entrañable para nosotros, donde una vez jurasteis ser mía... bajo estos mismos árboles ancestrales.

—¡Fue un terrible pecado abrir las puertas de la casa de mi padre al hijo de su enemigo —dijo Constance—, como terrible ha sido el castigo!

El joven caballero hizo acopio de valor mientras ella hablaba, sin embargo, no se atrevió a moverse por si ella, que parecía estar dispuesta a huir en cualquier momento, de pronto reaccionaba, y contestó despacio:

—Aquellos fueron días felices, Constance, llenos de terror y de profunda alegría, cuando la noche me llevaba a vuestros pies, y mientras el odio y la venganza se adueñaban de aquel lóbrego castillo, este cenador verde, iluminado por las estrellas, se convertía en santuario de nuestro amor.

—¿Felices? ¡Días aciagos! —replicó Constance—. Días en que imaginaba que no cumplir con mi deber podía traer algo bueno y que Dios podía recompensar la desobediencia. ¡No me habléis de amor, Gaspar! ¡Un mar de sangre nos separa para siempre! ¡No os acerquéis! Los muertos y los seres queridos se alzan entre nosotros: sus pálidas sombras me recuerdan mi falta y me amenazan por escuchar a su asesino.

—¡Yo no soy tal cosa! —exclamó el joven—. Escuchadme, Constance, ambos somos los últimos de nuestras respectivas estirpes. La muerte nos ha tratado con crueldad y estamos solos. No era así cuando nos enamoramos, cuando mis padres, mis familiares, mi hermano... es más, mi propia madre lanzaba maldiciones contra la casa de Villeneuve; y a pesar de todo aquello la bendije. Os vi, mi adorada, y bendije vuestra casa. El Dios de la paz sembró el amor en nuestros corazones y nos vimos muchas noches de verano en los valles iluminados por la luz de la luna, envueltos en el misterio y en el secreto; y cuando brillaba la luz del sol, nos refugiábamos en este dulce rincón, y aquí, en este mismo lugar donde ahora os suplico de rodillas, nos arrodillamos los dos y nos hicimos promesas. ¿Debemos romperlas?

Constance lloró mientras su amado recordaba imágenes de aquellas horas de felicidad.

—Nunca —exclamó—. ¡Oh, nunca! Ya conocéis, o las conoceréis muy pronto, Gaspar, la fe y la determinación de una mujer que se niega a ser vuestra. ¡Nosotros hablábamos de amor y felicidad mientras la guerra, el odio y la sangre se extendían a nuestro alrededor! Las efímeras flores que arrancaron nuestras jóvenes manos acabaron pisoteadas por el fatal encuentro de unos enemigos mortales. Mi padre murió a manos del vuestro, y de poco vale saber, tal como juró mi hermano y vos negáis, si fueron las vuestras las que acabaron con él. Luchasteis con los que lo mataron. No digáis más, ni una palabra: escucharos es impiedad para con los muertos que no han hallado reposo eterno. Marchad, Gaspar; olvidadme. A las órdenes del caballeresco y gallardo Enrique podéis tener una carrera gloriosa, y alguna hermosa doncella escuchará vuestras promesas, como hice yo un día, y será feliz con ellas. ¡Adiós! ¡Que la Virgen os bendiga! Recluida en mi celda, en el convento, no olvidaré el mejor precepto cristiano: rezar por nuestros enemigos. ¡Adiós, Gaspar!

Constance salió del cenador a toda prisa y con pasos ligeros atravesó el claro del bosque hacia el castillo. Una vez sola, en sus aposentos, se entregó al dolor que le desgarraba el pecho como una tormenta; porque la suya era la más profunda de las penas, la que empaña alegrías pasadas, permitiendo que el remordimiento se ensañe con los recuerdos felices y uniendo amor y culpa en una relación terrible, como la del tirano que ata un cuerpo vivo junto a un cadáver. De pronto se le ocurrió algo. Al principio lo rechazó por pueril y supersticioso, pero no conseguía ahuyentarlo. Llamó rápidamente a su doncella:

—Manon —dijo—, ¿alguna vez has dormido en el lecho de santa Catalina?

—¡Que el Cielo no lo permita! —exclamó Manon, persignándose—. Nadie lo ha intentado desde que nací, salvo dos personas: una cayó al Loira y se ahogó; la otra solo echó un vistazo a la estrecha cama y se volvió a su casa sin decir palabra. Es un lugar horrible, y si el devoto no ha llevado una vida piadosa y de provecho, ¡la desgracia caerá sobre él en el momento en que apoye la cabeza sobre la piedra sagrada!

Constance hizo también la señal de la cruz.

—En cuanto a nuestras vidas, solo de nuestro Señor y los santos benditos podemos esperar rectitud. ¡Mañana por la noche dormiré en ese lecho!

—¡Pero mi señora! ¡El rey llega mañana!

—Con mayor motivo. No puede ser que un dolor tan intenso se instale en un corazón como el mío y que no encuentre remedio. Esperaba ser yo quien llevara la paz a nuestras casas, y si la tarea ha de ser para mí una corona de espinas, que el cielo me guíe. Mañana por la noche descansaré en la cama de santa Catalina y si, como he oído, los santos se dignan dirigir a sus devotos en sueños, ella me guiará; y puesto que creo seguir los dictados del cielo, me resignaré incluso a lo peor.

El rey se hallaba de camino a Nantes desde París y aquella noche pernoctó en un castillo situado a tan solo unas millas de distancia. Antes del amanecer, un joven caballero se presentó en sus aposentos. El caballero tenía un aspecto serio o, mejor dicho, triste; y aunque sus facciones y complexión eran bellas, parecía fatigado y demacrado. Se quedó allí en silencio en presencia de Enrique, quien, animado y alegre, volvió sus vivaces ojos azules a su invitado:

—¿Así que te pareció obstinada, Gaspar?

—La vi decidida a prolongar nuestro sufrimiento mutuo. ¡Ay, mi señor! No es, creedme, el menor de mis pesares que Constance sacrifique su propia felicidad y así también la mía.

—¿Y crees que rechazará al gallardo caballero que le presentaremos?

—¡Oh, mi señor! No os lo planteéis siquiera. No puede ser. Os agradezco de todo corazón vuestra generosa condescendencia. Pero si no la ha podido persuadir siquiera la voz de su amante a solas, ni sus súplicas, cuando los recuerdos y la reclusión deberían haber contribuido al hechizo, se resistirá incluso a las órdenes de Vuestra Majestad. Está decidida a entrar en un convento, y yo, con vuestro permiso, me retiraré: a partir de ahora soy un soldado de la cruz.

—Gaspar —dijo el monarca—, conozco a las mujeres mucho mejor que tú. No la conquistarás ni con sumisión ni con lamentos. Es normal que la muerte de sus familiares pese en el corazón de la joven condesa, y al alimentar en soledad su dolor y su arrepentimiento, se imagina que el propio cielo prohíbe vuestra unión. Deja que llegue hasta ella la voz del mundo, la voz del poder y de la bondad terrenales, la primera imperiosa, la otra suplicante, y que ambas encuentren respuesta en su propio corazón, y por mi palabra y por la Santa Cruz que será tuya. Debemos seguir con nuestro plan. Y ahora, al caballo: la mañana pasa y el sol está ya alto.

El rey llegó al palacio del obispo y asistió a misa en la catedral. Después se sirvió una suntuosa comida y por la tarde atravesó el pueblo a orillas del Loira donde se encontraba el castillo de Villeneuve, poco antes de llegar a Nantes. La joven condesa salió a recibirlo a la puerta. Enrique buscó en vano unas mejillas pálidas por la tristeza y el abatimiento que esperaba encontrarse. Pero ella tenía las mejillas encendidas y parecía animada; su voz apenas temblaba.

«No le ama —pensó Enrique—, o su corazón ya ha consentido.»

Se preparó una colación para el monarca, y tras pensárselo un poco, a la vista del aspecto alegre de la joven, mencionó el nombre de Gaspar. Constance se ruborizó en lugar de palidecer, y respondió enseguida:

—Mañana, mi buen señor; os pido que me deis un respiro, solo hasta mañana. Todo quedará decidido. Mañana me entregaré a Dios... o...

Parecía confusa, y el rey, sorprendido y complacido a la vez, dijo:

—Entonces no odiáis al joven De Vaudemont; le perdonáis la sangre enemiga que corre por sus venas.

—Se nos enseña que debemos perdonar, que debemos amar a nuestros enemigos —respondió la condesa, algo nerviosa.

—Por san Dionisio que es una buena respuesta para una novicia —dijo el rey, riéndose—. ¡Adelante, mi fiel sirviente, Apolo disfrazado, ven aquí y agradécele a la dama su amor!

Disfrazado de manera que nadie le había reconocido, el caballero se había quedado atrás, observando con infinita sorpresa el comportamiento y el gesto tranquilo de la dama. No podía oír lo que decía, pero ¿era la misma a la que había visto temblar y llorar la noche anterior, la que tenía el corazón desgarrado por pasiones enfrentadas? ¿La misma que vio cómo los pálidos fantasmas de su padre y su familia se interpusieron entre ella y el hombre al que amaba más que a su propia vida? Aquello era un acertijo de difícil solución. La llamada del rey se sumó a su propia impaciencia y no tardó ni un momento en acudir. Se plantó a los pies de la joven, y a ella, aún dominada por la pasión y con la tensión provocada por el esfuerzo de aparentar tranquilidad, se le escapó un grito al reconocerlo y cayó inconsciente al suelo.

Todo aquello era incomprensible. Incluso después de que sus criados la reanimaran, sufrió otro ataque y se echó a llorar desconsoladamente. Mientras tanto el monarca, que esperaba en la sala contemplando los restos de la comida y tarareando una tonadilla sobre el carácter caprichoso de las mujeres, no supo cómo responder a la mirada de amarga decepción y ansiedad de Vaudemont. Por fin apareció la doncella de la condesa a ofrecer sus disculpas:

—La señora está enferma, muy enferma. Mañana se postrará a los pies de Su Majestad para solicitar su perdón y exponer sus intenciones.

—¡Mañana, otra vez mañana! ¿Acaso el mañana depara algún hechizo oculto, doncella? —preguntó el rey—. ¿No nos puedes explicar el acertijo, preciosa? ¿Qué extraña historia puede ser esa que hace necesario esperar a mañana para conocerla?

Manon se ruborizó, bajó la mirada y titubeó. Pero Enrique no era ningún novato en el arte de convencer a las doncellas para que revelaran los secretos de sus señoras. A Manon le asustaba mucho el plan que tan obstinadamente había decidido seguir la condesa, por lo que era fácil tentarla a traicionarlo. La idea de dormir en el lecho de santa Catalina, descansar en una estrecha cornisa sobre las profundas y rápidas aguas del Loira y, si la desafortunada soñadora tenía suerte y conseguía no caer al río, recibir las perturbadoras visiones que podía llegar a producir un sueño tan agitado, siguiendo el dictado del cielo, era una locura de la que ni siquiera Enrique creía capaz a mujer alguna. Pero ¿podría Constance, una mujer tan bella y de gran intelecto, a quien tantos habían ensalzado por su fortaleza mental y sus talentos, ser presa de tan extraño trastorno? ¿Podía la pasión jugar así con nosotros, como la muerte, que incluso iguala la aristocracia del alma, y junta al noble con el plebeyo, al sabio con el necio, en una misma servidumbre? Era extraño; sí, debía ser como deseaba ella. Que dudase de su decisión ya significaba mucho, y era de esperar que santa Catalina no se mostrara hostil. De lo contrario, un propósito gobernado por un sueño podía verse influido por otros pensamientos conscientes. Necesitaba algún tipo de protección contra el peligro físico inminente.

No existe sentimiento más terrible que el que invade a un corazón humano débil decidido a gratificar los impulsos ingobernables en contra de los dictados de la conciencia. Se dice que los placeres prohibidos son los que más se disfrutan; quizá sea así para los individuos de naturaleza ruda, para quienes se regocijan con la lucha, el combate y la competición, quienes disfrutan en una refriega y gozan con los conflictos de la pasión. Pero más dulce y suave era el espíritu gentil de Constance, y el enfrentamiento entre el amor y el deber aplastaba y torturaba su pobre corazón. Dejarse llevar por los designios de la religión o, si así había que llamarlo, de la superstición, era para ella un alivio, una bendición. Los propios peligros que amenazaban su misión eran los que la hacían más atractiva: correr aquel riesgo por él era motivo de felicidad. Las dificultades a las que se enfrentaba en su intento por cumplir sus deseos avivaban su amor y al mismo tiempo la distraían de su desesperación. Y si se decretaba que debía sacrificarlo todo, el riesgo del peligro y de la muerte quedaba en nada en comparación con la angustia que se apoderaría de ella para siempre.

Aquella noche amenazaba tormenta: el viento golpeaba las contraventanas con furia y los árboles agitaban sus enormes y oscuros brazos, como gigantes en una danza fantástica o en un combate mortal. Sin comitiva, Constance y Manon abandonaron el castillo por una puerta trasera e iniciaron el descenso por la ladera de la colina. La luna no había salido todavía y, aunque ambas conocían el camino, Manon trastabillaba y temblaba, mientras que la condesa, con su manto de seda bien ceñido, bajaba la cuesta a paso firme. Llegaron a la orilla del río, había un bote amarrado y les esperaba un hombre. Constance subió con un movimiento ágil y luego ayudó a su temerosa compañera. Al poco se encontraron en medio de la corriente. Se vieron envueltas por el viento cálido, tempestuoso y estimulante del equinoccio. Por primera vez desde que guardaba luto, Constance tuvo una sensación de placer que le hinchó el pecho. Acogió aquella emoción con una doble alegría. «No puede ser —pensó— que el cielo me prohíba amar a alguien tan valiente, generoso y bueno como el noble Gaspar. Jamás podré amar a otro; moriré si debo estar separada de él; y este corazón, estos miembros tan vivos y tan llenos de radiantes sensaciones... ¿están ya predestinados a una tumba prematura? ¡Oh, no! La vida grita a través de ellos: viviré para amar. ¿Acaso no aman todas las cosas? ¿Los vientos cuando susurran a las aguas turbulentas? ¿El agua cuando besa las floridas riberas y corre, impaciente por mezclarse con el mar? El cielo y la tierra se sustentan y viven del amor. ¿Y solo Constance, cuyo corazón ha sido siempre una profunda fuente, borboteante y rebosante de afecto verdadero, debe verse obligada a colocar una piedra encima para encerrarlo para siempre?»

Estos pensamientos presagiaban sueños agradables, y quizá la condesa, experta en la tradición del dios ciego, se entregó aún más a ellos. Pero mientras estaba absorta en tiernos sentimientos, Manon la agarró del brazo:

—¡Señora, mirad! —exclamó—. Ahí viene, aunque los remos no suenan. ¡Que la Virgen nos proteja! ¡Ojalá estuviéramos en casa!

Un bote oscuro pasó cerca de ellas. Cuatro remeros, enfundados en capas negras, manejaban los remos sin hacer ningún ruido, como había dicho Manon; otro iba sentado al timón, también cubierto por un manto negro, pero no llevaba gorra y, aunque no se le veía la cara, Constance reconoció a su amado:

—¡Gaspar! —gritó en voz alta—. ¿Estáis vivo?

Pero la figura del bote no se dio la vuelta ni respondió, y enseguida desapareció en las sombrías aguas.

¡Cuánto cambió de pronto la ensoñación de la bella condesa! El cielo ya había iniciado su encantamiento, y se esforzaba por ver en la penumbra cómo aparecían formas sobrenaturales. Tan pronto veía como dejaba de ver la barca que tanto la aterrorizaba; de pronto le parecía que había otra que llevaba los espíritus de los muertos; y su padre la saludaba con la mano desde la orilla, y sus hermanos la miraban con el ceño fruncido.

Enseguida llegaron al embarcadero. Atracaron el bote en una pequeña cala y Constance saltó a la orilla. Temblaba, y a punto estuvo de ceder a las súplicas de Manon, que quería regresar; hasta que la insensata doncella mencionó el nombre del rey y el de Vaudemont y recordó la respuesta que debía darles al día siguiente. ¿Qué iba a responder, si renunciaba a su empresa?

Corrió por el escarpado terreno de la orilla, y luego por el borde, hasta que llegaron a un promontorio que colgaba abruptamente sobre el agua. Cerca había una pequeña capilla. Con dedos temblorosos, la condesa sacó la llave y abrió la puerta. Entraron. Estaba oscuro, salvo por una lamparilla que titilaba al viento y proyectaba una luz incierta sobre la imagen de santa Catalina. Las dos mujeres se arrodillaron, rezaron, se pusieron en pie y, aparentemente alegre, la condesa le deseó buenas noches a la doncella. Abrió una puertecita de hierro que daba a una caverna estrecha. Más allá se oía el rugido de las aguas.

—No me sigas, mi pobre Manon —dijo Constance—, por mucho que lo desees. Esta aventura es solo para mí.

No era justo dejar sola en la capilla a la temblorosa criada, que no tenía esperanza, miedo, amor o culpa con las que distraerse, pero en aquellos días los escuderos y las doncellas solían jugar el papel de los subalternos en el ejército, recibiendo todos los golpes pero nunca la fama. Además, Manon estaba a salvo en tierra bendita. La condesa, mientras tanto, avanzó tanteando en la oscuridad el estrecho y tortuoso pasaje. Al final vio lo que a sus ojos ya acostumbrados a la oscuridad les pareció luz. Llegó a una caverna abierta en la ladera de la colina, justo por encima de la turbulenta corriente. Contempló la noche. Las aguas del Loira corrían veloces, como nunca desde ese día, cambiantes pero iguales al mismo tiempo; un denso velo de nubes cubría el cielo, y el viento que soplaba entre los árboles emitía un lamento triste y funesto, como si pasara sobre la tumba de un asesino. Constance se estremeció y observó su lecho: una estrecha franja de tierra y piedra en el mismo borde del precipicio. Se quitó la capa (así lo dictaba el hechizo), inclinó la cabeza y se soltó las oscuras trenzas; se descalzó, preparada para sentir el frío de la noche, y se tumbó sobre la estrecha cornisa que apenas tenía espacio para descansar y de la que, con el más leve movimiento durante el sueño, se precipitaría a las gélidas aguas del río.

Al principio le pareció que nunca más volvería a dormir. No era de extrañar que la exposición a la tormenta y aquella posición de alto riesgo no le permitieran cerrar los párpados. Al final cayó en una ensoñación tan dulce y relajante que incluso deseó seguir velando; y luego, poco a poco, sus sentidos se tornaron confusos, hasta que se vio en el lecho de santa Catalina, con el Loira discurriendo debajo y el viento soplando fuerte... Y ahora... ¿qué sueños le enviaría la santa? ¿La sumiría en la desesperación o la bendeciría para siempre?

Bajo la escarpada colina, sobre las oscuras aguas, otra persona miraba, presa de mil temores y que no se atrevía siquiera a abrigar esperanzas.

Habría querido adelantarse a la dama, pero al darse cuenta de que había llegado tarde, había pasado de largo junto al bote que llevaba a su Constance, evitando hacer ruido con los remos y conteniendo el aliento, temiendo convertirse en blanco de sus acusaciones y que le obligara a retroceder. La había visto asomar por la cueva y se había estremecido al verla en el despeñadero. La había visto avanzar, vestida toda de blanco, y la distinguía perfectamente tendida en la alta cornisa. ¡Qué vigilia la que mantuvieron ambos amantes! Ella, sumida en sus pensamientos visionarios; él, sabiendo —y ese conocimiento le llenaba el pecho de una extraña emoción— que el amor, el amor que sentía ella por él, la había llevado a aquel peligroso lecho, y que allí arriba, rodeada de peligros, vivía solo para seguir una tenue voz que le susurraba en el corazón el sueño que iba a decidir el destino de ambos. Quizá ella durmiera... pero él mantuvo la vigilia y la guardia. Y así pasó la noche, ora rezando, ora dominado por la esperanza o por el miedo, sentado en su bote, con la mirada puesta en el vestido blanco de la durmiente.

La mañana... ¿era la mañana la que se abría paso entre las nubes? ¿Llegaría por fin la mañana para despertarla? ¿Habría dormido? ¿Y qué sueños, dulces o turbios, la habrían acompañado? Gaspar se impacientó. Ordenó a sus remeros que se quedaran esperando y desembarcó de un salto, decidido a trepar por el precipicio. En vano le advirtieron del peligro, de la imposibilidad de la misión; él se agarró a la rugosa pared y encontró apoyo para los pies donde no parecía haberlo. En realidad, el despeñadero no era demasiado alto; el peligro del lecho de santa Catalina consistía en que cualquiera que durmiera en una cornisa tan estrecha podía caer a las aguas que corrían abajo. Gaspar siguió trepando por la cuesta y por fin llegó a las raíces de un árbol que crecía cerca de la cumbre. Apoyándose en sus ramas, consiguió alcanzar el borde de la cornisa, no muy lejos de la almohada en la que reposaba la cabeza descubierta de su amada. Tenía las manos recogidas sobre el pecho; su cabello oscuro caía alrededor del cuello y le servía de almohada para su mejilla; su rostro estaba sereno, dormía con toda su inocencia y vulnerabilidad; cualquier emoción intensa quedaba acallada, y su pecho palpitaba con regularidad. Podía ver cómo latía su corazón, que le levantaba las pálidas manos cruzadas sobre él. Ninguna estatua tallada en mármol de efigie monumental podía llegar a ser la mitad de hermosa; y en el interior de aquella figura de belleza sin par moraba un alma sincera, tierna, devota y afectuosa como jamás había albergado pecho humano.

¡Con qué profunda pasión la contemplaba Gaspar, alimentando sus esperanzas con la visión de aquel plácido rostro angelical! Una sonrisa curvó los labios de su amada, y él también sonrió involuntariamente saludando aquel feliz presagio, pero de pronto Constance se ruborizó, hinchó el pecho y una lágrima se abrió paso entre sus oscuras pestañas, seguida de todo un torrente.

—¡No! —gritó, sobresaltada—. ¡Él no debe morir! ¡Yo romperé sus cadenas! ¡Le salvaré!

Gaspar tenía la mano allí mismo, y agarró su ligero cuerpo justo cuando iba a caer al abismo. Ella abrió los ojos y contempló a su amado, que la había protegido del sueño del destino, y la había salvado.

Manon también había dormido bien, con o sin sueños, y por la mañana se sobresaltó al encontrarse rodeada por una multitud. La pequeña y solitaria capilla tenía tapices en las paredes, sobre el altar había cálices dorados, y el sacerdote decía misa para un grupo de caballeros arrodillados. Manon vio que el rey Enrique estaba allí y buscó a otro que no encontró. De pronto la puerta de hierro del pasaje de la caverna se abrió, y Gaspar de Vaudemont apareció por ella, seguido por la hermosa figura de Constance, quien, con su vestido blanco, su cabello oscuro enmarañado y un rostro en el que la sonrisa y el sonrojo batallaban con emociones más profundas, se acercó al altar y, arrodillándose junto a su amado, pronunció los juramentos que los unirían para siempre.

Pasó mucho tiempo antes de que el feliz Gaspar lograra sonsacarle a su dama el secreto de su sueño. Pese a la felicidad que ahora disfrutaba, había sufrido tanto que no podía evitar recordar con terror aquellos días en los que había visto el amor como un delito, y cada detalle relacionado con ellos mostraba un aspecto horrible.

—Aquella noche terrible tuvo muchas visiones —dijo—. Vio los espíritus de su padre y de sus hermanos en el paraíso; observó a Gaspar combatiendo y venciendo a los infieles; lo vio ocupando un lugar de favor y respeto en la corte del rey Enrique; y también a ella misma, encerrada en un convento, convertida en novia, agradecida al Cielo por la gran felicidad que le brindaba, llorando sus tristes días, hasta que de pronto se vio en tierra de paganos; y a la propia santa Catalina, que la había guiado, sin que nadie la viera, por la ciudad de los infieles. Entró en un palacio y vio a los herejes celebrando su victoria; y luego, al descender a las mazmorras, se abrieron paso a tientas a través de cámaras húmedas y pasajes enmohecidos de techo bajo hasta llegar a una celda, más oscura y aterradora que el resto. En el suelo yacía una persona vestida con harapos sucios, el pelo revuelto y una barba desaliñada y salvaje. Tenía las mejillas hundidas, los ojos habían perdido su fuego; había quedado reducido a un mero esqueleto de cuyos huesos descarnados colgaban las cadenas.

—¿Y verme con aquel aspecto tan atractivo y aquella vestimenta tan favorecedora fue lo que ablandó el duro corazón de Constance? —preguntó Gaspar, sonriendo, al pensar en aquella imagen de lo que nunca llegaría a ser.

—Más que eso —respondió Constance—, porque el corazón me susurraba que aquello era culpa mía; y ¿quién recordaría la vida que latía por vuestras venas, quién os la devolvería, sino el destructor? Mi corazón nunca se había volcado tanto ante mi caballero, feliz y en vida, como lo hizo al encontrarse aquella imagen de desolación a mis pies en las visiones de aquella noche. Se me cayó el velo de los ojos; la oscuridad que me impedía ver se desvaneció. Me pareció comprender por primera vez qué eran la vida y la muerte. Se me pidió que creyera que para hacer felices a los vivos había que evitar herir a los muertos, y me di cuenta de lo perversa y vana que era esa filosofía falsa que situaba la virtud y el bien en el odio y la malevolencia. No debíais morir, yo tenía que romper vuestras cadenas y salvaros, y conseguir que vivierais para el amor. Di un salto adelante, y la muerte que no quería para vos habría sido la mía, justo cuando experimentaba por primera vez el valor real de la vida, si vuestro brazo no hubiese estado allí para salvarme, y vuestra adorable voz para bendecirme para siempre.

La tempestad

ALEKSANDR PUSHKIN
(1799-1837)

Corren los caballos por las colinas hollando la nieve profunda...
Mientras una casa de Dios a la vera se alza solitaria.
De repente la ventisca se levanta, caen los copos sin parar.
Y un cuervo negro de alas sibilantes revolotea sobre los trineos.
¡Su pesado lamento anuncia pesar! Y los caballos veloces
escrutan la penumbra distante, erizadas las crines.

VASILI ZHUKOVSKI

A finales de 1811, en una época de grata memoria para nosotros, vivía en su hacienda de Nienarádovo el bueno de Gavrila Gavrílovich R. Célebre en toda la comarca por su hospitalidad y bonhomía, los vecinos frecuentaban su casa para comer, beber, jugar al boston con su mujer a cinco kópeks la partida, y algunos también para ver a María Gavrílovna, su hija, una joven pálida y esbelta que, a sus diecisiete años, muchos codiciaban para sí mismos o para sus hijos.

María Gavrílovna había sido educada en la lectura de novelas francesas y, por lo tanto, estaba enamorada. El objeto de su amor era un pobre alférez del ejército que pasaba las vacaciones en su pueblo. Es evidente que el joven alimentaba la misma pasión por la joven y que los padres de su amada, conscientes de las inclinaciones de ambos, le habían prohibido a su hija pensar en él siquiera, mientras que a él lo recibían con menos ceremonias que a un funcionario jubilado.

Los amantes de nuestra historia mantenían correspondencia y cada día se veían a solas en un bosque de pinos o junto a una vieja capilla. Allí se prometían amor eterno, se lamentaban de su suerte y daban rienda suelta a su imaginación. Escribiéndose y conversando de tal guisa fue natural que llegaran a la siguiente conclusión: si no podemos respirar el uno sin el otro y la voluntad de nuestros padres se interpone entre nosotros y nuestra felicidad, ¿acaso no haríamos mejor ignorándola? Por supuesto, esta feliz idea se le ocurrió primero al joven y cautivó enseguida la romántica imaginación de María Gavrílovna.

Con la llegada del invierno, los encuentros se interrumpieron, pero la correspondencia se hizo aún más frecuente. En cada una de sus misivas, Vladimir Nikoláyevich le imploraba que se entregara a él para contraer matrimonio en secreto y, después de ocultarse un tiempo, postrarse ante los padres de ella, quienes, naturalmente, se emocionarían ante la heroica fidelidad y la infelicidad de los amantes y exclamarían emocionados: «¡Venid a nuestros brazos, hijos!».

A María Gavrílovna no la abandonaban las dudas y muchos de los planes de fuga fueron desechados. Finalmente, se mostró de acuerdo con uno: el día señalado no cenaría y se encerraría en su dormitorio con la excusa de una jaqueca. Más tarde, junto a su doncella, también sabedora del plan, saldrían al jardín por la puerta trasera, encontrarían allí el trineo que las estaría aguardando y salvarían las cinco verstas que separaban Nienarádovo y la población de Zhádrino, donde se dirigiría a la iglesia en la que Vladimir ya las estaría esperando.

La víspera del día decisivo, María Gavrílovna no pegó ojo en toda la noche. Los preparativos la absorbieron. Empaquetó la ropa interior y los vestidos, escribió una larga carta a una sentimental señorita que era su amiga y otra a sus padres. De ellos se despidió en los términos más conmovedores, disculpaba su comportamiento por la ingobernable fuerza de la pasión y concluía asegurándoles que no habría un momento más placentero en su vida que aquel en el que le fuera permitido arrodillarse de nuevo ante ellos. Tras sellar ambas cartas con estampillas de Tula que representaban dos corazones ardientes y llevaban una digna leyenda, la joven se tumbó en la cama poco antes de amanecer y se quedó adormilada. Pero entonces la asaltaron terribles ensoñaciones que la despertaron constantemente. En una de ellas, su padre la abordaba de repente cuando acababa de sentarse en el trineo que la conduciría al altar y la arrastraba por la nieve tirando con fuerza hasta arrojarla a un oscuro sótano sin fondo por el que ella volaba cabeza abajo con el corazón encogido. En otra era su enamorado quien aparecía tumbado sobre la hierba, pálido y ensangrentado. A punto de exhalar el último suspiro, él le rogaba con voz penetrante que se casaran enseguida. Otros sueños igual de terribles e insensatos cruzaron su mente, uno tras otro. Finalmente, se levantó, más pálida que de costumbre y con una jaqueca que ya no era fingida.

Sus padres percibieron la inquietud que la embargaba. La tierna preocupación que ambos mostraron y las insistentes preguntas que hicieron —«¿Qué te sucede, Masha?», ¿acaso te has puesto enferma, hija?»— le desgarraron el corazón. Intentó tranquilizarlos, parecer alegre, pero no lo consiguió. Cayó la tarde. La idea de que era el último día que pasaba acompañada de su familia le oprimió el corazón. Apenas se tenía en pie. Y se iba despidiendo en secreto de todas las personas y objetos que la rodeaban.

Llamaron a la cena. A María Gavrílovna el corazón parecía querer salírsele del pecho. Con voz temblorosa anunció que no le apetecía cenar y comenzó a despedirse de sus padres. Estos la besaron y, como era costumbre, le dieron la bendición. La joven apenas consiguió contener las lágrimas. De vuelta en su habitación, se dejó caer en una butaca, ahogada por los sollozos. Su doncella la convenció de que se calmara y recobrara el ánimo. Todo estaba listo ya. En apenas media hora Masha abandonaría para siempre su casa paterna, su habitación, la vida apacible de las muchachas solteras... La tempestad azotaba el patio. El viento ululaba y los postigos temblaban y golpeaban. La joven se tomó la tormenta como una amenaza, un mal augurio. Muy pronto la casa quedó en calma con todos ya en la cama. Masha se envolvió en un chal, se puso un buen abrigo, tomó el neceser y salió por la puerta de atrás. La criada la seguía cargando dos fardos. Salieron al jardín. La tempestad no amainaba. El viento la golpeaba de frente, como si empujara para detener a la joven culpable. Avanzando a duras penas, las dos jóvenes alcanzaron el final del jardín. Un trineo las esperaba en el camino. Los caballos impacientes no dejaban de moverse y el cochero de Vladimir se paseaba frente a las pértigas que sobresalían por delante del trineo para sosegarlos. Cuando hubo acomodado a la señorita y a su doncella junto a los bultos y el neceser que llevaban, tomó las riendas y los caballos echaron a correr. Tras encomendar a la joven al cuidado del destino y las mañas del cochero Terioshka, veamos qué tal le va a nuestro joven enamorado.

Vladimir se había pasado el día yendo de un lado a otro. Por la mañana fue a ver al sacerdote de Zhádrino, a quien persuadió con esfuerzo. Después se fue a buscar testigos entre los terratenientes de la región. El primero a quien acudió, el corneta retirado Dravin, de cuarenta años de edad, aceptó de buen grado. Aquella aventura, le aseguró, le haría recordar sus viejos tiempos cometiendo fechorías en el cuerpo de húsares. Dravin convenció a Vladimir para que se quedara a comer con él y le aseguró que no le costaría nada encontrar a los otros dos testigos que necesitaba. Y, en efecto, en cuanto hubieron acabado de comer aparecieron el agrimensor Schmidt con sus bigotes y espuelas, y el hijo de un capitán del correccional, un joven de dieciséis años que acababa de ingresar en el cuerpo de ulanos. Ambos no solo acogieron calurosamente la propuesta de Vladimir, sino que además le juraron estar dispuestos a dar sus vidas por él. Vladimir los abrazó dominado por la emoción y corrió a su casa a prepararse.

La noche había caído hacía ya tiempo. Vladimir encomendó a su fiel Terioshka tomar el camino de Nienarádovo con su troika y con instrucciones minuciosas y precisas. Para sí mismo ordenó ensillar un pequeño trineo tirado por un solo caballo y se puso en marcha sin cochero hacia Zhádrino, adonde María Gavrílovna llegaría unas dos horas más tarde. Conocía bien el camino y no serían más de veinte minutos de viaje.

Pero apenas Vladimir salió a campo abierto, se levantó tal ventolera que no alcanzaba a ver nada. La nieve cegó el camino en un minuto. Todo desapareció, cubierto por una penumbra espesa y amarillenta que solo conseguían atravesar los blancos copos de nieve. El cielo y la tierra se fundieron en uno. Vladimir se vio de pronto en mitad del campo, incapaz de retomar el camino. El caballo avanzaba a tientas y lo mismo clavaba una pata en un montón de nieve que se hundía en un hoyo. El trineo no paraba de volcar. Vladimir se las veía y se las deseaba para mantener el rumbo. Pensó que, aunque ya llevaba media hora de camino, aún no había alcanzado la linde

del bosque de Zhádrino. Pasaron otros diez minutos y el bosque continuaba sin aparecer. Vladimir avanzaba a través de un campo surcado por hondas zanjas. La tempestad no amainaba ni se despejaba el cielo. El caballo dio señales de cansancio y su pasajero sudaba a mares, a pesar de que estaba metido en la nieve hasta la cintura.

Al fin comprendió que no había tomado la dirección correcta. Se detuvo un momento, analizó la situación, hizo memoria, calculó... y acabó convencido de que tenía que girar a la derecha. Así lo hizo. El caballo apenas se tenía en pie, llevaban más de una hora de viaje. Zhádrino no podía estar lejos. Y, sin embargo, por mucho que avanzaban el campo no daba señales de tener fin. Todo eran montones de nieve y zanjas; el trineo volcaba una y otra vez y él tenía que enderezarlo para retomar la marcha. El tiempo pasaba y al joven le fue invadiendo una gran inquietud.

Por fin aparecieron unas sombras a la derecha y Vladimir enfiló el trineo en esa dirección. Al acercarse constató que se trataba de un bosque. Dio gracias a Dios: ya iba por el buen camino. Avanzó bordeando la linde con la esperanza de rodear el bosque o alcanzar la senda que conocía. Detrás de la floresta estaba Zhádrino. No tardó en encontrar un camino y lo tomó para adentrarse en la penumbra del bosque, desnudado ahora por el invierno. Aquí ya el viento no podía hacer de las suyas; el camino estaba limpio, el caballo se animó y Vladimir recuperó la calma.

Pero por mucho que avanzaba, Zhádrino no se dejaba ver: el bosque no parecía tener fin. Vladimir tuvo que reconocer que se había metido en un bosque desconocido. La desesperación se apoderó de él. Pegó al caballo con la fusta y la pobre bestia echó a correr al galope, pero acabó aminorando la marcha y al cuarto de hora ya iba al paso, ignorando a todos los esfuerzos del desventurado novio.

El bosque empezó a clarear poco a poco y Vladimir salió por fin a campo abierto. No se veía Zhádrino. Ya sería medianoche. Los ojos se le llenaron de lágrimas. Continuó camino ya sin ton ni son. La tempestad había amainado, el cielo se había despejado y delante de él se extendía una llanura cubierta por una mullida alfombra blanca. La noche era bastante clara. A lo lejos asomaba una minúscula aldea de cuatro o cinco casas hacia la que se dirigió Vladimir. Saltó del trineo al llegar a la primera de las casas y golpeó la ventana. Unos minutos después se levantó el postigo de madera y asomó la barba gris de un anciano.

—¿Qué se te ofrece? —preguntó.

—¿Está lejos Zhádrino?

—¿Que si Zhádrino queda lejos?

—¡Sí, eso! ¿Queda lejos?

—¡Quia! A diez verstas, más o menos.

Aquella respuesta hizo que Vladimir se tirara de los cabellos y se le helara el gesto como a un hombre al que acabaran de condenar a muerte.

—¿Y tú de dónde vienes? —preguntó el anciano.

Vladimir no tenía fuerzas para responder.

—Escucha, viejo: ¿me prestas unos caballos que me lleven a Zhádrino?

—¿Qué caballos te voy a dejar yo a ti, hombre? —replicó el campesino.

—¿Y alguien que me lleve? Pagaré lo que sea —dijo Vladimir.

—Espera, que mandaré a mi hijo a que te lleve —zanjó el anciano bajando el postigo.

Vladimir se quedó esperando, pero la impaciencia lo dominaba y enseguida volvió a golpear la ventana. Se levantó el postigo otra vez y asomó de nuevo el anciano.

—Y ahora, ¿qué quieres?

—¿Qué pasa con tu hijo?

—Ya sale, se está calzando. ¿Te estás helando ahí fuera? Pasa y caliéntate —ofreció el campesino.

—No, gracias, tú mándame pronto a tu hijo.

Las puertas chirriaron y apareció un joven empuñando un garrote. Sin decir palabra echó a andar señalando dónde estaba el camino o buscándolo cuando se perdía bajo los montones de nieve.

—¿Qué hora es? —le preguntó Vladimir.

—Pronto amanecerá —le respondió el joven campesino, y Vladimir no tuvo fuerzas para decir nada más.

Ya era de día y cantaban los gallos cuando llegaron a Zhádrino. La iglesia estaba cerrada a cal y canto. Vladimir pagó al joven campesino y dirigió sus pasos a la casa del sacerdote. Nada más entrar al patio se percató de que su troika no estaba allí. ¡Qué noticias le esperaban! Mas volvamos con los buenos terratenientes de Nienarádovo y veamos qué está sucediendo en su casa. En esencia, nada. Los viejos se levantaron y fueron al salón. Gavrila Gavrílovich llevaba el gorro de dormir y su chaquetón de paño. Praskovia Petrovna llevaba chaqueta guateada. Cuando les sirvieron el samovar, Gavrila Gavrílovich mandó a la criada a interesarse por María Gavrílovna y preguntarle qué tal había dormido y cómo se encontraba. La chica, mordiendo las palabras, informó que la señorita había pasado mala noche, pero que ahora se encontraba mejor y bajaría enseguida. Y, en efecto, la puerta se abrió y María Gavrílovna se acercó a saludar a su padre y su madre.

—¿Qué tal va tu cabeza, Masha? —preguntó Gavrila Gavrílovich.

—Mejor, papá —contestó Masha.

—Diría que tuviste fiebre ayer, ¿no es cierto, hija? —intervino Praskovia Petrovna.

—Es posible, mamá —le respondió Masha.

El día transcurrió sin novedades, pero por la noche Masha se sintió indispuesta. Mandaron a buscar al médico, que llegó a media tarde y se encontró a la paciente delirando. Las fuertes fiebres tuvieron a la pobre enferma dos semanas con un pie en la tumba. En la casa nadie conocía el intento de fuga de la víspera. Las cartas escritas antes de escapar ya habían sido quemadas. La criada no había dicho nada, temerosa de la ira de los señores. El sacerdote, el corneta retirado, el agrimensor y el joven ulano mantuvieron un perfil bajo, como les convenía. El cochero Terioshka siempre había sabido mantener la boca bien cerrada, aun en estado de ebriedad. De ese modo, el secreto permaneció a salvo entre algo más de media docena de conjurados. Pero la propia María Gavrílovna lo reveló en un momento de su angustioso delirio. Por suerte, lo hizo de tal forma que su madre, que no se apartaba del lecho de su hija ni un instante, nada alcanzó a comprender de las palabras inconexas, más allá de la idea de que su hija estaba perdidamente enamorada de Vladimir Nikoláyevich y que, con toda probabilidad, en ese amor radicaba la causa de su enfermedad. Establecido esto y después de pedir consejo a su marido y a algunos vecinos, acabaron decidiendo unánimemente que no había dudas de que el destino de María Gavrílovna estaba escrito, que las cosas hay que aceptarlas como vienen, que la pobreza no es un vicio, que no se vive con la riqueza, sino con la persona amada, etc. Los proverbios de tono moral suelen ser muy útiles en tales circunstancias, cuando somos incapaces de inventarnos mejores justificaciones.

Entretanto, la joven comenzó a recuperarse y a Vladimir hacía mucho que no se le veía aparecer en casa de Gavrila Gavrílovich. Ya estaba escarmentado por los recibimientos que solían hacerle. Entonces, dispusieron mandar a buscarlo y anunciarle la feliz nueva: el consentimiento otorgado por los padres de la novia al matrimonio. Pero ¡cuál no sería la sorpresa de los señores de Nienarádovo cuando en respuesta a su invitación recibieron de él una carta que solo un hombre privado de la razón podía haber escrito! En ella les anunciaba que jamás volvería a poner un pie en su casa, y les rogaba olvidarse de un desgraciado al que ya solo le quedaba depositar alguna esperanza en la muerte. Unos días más tarde conocieron que Vladimir se había alistado en el ejército. Corría el año 1812.

A Masha, aún en proceso de recuperación, no se atrevieron a comunicarle lo ocurrido hasta pasado un buen tiempo. A partir de ese día, el nombre de Vladimir no apareció nunca más en sus labios. Y solo unos meses más tarde, al descubrir su nombre en un listado de heridos graves en la batalla de Borodinó, sufrió un desvanecimiento y se temió que le volvieran las fiebres. Sin embargo, gracias a Dios, el desmayo no tuvo consecuencias.

Otra desgracia cayó sobre ella. Su padre, Gavrila Gavrílovich, falleció, y la hizo heredera de toda la hacienda. Pero la herencia no le sirvió de consuelo. Compartía con todo su corazón el dolor de la desventurada Praskovia Petrovna y juró no separarse de ella jamás. Ambas dejaron Nienarádovo, lugar que tantos malos recuerdos les traía, y se marcharon.

No faltaron pretendientes merodeando a la graciosa y rica joven, pero ella jamás dio a nadie el menor atisbo de esperanza. De tanto en tanto, su madre la animaba a dejarse cortejar. Pero cada vez María Gavrílovna negaba con la cabeza y se quedaba pensativa. Vladimir ya no vivía: había muerto en Moscú la víspera de la toma de la ciudad por los franceses. Masha alimentaba un recuerdo reverencial por su memoria y se dio a la tarea de conservar todo aquello que la ayudara a tenerlo presente. Los libros que alguna vez leyó, sus dibujos, notas y los versos que había copiado para ella. Entretanto, sus vecinos, asombrados de su entrega a la memoria de Vladimir, esperaban con curiosidad al héroe que se alzaría un día con la victoria sobre la triste fidelidad que profesaba aquella virginal Artemisa.

Entretanto, la guerra había terminado gloriosamente y nuestros regimientos volvían del extranjero. La gente corría a su encuentro. Se escuchaban las canciones que traían los vencedores: *Vive Henri-Quatre*, valses tiroleses y arias de *Joconde*. Los oficiales, que habían marchado a la campaña siendo unos niños, volvían ya con las maneras viriles incorporadas en el campo de batalla y con las cruces al mérito colgadas en el pecho. Los soldados intercambiaban palabras en son de camaradería mezclando palabras francesas y alemanas. ¡Qué tiempos aquellos! ¡Tiempos de gloria y júbilo! ¡Con qué fuerza latía el corazón de los rusos al escuchar la palabra «patria»! ¡Qué dulces eran las lágrimas que se derramaban en cada encuentro! ¡Cómo todos a una supimos juntar los sentimientos de orgullo nacional y amor al soberano! ¡Qué gran momento para él, por cierto!

Las mujeres rusas se comportaron de una manera única. Su frialdad habitual se esfumó como por ensalmo. Su júbilo resultaba verdaderamente embriagador cuando saludaban a los vencedores al grito de «¡Viva!» y arrojaban sus cofias al aire.

¿Qué oficial de los que estuvieron allí entonces no reconocerá que debió su mejor condecoración, la más valiosa, a las mujeres rusas?

En aquellos tiempos espléndidos María Gavrílovna vivía con su madre en la provincia y no presenció la manera en que en ambas capitales se saludó el regreso de las tropas. Pero tal vez el júbilo que se vivió en comarcas y aldeas fuera aún mayor. La llegada de cualquier oficial a esos lugares generaba un entusiasmo general y cualquier pretendiente vestido de frac palidecía a su lado.

Ya habíamos mencionado que, a pesar de la frialdad que mostraba, María Gavrílovna continuaba rodeada de pretendientes, pero todos ellos debieron recular cuando apareció en su castillo un coronel de húsares herido, con la Orden de San Jorge en el ojal y una interesante palidez, como decían las damas de entonces. El joven se apellidaba Burmín y tenía unos veintiséis años. Había ido a pasar las vacaciones a sus tierras, cerca de la aldea de María Gavrílovna. Ella lo distinguía con su atención. Su habitual ensimismamiento desaparecía en presencia del joven. Nadie podría afirmar que coqueteaba con él, pero el poeta habría dicho: «S'amor non è, che dunque?».

Burmín era, efectivamente, un joven encantador. Poseía ese tipo de inteligencia que fascina a las mujeres. Hacía gala del raciocinio de la decencia, la capacidad de observación, un talante sin recelos y siempre tenía una sonrisa presta. A María Gavrílovna la trataba con sencillez y desapego, pero su mirada y su alma estaban atentas a cada cosa que ella decía o hacía. Burmín daba la impresión de ser un hombre de talante moderado y modesto, aunque las malas lenguas sostenían que en el pasado había sido un caballerete de mucho cuidado. Ello, no obstante, no hacía mella en la estima que por él tenía María Gavrílovna, quien, como cualquier otra dama joven, sabía perdonar las pillerías que demostraban un carácter dotado de arrojo y fervor.

Pero había algo más (más que la ternura, que la conversación honesta, más interesante que la palidez y el brazo vendado) y era la manera en que el silencio del joven húsar alimentaba su curiosidad e imaginación. María Gavrílovna no podía ignorar cuánto le gustaba. Y es probable que él, con su inteligencia y experiencia, hubiera percibido también que ella lo distinguía sobremanera: ¿cómo era posible que ella no lo hubiera visto aún arrojándose a sus pies y declarándole su amor? ¿Qué le frenaba? ¿La timidez que suele acompañar a los amores genuinos, el orgullo o la coquetería de un seductor experimentado? Un enigma aquel que ella, tras meditarlo largamente, resolvió atribuyéndolo a la timidez, única explicación que concebía. Así, decidió dedicarle más atención aún para animarle e incluso permitirse, cuando la situación lo admitiera, alguna muestra de cariño. María Gavrílovna anticipaba el desenlace más inesperado y esperaba con impaciencia el instante de la romántica declaración. Los misterios, cualquiera que sea su naturaleza, han tentado siempre a los corazones femeninos.

Con el paso de los días, el despliegue de la estrategia de María Gavrílovna comenzó a acariciar el éxito. Al menos, Burmín fue dejándose envolver en un aire taciturno, sus ojos negros se posaban en María Gavrílovna con un nuevo fuego, y parecía que el minuto decisivo no se haría esperar mucho más. Los vecinos ya hablaban del enlace matrimonial como de algo inevitable y la buena de Praskovia Petrovna se felicitaba de que, por fin, su hija hubiera encontrado un novio digno.

Un día, la anciana estaba haciendo un solitario en el salón cuando Burmín entró de repente y, sin más preámbulo, preguntó por María Gavrílovna.

—Está en el jardín —le informó la anciana. Y lo animó—: Vaya con ella, que yo les espero aquí.

Mientras Burmín avanzaba hacia el jardín, Praskovia Petrovna se santiguó y pensó que ojalá aquel fuera el día tan anhelado.

Burmín encontró a María Gavrílovna bajo un sauce, junto al estanque. Llevaba un vestido blanco y tenía un libro en las manos, como la heroína de una novela. Después de las consabidas preguntas, la joven se abstuvo de animar la conversación, lo que multiplicó la incomodidad que ambos sentían y llevó la situación a un punto muerto del que solo se podía salir con una declaración súbita y decidida. Y así fue. Consciente de lo penoso de su situación, Burmín le declaró que llevaba ya mucho tiempo esperando la ocasión de abrirle su corazón y le rogó un minuto de atención. María Gavrílovna cerró el libro y bajó los ojos en señal de consentimiento.

—La amo —dijo Burmín—. La amo con pasión. —María Gavrílovna se ruborizó y bajó aún más la cabeza. Él continuó—: He sido imprudente al haberme entregado al dulce hábito de verla y escucharla a diario.

María Gavrílovna recordó la primera carta de Saint-Preux.

—Ahora ya nada puedo hacer para escapar de mi destino: el recuerdo de usted, su imagen dulce e incomparable me perseguirá ya siempre como un tormento y como un motivo de gozo. Y, sin embargo, aún tengo que cumplir un penoso deber y descubrirle un terrible secreto que pondrá entre los dos un insalvable obstáculo.

—Ese obstáculo ha estado ahí siempre —le interrumpió con fuego María Gavrílovna—: ¡Yo nunca habría podido convertirme en su esposa!

—Sé muy bien que usted en otro tiempo ya amó —le dijo él en voz baja—, pero la muerte y tres años de duelo... ¡Dulce, querida María Gavrílovna! No quiera privarme de un último consuelo: la idea de que usted habría aceptado hacerme feliz de no ser por... ¡Oh, calle, por Dios, calle! Me atormenta. Sí, tengo esa certeza. Siento que habría sido mía, pero yo, la más desventurada de las criaturas... ¡estoy casado!

María Gavrílovna lo miró sorprendida.

—Estoy casado —siguió Burmín—, hace cuatro años que lo estoy y no sé quién es mi mujer, ni dónde vive, ni siquiera si he de volver a verla algún día.

—Pero ¿qué dice? —exclamó María Gavrílovna—. ¡Qué cosa tan rara! Continúe. Luego le contaré una... Pero continúe, se lo ruego.

—A principios de 1812 —contó Burmín— me encontraba viajando a toda prisa hacia Vilna, donde acampaba mi regimiento. En una ocasión llegué ya entrada la noche a una casa de postas, y al mandar que me preparasen rápidamente los caballos, vi que se desencadenaba una furiosa tormenta de nieve. Tanto el responsable como los cocheros allí presentes me recomendaron esperar. Y, aunque estaba dispuesto a seguir su consejo, una incomprensible inquietud se apoderó de mí. Tenía la sensación de que me empujaban. Entretanto, la tempestad no amainaba y, sin poder contenerme, ordené ponernos en marcha y me metí en el ojo de la tormenta. Al cochero se le ocurrió avanzar sobre el río helado, lo que debía ahorrarnos tres verstas. Pero como las orillas del río estaban completamente cegadas por la nieve, dejamos atrás el lugar por donde debíamos salir y tomar nuestro camino, y al final acabamos en un paraje que nos era desconocido. Como la tempestad seguía azotándonos, al ver una luz encendida a lo lejos ordené dirigirnos allá. Llegamos a una aldea. La luz que había visto ardía en la iglesia. Tenía las puertas abiertas, había unos cuantos trineos afuera y se veía a algunas personas caminando por el atrio.

»—¡Venga! ¡Venga! —gritaron algunas voces al vernos llegar.

»Ordené al cochero que se aproximara.

»—¿Dónde te habías metido? —me reprochó una voz—. La novia está al borde de un ataque de nervios. El pope no sabe qué hacer con ella. Estábamos a punto de marcharnos ya. Entra deprisa, corre.

»Sin mediar palabra, salté del trineo y entré en la iglesia alumbrada apenas por dos o tres velas. En un oscuro rincón había una joven sentada en un banco. Otra muchacha le frotaba las sienes.

»—Gracias a Dios que ha aparecido —dijo la segunda—. ¡Por poco mata de angustia a la señorita!

»El anciano sacerdote se acercó a preguntarme si me parecía bien comenzar la ceremonia.

»—Sí, comience, padre, comience —le dije, distraído.

»Levantaron a la joven. Me pareció hermosa. Con incomprensible e imperdonable frivolidad me situé a su lado ante el altar. El sacerdote tenía prisa. Tres hombres y la criada mantenían a la novia en pie y solo tenían ojos para ella. Nos juraron en matrimonio.

»—Bésense —nos mandaron.

»Mi esposa volvió su pálido rostro hacia mí. Quise besarla... Pero al verme gritó:

»—¡No es él, ay! ¡No es él!

»Se desplomó sin conocimiento y los testigos me clavaron sus ojos asustados. Me di la vuelta y abandoné la iglesia sin obstáculo alguno, me subí de un salto al trineo y grité:

»—¡En marcha!

—¡Dios mío! —intervino María Gavrílovna—. ¿Y nada sabe del destino de su pobre esposa?

—Nada sé de ella —respondió Burmín—, ni conozco el nombre de la aldea donde contraje matrimonio. Tampoco recuerdo las señas de la casa de postas de la que salí para llegar allá. Frívolo como era entonces, concedí tan poca importancia a la criminal fechoría que había cometido que en cuanto nos alejamos de la iglesia caí dormido y no desperté hasta la mañana siguiente, ya con tres casas de postas por medio. El criado que me servía entonces murió durante la campaña, de manera que no tengo esperanza alguna de encontrar a la mujer a la que gasté broma tan cruel, la misma que es vengada ahora con la misma crueldad.

—¡Oh, Dios mío! ¡Dios mío! —exclamó María Gavrílovna tomándolo de la mano—. ¡Entonces fue usted! ¿Es que no me reconoce, acaso?

Burmín palideció y se arrojó a sus pies.

Un baile de máscaras

ALEXANDRE DUMAS, PADRE
(1802-1870)

Había dejado dicho que no quería ver a nadie; un amigo mío contravino la orden.

El criado me anunció al señor Antony R... Distinguí, tras la librea de Joseph, la punta de un redingote negro; era probable que quien llevaba el redingote, por su parte, hubiera visto algo de mi batín; imposible esconderme.

—¡Muy bien! ¡Que pase! —dije en voz alta—. ¡Que se lo lleve el diablo! —dije en voz baja.

Cuando se está trabajando, solo la mujer a la que uno ama puede molestar impunemente, puesto que ella es quien está en el origen de todo lo que uno hace.

Iba a recibirle, pues, con la cara malhumorada de un autor interrumpido en uno de esos momentos en que más teme serlo. Sin embargo, al verlo tan pálido y descompuesto, le dije a modo de saludo:

—¿Qué le pasa? ¿Qué le ha sucedido?

—¡Oh! Permítame recuperar el aliento... Le contaré lo sucedido, que, por otra parte, no sé si forma parte de un sueño o es que me he vuelto loco.

Se derrumbó en una butaca y dejó caer la cabeza entre las manos.

Lo miraba asombrado: tenía los cabellos mojados por la lluvia; sus botas, sus rodillas y los bajos de los pantalones estaban cubiertos de barro. Me acerqué a la ventana y vi, en la puerta, a su criado y el cabriolé. No comprendía nada.

Se percató de mi sorpresa.

—He estado en el cementerio Père-Lachaise —dijo.

—¿A las diez de la mañana?

—Estaba allí a las siete. ¡Maldito baile de máscaras!

No entendía la relación entre un baile de máscaras y un cementerio. Me resigné y, de espaldas a la chimenea, me puse a liar un cigarrito entre los dedos, con la flema y la paciencia de un español.

Cuando estuvo a punto, se lo ofrecí a Antony, a quien sabía muy sensible, de costumbre, a ese tipo de atenciones.

Me lo agradeció con un gesto, pero me apartó la mano.

Me agaché para encender el cigarrito y fumármelo yo. Antony me detuvo.

—Alexandre —me dijo—, escúcheme, se lo suplico.

—Pero si lleva un cuarto de hora aquí sin decirme nada.

—¡Oh! ¡Qué extraordinaria aventura!

Me erguí, dejé mi cigarrito sobre la chimenea y me crucé de brazos, expectante; empezaba a creer, como él, que bien pudiera haber enloquecido.

—¿Se acuerda del baile de la Ópera, donde nos encontramos? —me preguntó tras un instante de silencio.

—¿El último? ¿Aquel al que asistieron doscientas personas o más?

—Ese. Me marché de allí con la intención de asistir al baile del Varietés, del que me habían hablado como de una curiosidad, en esta época ya de por sí curiosa. Usted me quiso disuadir; una fatalidad me empujaba a acudir. ¡Oh! ¿Por qué no lo pudo presenciar usted, tan interesado en todo lo relativo a las costumbres? ¿Por qué Hoffmann o Callot no estaban allí para pintar el cuadro a la vez fantástico y burlesco que se desarrolló ante mis ojos? Acababa de abandonar la Ópera, vacía y triste, y me encontré en una sala a rebosar, alegre: pasillos, palcos, platea, no cabía un alfiler. Di una vuelta por la sala; veinte máscaras me llamaron por mi nombre y me dijeron el suyo. Eran eminencias aristocráticas o financieras bajo innobles disfraces de pierrot, de cochero, de saltimbanqui, de verdulera. Eran jóvenes con nombre, con corazón, con mérito; y allí, olvidando la familia, el arte y la política, reproducían una velada de la Regencia, en medio de nuestra época, grave y severa. Me lo habían contado, pero no lo había creído... Subí una escalera y me apoyé en una columna, y, medio escondido, me fijé en esa ola de criaturas humanas que se movía debajo de mí. Esos dominós de todos los colores, esos trajes abigarrados, esos disfraces grotescos, formaban un espectáculo que no tenía nada de humano. Empezó a sonar la música. ¡Oh! ¡Fue entonces! Aquellas extrañas criaturas se agitaron al son de la orquesta, cuya armonía me llegaba en medio de gritos, risas, clamores; se tomaban los unos a los otros de la mano, del brazo, del cuello; se formó un corro enorme y empezaron a dar vueltas; bailarines y bailarinas daban golpes con el pie, haciendo saltar con el ruido un polvo cuyos átomos hacía visible la lívida luz de las arañas. Giraban a toda velocidad, se cruzaban realizando extrañas figuras, gestos obscenos, soltando gritos de desenfreno. Cada vez iban más deprisa, ellos caían como borrachos, ellas gritaban como perdidas, con más delirio que goce, con más rabia que placer. Eran parecidos a una recua de condenados que cumple, bajo el látigo de los demonios, una penitencia infernal. Todo esto pasaba ante mis ojos, a mis pies. Sentía el viento que levantaban.Los que conocía me lanzaban, al pasar, palabras vergonzantes. Todo ese ruido, esa barahúnda, esa confusión, esa música, se introdujo dentro de mi cabeza. Pronto no supe si lo que sucedía era sueño o realidad. Llegué a pensar si no sería yo quien había perdido la razón y ellos quienes estaban en sus cabales. Estaba tentado de mezclarme en ese pandemonio, como Fausto en el *sabbat,* para sentir entonces que mis gritos, movimientos, contorsiones, risas, eran como los suyos. ¡Oh! De allí a la locura solo había un paso. Me asusté; salí de la sala perseguido hasta la puerta de la calle por aquellos gemidos que se parecían a los rugidos de amor que salen de las cuevas de las bestias salvajes.

Me detuve un instante en el vestíbulo para reponerme, no quería aventurarme a salir a las calles con esa turbación de espíritu. Temía no orientarme o acabar bajo las ruedas de un coche que no viera venir. Estaba como debe de estar un hombre ebrio que empieza a recobrar la suficiente razón para darse cuenta de su estado y que, sintiendo recuperar la voluntad, pero no todavía el poder, se apoya, inmóvil, con los ojos fijos y atónitos, contra un bolardo de la calle o un árbol de un paseo público.

En ese momento, un coche se detuvo ante la puerta y una joven bajó, o mejor, se precipitó.

Entró en el vestíbulo volviendo la cabeza a derecha e izquierda, como si estuviera perdida. Vestía un dominó negro y llevaba el rostro cubierto por una máscara de terciopelo. Se dirigió a la sala.

—¿Su entrada? —le pidió el portero.

—¿Mi entrada? —respondió ella—. No tengo entrada.

—Haga el favor de adquirir una en taquilla.

La mujer del dominó regresó al vestíbulo, rebuscando con viveza en todos los bolsillos.

—¡No llevo dinero! —exclamó—. ¡Ah! El anillo... Una entrada por este anillo —dijo.

—Imposible —dijo la mujer de la taquilla—. Aquí no aceptamos este tipo de trueques.

Al mismo tiempo que lo decía, rechazó el brillante de tal modo que cayó al suelo y rodó hasta mí.

La mujer del dominó permaneció inmóvil, sin hacer caso del anillo, abismada en algún pensamiento.

Recogí la joya y se la devolví.

Vi, a través de la máscara, que sus ojos se fijaban en los míos. Me miró un instante, dubitativa. Luego, de pronto, me tomó del brazo:

—Necesito que me haga entrar —me dijo—. Tenga piedad, lo necesito.

—Yo ya me iba, señora —le respondí.

—Entonces, deme seis francos por el anillo. Me habrá hecho un favor por el cual le bendeciré toda mi vida.

Le puse el anillo en el dedo, me dirigí a la taquilla, compré dos entradas y, juntos, nos dirigimos a la sala.

Al llegar al pasillo sentí que se tambaleaba. Con su otra mano me agarró el brazo, como si me lo rodeara con una argolla.

—¿Se encuentra mal? —le pregunté.

—No, no es nada; un ligero mareo, eso es todo…

Y me arrastró al interior.

Me encontraba de nuevo en ese alegre manicomio.

Dimos tres vueltas, abriéndonos paso con grandes dificultades entre esas olas de máscaras que se lanzaban las unas contra las otras. Ella se estremecía con cada palabra obscena que oía; yo enrojecía por ser visto del brazo de una mujer que osaba oír tales palabras. Al final, nos recogimos en un rincón. Cayó sobre un banco. Yo permanecía de pie ante ella, con la mano apoyada en el respaldo del asiento.

—¡Oh! Esto le debe de parecer muy extraño —dijo—, pero no más que a mí, se lo juro. No tenía la menor idea de todo esto —miraba el baile—; ni en sueños había visto algo semejante. Pero me escribieron que él estaría aquí con una mujer, sabe usted; ¿y de qué mujer puede tratarse para venir a un lugar así?

Hice un gesto de asombro que ella comprendió al punto.

—Una como yo, piensa usted. ¡Oh! No. Es distinto. Yo lo busco; yo soy su mujer. A esta gente les ha traído hasta aquí la locura y el desenfreno. A mí, los celos infernales. Iría a cualquier sitio a buscarlo, a un cementerio de noche, a la plaza pública el día de una ejecución. Y, sin embargo, se lo juro, de soltera jamás salí de casa sin mi madre; casada, no he dado un paso fuera sin la compañía de un lacayo. Pero heme aquí, como cualquiera de esas mujeres que saben bien el camino, dando el brazo a un hombre que no conozco, sonrojándome bajo mi máscara por la opinión que se habrá formado de mí. ¡Lo sé…! ¿Ha sentido celos alguna vez, señor?

—Terribles —le respondí.

—Entonces, me perdonará; ya sabe cómo es. Reconoce esa voz que le dice: «¡Ve!», como si se la dijera a la oreja de un insensato. Habrá sentido el brazo que le empuja a la vergüenza y al crimen, como una fatalidad. Sabrá que en semejante momento es capaz de todo para vengarse.

Iba a contestar, pero se levantó de pronto, con los ojos fijos en dos dominós que pasaban delante de nosotros.

—¡Calle! —dijo.

Y me arrastró tras ella.

68

Me encontré de lleno en una intriga que desconocía; sentía la vibración de sus hilos, pero no conseguía desenredarlos. No obstante, aquella mujer estaba tan alterada que no podía dejar de interesarme por ella. Obedecí como un niño, así de imperiosa es una pasión verdadera, y seguimos a las dos máscaras que escondían, evidentemente, a una mujer y a un hombre. Hablaban a media voz y los sonidos apenas llegaban a nuestros oídos.

—Es él quien murmura, es su voz. Sí, sí, es su silueta.

El más alto de los dominós se puso a reír.

—Es su risa —dijo ella—. Es él, señor, es él. ¡La carta decía la verdad! ¡Oh, Dios mío! ¡Dios mío!

Mientras, las máscaras avanzaban y las seguimos; salieron de la sala, y fuimos tras ellas; ascendieron por la escalinata de los palcos e hicimos lo propio; no se detuvieron hasta llegar a los palcos del lado del telar. Parecíamos sus sombras. Abrieron un pequeño palco enrejado y entraron. Cerraron la puerta tras ellos.

La pobre criatura que sostenía en brazos me asustó con su agitación. No podía verle la cara, pero, arrimada a mí como estaba, podía sentir el latido de su corazón, el temblor de su cuerpo, sus miembros estremecidos. Había algo extraño en la manera en que me llegaba el sufrimiento inaudito que podía ver con mis propios ojos, aun desconociendo a la víctima e ignorando la causa. Sin embargo, por nada del mundo habría abandonado a esa mujer en semejante momento.

Al ver a la pareja de máscaras entrar en el palco y encerrarse, ella se quedó inmóvil un instante, como fulminada; luego se abalanzó a la puerta para escuchar. Situada como estaba, el mínimo movimiento la habría delatado y habría estado perdida. La arrastré con fuerza por el brazo, abrí el palco contiguo y la hice entrar conmigo. Bajé la rejilla y cerré la puerta.

—Si quiere escuchar —le dije—, al menos hágalo desde aquí.

Se arrodilló y pegó la oreja contra el tabique, y yo me quedé de pie en el otro lado, con los brazos cruzados, la cabeza inclinada, pesaroso.

Lo que había visto de esa mujer me había revelado cierta belleza. La parte baja de su cara, que no estaba escondida tras la máscara, era joven, aterciopelada, redonda; sus labios eran rojos y finos; sus dientes, que hacía más blancos la máscara que hasta ellos bajaba, eran pequeños, separados y brillantes; su mano estaba bien moldeada; su silueta incitaba a reseguirla con los dedos; sus cabellos negros, sedosos, se escabullían profusamente de la capucha de su dominó y su pie infantil, que surgía bajo su vestido, parecía apenas capaz de sostener el cuerpo, a pesar de lo ligero, grácil y etéreo que era. ¡Oh! Debía de ser una criatura maravillosa. ¡Oh! Quién pudiera tenerla entre los brazos, ver todas las facultades de esa alma dedicadas a amar, sentir su corazón y sus latidos, sus estremecimientos, sus espasmos y poder decir: todo esto, todo esto es amor, amor por mí, por mí entre todos los hombres, por mí, ¡ángel predestinado! ¡Oh! ¡Ese hombre! ¡Ser ese hombre!

En eso pensaba cuando vi que la mujer se ponía de pie, se giraba hacia mí y me decía con la voz entrecortada y furiosa:

—Señor, soy bella, se lo juro; soy joven, tengo diecinueve años. Hasta el presente he sido pura como el ángel de la creación... Pues bien... —lanzó sus brazos a mi cuello—. Pues bien, soy suya... ¡Poséame!

En el mismo instante sentí sus labios pegados a los míos y la sensación de un mordisco, más que de un beso, recorrió su cuerpo estremecido, desesperado. Una nube de llamas pasó por mis ojos.

Diez minutos después, la sostenía en mis brazos, conmocionada, medio muerta, sollozando.

Poco a poco se recuperó; distinguía a través de la máscara sus ojos azorados, vi la parte baja de su rostro pálido, oí sus dientes rechinar, como en los temblores de la fiebre. Aún puedo verlo todo.

Recordó lo que acababa de pasar y cayó a mis pies.

—Si tiene algo de compasión —me dijo entre sollozos—, algo de piedad, aparte la mirada de mí, no quiera saber quién soy, déjeme marchar y olvídelo todo. ¡Yo me acordaré por los dos!

Con estas palabras se levantó, veloz como un pensamiento que se escapa, se abalanzó hacia la puerta, la abrió y, girándose otra vez, dijo:

—¡No me siga! Por lo que más quiera, señor, ¡no me siga!

La puerta, empujada con violencia, se cerró entre ella y yo, hurtándomela como una aparición. ¡No la he vuelto a ver!

No la he vuelto a ver. Durante diez meses la he buscado por todas partes, en los bailes, en los espectáculos, en los paseos... Cada vez que he visto a lo lejos una mujer de fina cintura, con el pie de niña, con los cabellos negros, la he seguido, me he acercado a ella, le he mirado la cara, esperando que su sonrojo la traicionara. No la he encontrado en ninguna parte, en ninguna parte la he vuelto a ver. ¡Solo en la noche! ¡Solo en sueños! ¡Oh! En los sueños ha regresado, la he sentido, sus abrazos, sus mordiscos, sus caricias ardientes, con ese algo de infernal que tenían. En los sueños, a veces, la máscara ha caído y ha aparecido un rostro extraordinario; a veces, vagamente, como cubierto por una nube; a veces, brillante, como rodeado por una aureola; a veces, pálido, como un cráneo blanco y desnudo con las órbitas de los ojos vacías, con los dientes temblorosos, raros. En fin. No he vivido desde esa noche, consumiéndome por un amor insensato, por una mujer que no conozco, esperando siempre y siempre decepcionado por la esperanza, celoso sin tener derecho a estarlo, sin saber de quién tengo que estarlo, sin osar confesar semejante locura y, sin embargo, perseguido, minado, consumido, devorado por ella.

Al terminar estas palabras, sacó una carta de la pechera.

—Ahora que se lo he contado todo —me dijo—, tome esta carta y léala.

La tomé y la leí:

> Quizá haya olvidado a una pobre mujer que no ha olvidado nada y que muere porque no puede olvidar.
>
> Cuando reciba esta carta, ya no existiré. Vaya al cementerio Père-Lachaise, diga al conserje que le muestre, entre las últimas tumbas, la que llevará sobre la lápida el simple nombre de Marie y, cuando esté ante esa tumba, arrodíllese y rece.

—Recibí esta carta ayer —retomó Antony—. Y esta mañana he ido al cementerio. El conserje me ha guiado hasta la tumba y he permanecido dos horas de rodillas, rezando y llorando. ¿Lo comprende? ¡Allí yacía esa mujer! ¡Su alma ardiente había volado! ¡El cuerpo, por ella consumido, se había doblegado hasta romperse bajo el peso de los celos y los remordimientos! Estaba allí, a mis pies, y había vivido y muerto desconocida para mí.

¡Desconocida...! Ocupando un lugar en mi vida, como ella ocupa un lugar en la tumba... ¡Desconocida...! Encerrando en mi corazón un cadáver frío e inanimado, había dejado otro en el sepulcro... ¡Oh! ¿Conoce algún suceso semejante? ¿Algo igual de extraño? Ahora ya no tengo esperanza. Jamás volveré a verla. Podría cavar su fosa, pero no encontraría unos rasgos con los que recomponer su rostro. ¡Y la sigo amando! ¿Lo comprende, Alexandre? ¡La amo intensamente! Me mataría ahora mismo para ir con ella, si no fuera a permanecer desconocida eternamente, como lo quiso en este mundo.

Con estas palabras, me arrancó la carta de las manos, la besó varias veces y se puso a llorar como un niño.

Lo abracé y, no sabiendo qué decir, lloré con él.

Eleonora

EDGAR ALLAN POE
(1809-1849)

> El alma persiste, o se salva, por la
> conservación de la forma específica.
>
> RAMÓN LLULL

Procedo de una raza conocida por su vigorosa imaginación y el ardor de la pasión. Muchos me han tildado de loco, pero todavía no se ha aclarado la cuestión de si la locura es o no la forma más elevada de inteligencia, si buena parte de lo glorioso, si todo lo profundo, no brota de una enfermedad del pensamiento, de estados de ánimo exaltados a expensas del intelecto general. Quienes sueñan de día son conscientes de muchas cosas que escapan a aquellos que solo sueñan de noche. En sus visiones grises obtienen atisbos de eternidad y se estremecen, al despertar, cuando descubren que han estado al borde del gran secreto. A fragmentos aprenden parte de la sabiduría del bien, y mucho más del mero conocimiento del mal. Penetran, sin embargo, sin rumbo ni dirección, en el vasto océano de la «luz inefable» y, de nuevo, como en las aventuras del geógrafo nubio «agressi sunt mare tenebrarum, quid in eo esset exploraturi».

Pongamos, pues, que estoy loco. Reconozco, al menos, que existen dos estados diferentes en mi existencia mental: un estado de razón lúcida, indiscutible y que pertenece al recuerdo de los sucesos de la primera parte de mi vida, y un estado de sombra y duda, relativo al presente y al recuerdo de lo que constituye la segunda gran época de mi existencia. Por tanto, pueden

73

creer lo que cuente del primer periodo y, a lo que relate del segundo, concedan solo el crédito que les parezca, o duden de ello directamente y, si no pueden dudar, hagan lo mismo que hizo Edipo al enfrentarse a su acertijo.

La muchacha a la que amé de joven, y sobre quien ahora escribo sosegada y lúcidamente estos recuerdos, era la única hija de la única hermana de mi madre, fallecida mucho tiempo atrás. Mi prima se llamaba Eleonora. Siempre habíamos vivido juntos, bajo el sol tropical, en el Valle de la Hierba Multicolor. Nunca llegó nadie sin guía por aquel valle, pues estaba ubicado entre una cordillera de colinas gigantescas que impedían que la luz del sol alcanzase sus hermosos rincones. Nadie paseaba por los caminos de los alrededores y, para llegar a nuestro feliz hogar, era necesario apartar con fuerza el follaje de varios miles de árboles silvestres y pisotear la belleza de millones de flores fragantes. Por eso vivíamos completamente solos, sin saber nada acerca del mundo más allá de aquel valle, yo, mi prima y su madre.

Desde las oscuras regiones que se extendían tras las montañas del extremo superior de nuestro dominio circundado, corría un río estrecho y profundo, y no había nada más brillante, salvo los ojos de Eleonora; y serpenteando por cauces laberínticos se perdía, finalmente, por una sombría garganta entre unas colinas todavía más oscuras que aquellas que lo habían visto nacer. Lo llamábamos el Río del Silencio, pues su caudal parecía ejercer una influencia enmudecedora. De su lecho no brotaba murmullo alguno, y se deslizaba con tanto sigilo que los guijarros nacarados que tanto nos gustaba contemplar, posados en el fondo de su lecho, no se movían ni un ápice, permanecían inmóviles, satisfechos, cada uno en su sitio de siempre, con su magnífico brillo eterno.

La margen del río y de los muchos arroyos relucientes que serpenteaban sinuosamente hasta incorporarse a su cauce, además de los espacios que se extendían desde las márgenes deslizándose hacia las profundidades de los arroyos hasta alcanzar el lecho de guijarros del fondo, esos lugares, nada menos que toda la superficie del valle, desde el río hasta las montañas que lo rodeaban, estaban cubiertos por una alfombra de hierba suave y verde, espesa, corta, perfectamente uniforme y con olor a vainilla, tan salpicada de ranúnculos amarillos, margaritas blancas, violetas púrpuras y asfódelos rojo rubí, que su excesiva belleza hablaba a nuestros corazones, con elevadas voces, del amor y de la gloria de Dios.

Y aquí y allá, en arboledas repartidas por aquella pradera, como junglas oníricas, se erigían árboles fantásticos, cuyos altos y esbeltos troncos no crecían rectos, sino inclinados elegantemente hacia la luz que se colaba a mediodía en el centro del valle. Sus cortezas estaban moteadas por el intenso esplendor alterno del ébano y la plata, y no había nada más suave, salvo las mejillas de Eleonora; así pues, a no ser por el verde brillante de las gigantescas hojas que brotaban de sus copas en largas y trémulas líneas, jugando con el céfiro, cualquiera podría haber imaginado que eran enormes serpientes de Siria rindiendo homenaje a su soberano, el Sol.

Paseé con Eleonora de la mano por ese valle durante quince años antes de que el amor se colara en nuestros corazones. Ocurrió una tarde, a finales del tercer lustro de su vida y del cuarto de la mía, mientras estábamos sentados, abrazados bajo los árboles que parecían serpientes, contemplando nuestro reflejo en las aguas del Río del Silencio. No volvimos a hablar durante el resto de aquel precioso día, e incluso las palabras que nos dijimos al día siguiente fueron trémulas y escasas. Habíamos arrancado al dios Eros de aquellas ondas y, de pronto, teníamos la sensación de que él había encendido en nuestro interior las fogosas almas de nuestros antepasados. Las pasiones que durante tantos siglos habían definido nuestra raza nos asediaron con las fantasías por las cuales también era famosa, y juntos respiramos una delirante dicha por todo el Valle de la Hierba Multicolor. Y todo cambió. Unas extrañas y brillantes flores con forma de estrella aparecieron en árboles donde nunca habían brotado flores. Los tonos de la alfombra verde se volvieron más intensos, y cuando las margaritas blancas empezaron a extinguirse una a una, florecieron en su lugar decenas de asfódelos rojo rubí. Y la vida surgía a nuestro paso, pues el alto flamenco, que nunca habíamos visto hasta entonces con todos los alegres y radiantes pájaros, exhibía su plumaje escarlata ante nuestros ojos. Los peces dorados y plateados habitaban el río, de cuyo cauce empezó a brotar, poco a poco, un murmullo que creció hasta convertirse, finalmente, en una melodía embriagadora, más divina que la del arpa de Eolo, y no había nada más dulce, salvo la voz de Eleonora. Y de pronto una gigantesca nube, que tantas veces habíamos visto sobre las regiones del Héspero, llegó también flotando desde allí en su magnificencia de oro y carmesí, y tras asentarse serenamente sobre nosotros descendió, día tras día, cada vez más, hasta que sus bordes descansaron sobre las cimas de las montañas transformando su oscuridad en belleza y encerrándonos, como si fuera para siempre, dentro de una prisión mágica de grandeza y esplendor.

Eleonora era tan hermosa como los serafines, pero era una joven ingenua e inocente, como la breve vida que había disfrutado entre las flores. Ningún artificio disfrazaba la pasión que bullía en su corazón, y exploraba conmigo sus rincones más escondidos mientras paseábamos juntos por el Valle de la Hierba Multicolor y conversábamos sobre los impresionantes cambios que allí se habían producido últimamente.

Finalmente, tras hablar un día, entre lágrimas, del último cambio que debe afrontar la humanidad, Eleonora no pudo dejar de preocuparse por ese trágico asunto y lo integraba en todas nuestras conversaciones, como ocurre con las canciones del bardo de Shiraz, en las que las mismas imágenes aparecen una y otra vez en cada impresionante variación de la frase.

Se había dado cuenta de que el dedo de la muerte estaba sobre su pecho y supo que, como todo lo efímero, ella era una creación de perfecta belleza destinada a perecer. Pero para ella el miedo a la muerte se concentraba en una única preocupación que me confesó una tarde, al anochecer, a orillas de Río del Silencio. Le apenaba pensar que, después de haberla enterrado en el Valle de la Hierba Multicolor, yo abandonaría para siempre sus felices confines y trasladaría el apasionado amor que sentía por ella a alguna joven del mundo exterior. Y allí mismo me postré rápidamente a los pies de Eleonora y le prometí, a ella y al cielo, que jamás me casaría con ninguna hija de la Tierra, que nunca traicionaría, en modo alguno, su amado recuerdo ni el recuerdo del abnegado afecto que ella me había profesado. Y apelé al Todopoderoso Hacedor del Universo para que fuera testigo de la piadosa solemnidad de mi promesa. Y la maldición que invoqué de Él o de ella, una santa en el Elíseo, si yo traicionaba mi promesa, implicaba una penitencia tan espantosa que no puedo referirla aquí. Y los luminosos ojos de Eleonora brillaron con más intensidad al escuchar mis palabras, y suspiró como si le hubiera quitado un peso del pecho, y tembló y lloró amargamente, pero aceptó mi promesa (¿qué era sino una niña?) y le alivió el lecho de muerte. Y algunos días después, en tranquila agonía, me dijo que por lo que yo había hecho para apaciguar su espíritu, ella velaría por mí en espíritu cuando se marchara y, si le era permitido, volvería, de forma visible, por las noches; pero que, si tales hazañas no estuvieran al alcance de las almas del Paraíso, al menos me daría frecuentes indicios de su presencia susurrándome al oído en los vientos vespertinos o perfumando el aire que yo respirase con el aroma de los incensarios de los ángeles. Y con esas palabras abandonó su inocente vida poniendo fin a la primera época de la mía.

Hasta este momento he hablado con exactitud. Pero al cruzar la barrera del tiempo, acotada por la muerte de mi amada, y proseguir con la segunda parte de mi existencia, siento que una sombra se cierne sobre mi cerebro y desconfío de la cordura del recuerdo. Pero voy a continuar. Los años pasaban penosamente y yo seguía morando en el Valle de la Hierba Multicolor, aunque un segundo cambio se había producido en todas las cosas. Las flores con forma de estrella se marchitaron en los troncos de los árboles y ya no volvieron a brotar. Los matices de la alfombra verde se apagaron y los asfódelos rojos fueron desapareciendo uno a uno, y en su lugar brotaron, de diez en diez, violetas oscuras como ojos, que se retorcían de formas extrañas y siempre estaban cargadas de rocío. Y la vida desapareció de nuestros caminos, pues el elegante flamenco dejó de presumir de su plumaje escarlata ante nosotros, y triste voló del valle hacia las colinas acompañado de todos los pájaros alegres que habían llegado con él. Y los peces de oro y plata bajaron nadando por la garganta del río en los confines de nuestro dominio y ya nunca volvieron a adornar las aguas. Y la relajante melodía, más dulce que el arpa de viento de Eolo y más divina que todas las cosas, salvo la voz de Eleonora, fue apagándose poco a poco, en murmullos cada vez más bajos, hasta que el río recuperó por completo la solemnidad de su silencio original. Y, finalmente, la voluminosa nube se elevó y, abandonando las cumbres de las montañas a la antigua penumbra, regresó a las regiones del

Héspero llevándose su abundante y hermoso esplendor dorado del Valle de la Hierba Multicolor.

Sin embargo, nunca olvidé las promesas de Eleonora, pues escuché los sonidos del balanceo de los incensarios de los ángeles; y por el valle siguieron flotando oleadas de un perfume sagrado; y en las horas solitarias, cuando mi corazón latía con fuerza, el aire que me acariciaba la frente venía cargado de dulces suspiros; y a menudo percibía murmullos confusos en el aire de la noche, y en una ocasión, ¡aunque solo ocurrió aquella vez!, me desperté de un sueño ligero, como el que precede a la muerte, al notar la presión de unos labios espirituales sobre los míos.

Pero aun así el vacío de mi corazón se negaba a llenarse. Añoraba el amor que antes lo había llenado hasta desbordarse. Con el tiempo me resultaba muy doloroso seguir en el valle a causa de los recuerdos de Eleonora, y lo abandoné para siempre por las vanidades y los turbulentos triunfos del mundo.

Me encontré en una ciudad extraña, donde todo cuanto allí había debía haberme servido para borrar de mis recuerdos los dulces sueños que tantas veces había soñado en el Valle de la Hierba Multicolor. La pompa y el boato de la majestuosa corte, el furioso estrépito de las armas y la radiante hermosura de las mujeres desconcertaron e intoxicaron mi mente. Pero aun entonces mi alma seguía siendo fiel a su juramento, y continuaba recibiendo indicios de la presencia de Eleonora durante las silenciosas horas de la noche. De pronto estas manifestaciones cesaron y el mundo oscureció ante mis ojos, y yo me horroricé ante los ardientes pensamientos que se apoderaron de mí, ante las terribles tentaciones que me acecharon, pues a la animada corte del rey al que yo servía llegó de muy lejos, de una tierra lejana y desconocida, una joven de tal belleza que doblegó enseguida mi traicionero corazón y a cuyo escabel me postré sin lucha, con la más ardiente, la más abyecta adoración amorosa. ¿Qué era en realidad la pasión que yo había sentido por la joven del valle en comparación con el ardor, el delirio y el arrebatado éxtasis de adoración con el que vertía toda mi alma en lágrimas a los pies de la etérea Ermengarde? ¡Qué resplandeciente era el ángel Ermengarde! Y en aquel pensamiento ya no me quedaba espacio para nadie más. ¡Qué divino era el ángel Ermengarde! Y cuando me adentraba en las profundidades de sus memorables ojos, ya solo podía pensar en ellos, y en ella.

Me casé; no temí la maldición que había invocado, y nunca recibí la visita de su amargura. Y en una ocasión, pero de nuevo arropado por el silencio de la noche, se colaron por mi celosía los dulces suspiros que me habían abandonado, y tomaron la forma de una voz dulce y conocida que me dijo:

—¡Duerme tranquilo! Pues el Espíritu del Amor reina y es soberano y, al recibir en tu apasionado corazón a Ermengarde, quedas absuelto, por motivos que descubrirás en el cielo, de las promesas que le hiciste a Eleonora.

Por fin se hace justicia

ELISABETH GASKELL
(1810-1865)

El doctor Brown era pobre y tuvo que esforzarse para salir adelante en la vida. Había ido a estudiar su profesión a Edimburgo, y su energía, aptitudes y buena actitud lo habían ayudado a ganarse el favor de los profesores. Cuando estos le presentaban a las damas de sus familias, su atractivo y sus buenos modales lo convertían en el favorito de todas, y quizá ningún otro estudiante recibía tantas invitaciones a bailes y fiestas, ni era elegido tan a menudo para ocupar el lugar que había quedado vacante a última hora en una cena. Nadie sabía muy bien quién era o de dónde venía, pues lo cierto es que no tenía parientes cercanos, como él mismo había comentado en una o dos ocasiones, por lo que, sin duda, ningún pariente de humilde cuna o baja condición podía entorpecer su camino. Cuando llegó a la universidad todavía estaba de luto por su madre.

Margaret, la sobrina del profesor Frazer, le recordó todo esto a su tío una mañana en su estudio mientras le contaba, en voz baja pero firme, que la noche anterior el doctor James Brown le había pedido que se casara con él, que ella había aceptado, y que tenía la intención de visitar al profesor Frazer (que, además de ser su tío, era su tutor) esa misma mañana, con el fin de obtener su consentimiento. El profesor Frazer era perfectamente

 81

consciente, por la actitud de Margaret, de que para ella su consentimiento era una mera formalidad, pues ella ya se había decidido y él ya había tenido más de una ocasión para advertir lo obstinada que podía llegar a ser. Sin embargo, a él le corría la misma sangre por las venas y defendía sus opiniones con el mismo empecinamiento, por eso tío y sobrina discutían con frecuencia e idéntica amargura sin alterar ni un ápice la opinión del otro. Pero el tío Frazer no podía callarse, precisamente, en aquella ocasión.

—Si aceptas, Margaret, estarás accediendo a convertirte en una vagabunda, pues ese muchacho, Brown, apenas tiene dinero para poder contraer matrimonio. ¡Y tú podrías convertirte en lady Kennedy si quisieras!

—No podría, tío.

—¡No digas tonterías, niña! Sir Alexander es un hombre agradable y simpático, de mediana edad, si quieres. Pero supongo que una mujer obstinada tiene que salirse con la suya. Aunque si hubiera sabido que ese joven se estaba colando en mi casa para engatusarte y conseguir tu afecto, jamás habría permitido que tu tía lo invitase a cenar. Ya puedes protestar todo lo que quieras, pero ningún caballero habría entrado jamás en mi casa con el propósito de seducir a mi sobrina sin antes informarme de sus intenciones y pedirme permiso.

—El doctor Brown es un caballero, tío Frazer, piense usted lo que piense de él.

—Eso es lo que tú crees, pero ¿a quién le importa lo que piense una jovencita enamorada? Es un joven atractivo y con buenos modales. Y no pretendo negar sus virtudes, pero hay algo en él que nunca me ha gustado, y ahora entiendo por qué. Y sir Alexander... Bueno, bueno, tu tía se sentirá muy decepcionada contigo, Margaret, pero siempre has sido una muchacha obstinada. ¿Acaso el tal Jamie Brown te ha contado quiénes eran sus padres o de dónde viene? No pregunto por sus antepasados, pues no tiene aspecto de haberlos tenido nunca. Y tú, ¡una Frazer de Lovat! ¡Qué vergüenza, Margaret! ¿Quién es el tal Jamie Brown?

—Es Jamie Brown, doctor en Medicina por la Universidad de Edimburgo; un joven bueno e inteligente a quien amo con todo mi corazón —contestó Margaret acalorándose.

—¡Diantre! ¿Así es como habla una jovencita? ¿De dónde viene este muchacho? ¿Quiénes son sus familiares? A menos que sea capaz de dar buena cuenta sobre su familia y sus perspectivas, le pediré que se marche, Margaret, no te quepa duda.

—Tío —los ojos de la joven se estaban llenando de lágrimas de indignación—, ya soy mayor de edad, y usted sabe perfectamente que es un joven bueno e inteligente, de otro modo no le habría invitado tantas veces a su casa. Me voy a casar con él, no con su familia. Es huérfano. Si tiene más familiares dudo mucho que tenga relación con ellos. No tiene hermanos ni hermanas. Y me da igual de dónde venga.

—¿A qué se dedicaba su padre? —preguntó el profesor Frazer con frialdad.

—No lo sé. ¿Para qué iba a curiosear cada detalle acerca de su familia y preguntarle quién era su padre, cuál era el apellido de soltera de su madre y cuándo se casó su abuela?

—Y sin embargo me parece recordar haber escuchado más de una vez a Margaret Frazer defender con bastante ahínco un largo linaje de reputación intachable.

—Supongo que cuando hablé así había olvidado el nuestro. Simon, lord Lovat, es un respetable tío abuelo de los Frazer. Y si todo lo que se dice es cierto, deberían haberlo colgado por criminal, en lugar de decapitarlo como un caballero.

—¡Oh! Si estás dispuesta a hablar mal de los tuyos, me rindo. Dile a James Brown que entre, me inclinaré ante él y le daré las gracias por dignarse a casarse con una Frazer.

—Tío —dijo Margaret llorando a lágrima viva—, ¡no quiero que nos enfademos! En el fondo nos queremos mucho. Ha sido usted muy bueno conmigo, y la tía también. Pero le he dado mi palabra al doctor Brown y debo mantenerla. Le amaría aunque fuera el hijo de un campesino. No pretendemos ser ricos, pero él tiene algunos cientos de libras con las que poder empezar, y yo tengo una asignación de cien libras al año.

—¡Bueno, pequeña, no llores! Por lo visto ya has tomado la decisión, así que me lavo las manos. Me desentiendo de cualquier responsabilidad. Ya le contarás a tu tía los preparativos que hayas acordado con el doctor Brown respecto a la boda; y yo haré lo que tú quieras. ¡Pero que no entre ese joven a pedir mi consentimiento! Ni lo daré ni se lo negaré. Habría sido diferente de haberse tratado de sir Alexander.

—¡Oh, tío Frazer! No diga usted eso. Reciba al doctor Brown, al menos, y dele su consentimiento, ¡hágalo por mí! Me parece muy triste tomar sola las decisiones en un momento como este, como si no tuviera familia y nadie se preocupara por mí.

Se abrió la puerta y anunciaron la llegada del doctor Brown. Margaret se marchó enseguida y, antes de darse cuenta, el profesor ya le había dado una especie de consentimiento sin hacerle ni una sola pregunta al afortunado joven, que se marchó a toda prisa en busca de su prometida y dejó al tío murmurando.

En realidad, el profesor y la señora Frazer se oponían tanto al compromiso de Margaret que no podían evitar que se notara en su forma de actuar y de implicarse, aunque tenían la delicadeza de guardar silencio. Pero Margaret sabía que el joven no era bienvenido en aquella casa. El placer que sentía al verlo quedaba mermado por la frialdad con la que era recibido, y la joven accedió de buena gana al deseo del joven, que quería un compromiso corto, cosa que era contraria al plan original: esperar a que él tuviera una consulta en Londres y su sueldo les permitiera afrontar el matrimonio con prudencia. El doctor y la señora Frazer ni se opusieron ni lo aprobaron. Margaret hubiera preferido la más tenaz de las oposiciones a aquella gélida frialdad, pero esta la hizo volverse con mayor afecto hacia su cariñoso y comprensivo prometido. No es que le hubiera hablado del comportamiento de sus tíos hacia él, pues dado que él parecía no darse cuenta, ella no quería decir nada que le hiciera percatarse de él. Además, el profesor y su mujer llevaban tanto tiempo haciéndole de padres que Margaret sentía que no tenía ningún derecho a dejar que un desconocido los juzgara.

Así que tuvo que organizar con bastante tristeza el futuro que compartiría con el doctor Brown, y no pudo contar con la experiencia y la sabiduría de su tía. Pero Margaret era una joven prudente y sensata. Aunque estaba acostumbrada a un nivel de comodidad que casi rozaba el lujo en casa de su tío, también podía prescindir de él cuando la ocasión lo requería. Cuando el doctor Brown se marchó a Londres para buscar y preparar su nuevo hogar, ella le pidió que solo hiciera los preparativos imprescindibles para recibirla. Ya se encargaría ella de supervisar todo lo que faltara cuando llegara. Él tenía algunos muebles antiguos de su madre guardados en un almacén. Propuso venderlos y comprar otros nuevos, pero Margaret le convenció para no hacerlo y aprovecharlos tanto como pudieran. El servicio doméstico de los recién casados se limitaría a una mujer escocesa que llevaba muchos años sirviendo en la familia Frazer, y que sería la única criada, y un hombre al que el doctor Brown trajo de Londres poco después de elegir la casa, llamado Crawford, que había vivido muchos años con un caballero ahora instalado en el extranjero, y de quien obtuvo excelentes referencias cuando el doctor Brown preguntó por él. Crawford había servido a ese caballero de muchas formas distintas, pues en realidad sabía hacer un poco de todo, y cada vez que el doctor Brown le escribía una carta a Margaret le contaba alguna nueva hazaña de su criado. Y lo hacía con mucho entusiasmo, pues Margaret había cuestionado la idoneidad de comenzar su vida en común con un criado, aunque había cedido a los argumentos del doctor Brown acerca de la necesidad de proyectar una apariencia respetable y ofrecer una imagen decente ante cualquiera que acudiese a su consulta y pudiera verse intimidado por la presencia de la vieja Christie fuera de la cocina, pues tal vez se negaría a dejar un recado a una persona que hablara un inglés tan ininteligible. Crawford era tan buen carpintero que era capaz de montar estanterías, arreglar bisagras, reparar cerraduras, e incluso consiguió construir una caja con unos tablones viejos que en su momento habían formado la estructura de un arcón. Un día, cuando su señor estaba demasiado ocupado como para salir a cenar, Crawford había improvisado una tortilla tan deliciosa como cualquiera de las que el doctor Brown había degustado en París cuando estudiaba allí. Resumiendo, Crawford, a su manera, era una especie de Admirable Chrichton, y Margaret se convenció de que el doctor Brown había tomado la decisión correcta contratando a un criado incluso antes de que la recibiera respetuosamente cuando abrió la puerta de su nuevo hogar a los recién casados tras su breve luna de miel.

El doctor Brown temía que a Margaret la casa le pareciera desnuda y triste al estar medio amueblada, pues había seguido sus indicaciones y solo había comprado lo imprescindible, además de las pocas cosas que había heredado de su madre. Su consulta (¡qué elegante sonaba!) estaba totalmente ordenada, preparada para recibir pacientes y causar una buena impresión. Había una alfombra turca que había pertenecido a su madre y que estaba lo suficientemente gastada como para tener ese aire de respetabilidad que adquieren los muebles buenos cuando no parecen recién comprados para la ocasión sino una herencia familiar. Y el resto de la sala proyectaba el mismo efecto: la mesa de la biblioteca (comprada de segunda mano, debe confesarse), el escritorio (que había sido de su madre), las sillas de piel (tan heredadas como la mesa de la biblioteca), las estanterías que había colgado Crawford para los libros del doctor Brown y un buen labrado en las paredes, todo junto le proporcionaba un aspecto tan agradable a la sala que tanto el doctor como la señora Brown pensaron, al menos aquella noche, que la pobreza ofrecía las mismas comodidades que la riqueza.

Crawford se había tomado la libertad de poner algunas flores por la habitación como humilde forma de recibir a su señora. Eran flores de finales de otoño que mezclaban la idea del verano con la del invierno, sugerida por el brillante fuego que ardía en la chimenea. Christie les subió unos bollitos deliciosos para acompañar el té, y la señora Frazer había suplido su falta de cordialidad lo mejor que pudo con una buena variedad de mermeladas y piernas de cordero. El doctor Brown no se quedó tranquilo hasta que le enseñó a Margaret, un tanto afligido, las muchas habitaciones que quedaban por amueblar y todo lo que quedaba por hacer. Pero ella se rio de su temor por que pudiera sentirse decepcionada en su casa nueva, le aseguró que nada le gustaría más que planificar e idear lo que podían hacer en su interior, y que, con su talento para el tapizado y el de Crawford para la carpintería, las habitaciones se amueblarían como por arte de magia y sin tener que pagar demasiadas facturas (consecuencias habituales de las comodidades). Pero con la mañana y la luz del día el doctor Brown volvió a inquietarse. Veía y detestaba cada una de las grietas del techo, cada mancha del papel pintado, y no por él sino por Margaret. Pasaba las horas ensimismado, comparando la casa que le había comprado con la que ella había dejado atrás. Parecía temer que ella lamentara su situación o se arrepintiera de haberse casado con él. Y esa inquietud enfermiza era lo único que le impedía ser feliz. Para acabar con ella, Margaret acabó gastando mucho más de lo que había planeado en un principio. Compraba un artículo en lugar de otro porque su marido, si la acompañaba, se entristecía al sospechar que ella se estaba privando del menor capricho para poder ahorrar. La joven aprendió a no ir con él cuando salía a hacer sus compras, pues a ella le costaba muy poco elegir el artículo más barato, aunque fuera el más feo, cuando estaba sola, pero no soportaba ver la mirada de mortificación en el rostro de su marido cuando le decía tranquilamente al dependiente que no podía permitirse esto o aquello. Al salir de una tienda en una de esas ocasiones, él le había dicho:

—Oh, Margaret, no debería haberme casado contigo. Tienes que perdonarme por amarte tanto.

—¿Perdonarte, James? —contestó ella—. ¿Por hacerme tan feliz? ¿Qué te hace pensar que me cuesta tanto tener que elegir tejidos de algodón en lugar de sedas? ¡No vuelvas a decir eso, te lo ruego!

—Oh, Margaret, pero no olvides que he suplicado tu perdón.

Crawford era todo lo que él había prometido y más de lo que podía desearse. Era la mano derecha de Margaret en todos sus planes domésticos, cosa que molestaba bastante a Christie. A decir verdad, las desavenencias entre Christie y Crawford eran el mayor problema doméstico al que debían hacer frente. Crawford se sentía superior porque conocía mejor Londres, porque su cuarto estaba en el piso de arriba, porque podía ayudar a la señora, lo que le otorgaba el consecuente privilegio de ser consultado con frecuencia. Christie se pasaba los días añorando Escocia y haciendo comentarios desdeñosos sobre el modo en que Margaret trataba a una empleada que la había seguido hasta un país extranjero para convertir en su favorito a un desconocido que, sin duda, no era de fiar. Pero como nunca aportó prueba alguna que apoyara sus acusaciones, Margaret prefirió no cuestionarla y atribuyó sus palabras a los celos que sentía hacia el criado, cosa que la señora se esforzó por arreglar. Y, sin embargo, en general, los cuatro miembros de la familia vivían juntos en armonía. El doctor Brown estaba más que satisfecho con su casa, sus criados, sus perspectivas profesionales y, en especial, con su animosa mujercita. De vez en cuando a Margaret le sorprendían algunos estados de ánimo de su marido, pero eso no menguaba el afecto que sentía por él, más bien despertaba compasión por lo que ella consideraba recelos y sufrimientos patológicos, una compasión que se apresuraba a convertir en simpatía en cuanto conseguía descubrir cualquier causa clara que explicara aquel abatimiento ocasional. Christie no fingía simpatía por Crawford, pero como Margaret se negaba a escuchar sus protestas y dado que el propio Crawford se esforzaba mucho por ganarse el favor de la anciana escocesa, no llegaron a enfrentarse. En general, el popular y exitoso doctor Brown parecía la persona más inquieta de la casa. Y no podía deberse a asuntos financieros. Por uno de esos golpes de suerte que, en ocasiones, sacan a un hombre de sus apuros y lo llevan a terrenos más seguros, progresó enormemente en su profesión, y los ingresos de dicha fuente empezaron a confirmar las expectativas que tanto Margaret como él habían contemplado en sus momentos más optimistas; además, era de esperar que fueran aumentando a medida que pasaran los años.

Pero debería extenderme un poco más en este asunto.

Margaret disponía de una renta de más de cien libras al año. En ocasiones sus dividendos incluso ascendían a ciento treinta o ciento cuarenta libras, pero ella no se atrevía a contar con ellas. Al doctor Brown todavía le quedaban mil setecientas libras de las tres mil que le había dejado su madre, y con ese dinero debía pagar algunos de los muebles, cuyas facturas no se habían enviado en su momento a pesar de lo mucho que había insistido Margaret. Estas llegaron la semana anterior a los hechos que voy a narrar a continuación. Ni que decir tiene que su importe era más elevado de lo que había esperado la prudente Margaret, y se desanimó un poco al descubrir la gran cantidad de dinero que iban a necesitar para liquidarlas. Pero por extraño y contradictorio que pueda parecer —como ya había advertido con anterioridad— ninguna causa real de ansiedad o decepción parecía mermar la alegría de su marido. Se mofó de la consternación de su esposa, hizo tintinear la recaudación del día dentro de su bolsillo, contó el dinero delante de ella y calculó los posibles ingresos anuales basándose en las ganancias de la jornada. Margaret agarró las guineas y se las llevó en silencio a su secreter del piso de arriba, pues ya había aprendido a disimular sus preocupaciones domésticas en presencia de su marido. Cuando regresó estaba animada, aunque seguía un tanto seria. Él había reunido todas las facturas mientras ella no estaba y las había sumado.

—Doscientas treinta y seis libras —anunció dejando las cuentas a un lado a fin de dejar sitio en la mesa para el té que traía Crawford—. La verdad es que a mí no me parece tanto, pensaba que sería bastante más. Mañana iré a la City y venderé algunas acciones para que tu pobre corazoncito se tranquilice. Ni se te ocurra echar menos té en la tetera esta noche para ayudar a pagar las facturas. Es mejor ganar que ahorrar, y ahora estoy ganando mucho dinero. Sírveme un buen té, Maggie, que hoy he tenido un buen día en el trabajo.

Estaban sentados en la consulta del doctor para aprovechar el fuego. Para aumentar la inquietud de Margaret, aquella noche la chimenea humeaba. Se había mordido la lengua para evitar quejarse, pero le incomodaban más las nubes de humo que ensuciaban su precioso bordado blanco de lo que se molestaba en demostrar, y pidió a Crawford, en un tono más áspero del habitual, que se ocupara de llamar a un deshollinador. A la mañana siguiente todo parecía haberse solucionado. El doctor la había convencido de que su situación económica iba bien, el fuego ardía con fuerza mientras desayunaban y el sol brillaba de forma insólita en las ventanas. Margaret se quedó muy sorprendida cuando Crawford le dijo que no había sido capaz de encontrar a ningún deshollinador aquella mañana, pero que había intentado colocar mejor el carbón de la rejilla para que, al menos aquella mañana, la señora no tuviera que preocuparse por el humo y que, al día siguiente, se aseguraría de encontrar un deshollinador. Margaret le dio las gracias y aprobó su propuesta de hacer una limpieza general de la sala; y lo hizo enseguida, pues tenía la sensación de haberle hablado con demasiada dureza la noche anterior. Decidió que a la mañana siguiente saldría a pagar todas las facturas y a hacer algunas visitas, y su marido prometió ir a la City y traerle el dinero.

Y así lo hizo. Aquella tarde le enseñó los billetes, por la noche los guardó bajo llave en su escritorio y, por la mañana, ¡habían desaparecido! Habían desayunado en el salón trasero, o comedor a medio amueblar. En el de la parte delantera había una mujer de la limpieza fregando lo que habían ensuciado los deshollinadores. El doctor Brown se dirigió a su escritorio entonando una vieja canción escocesa. Tardaba tanto en regresar que Margaret fue a buscarlo. Lo encontró sentado en el sillón que había junto al escritorio, con la cabeza apoyada en la mesa y muy abatido. No pareció oír los pasos de Margaret mientras se abría paso entre las alfombras enrolladas y las sillas apiladas. Tuvo que tocarle el hombro para despertarle.

—¡James, James! —exclamó asustada.

Él la miró casi como si no la conociera.

—¡Oh, Margaret! —dijo, y le agarró las manos y hundió la cara en su cuello.

—Amor mío, ¿qué ocurre? —preguntó la joven pensando que había enfermado de repente.

—Alguien ha abierto los cajones de mi escritorio —se lamentó sin levantar la vista ni moverse.

—Y se ha llevado el dinero —añadió Margaret comprendiendo al instante lo ocurrido.

Era un golpe duro, una gran pérdida, mucho mayor que aquellas libras de más que habían excedido sus cálculos y, sin embargo, tuvo la sensación de que podía sobrellevarlo mejor.

—¡Oh, querido! —exclamó—. Es muy mala notica, pero a fin de cuentas, bueno, ya sabes... —dijo tratando de levantarle la cabeza para poder mirarlo a los ojos y contagiarle el valor de sus sinceros y dulces ojos—. Al entrar pensé que estabas muy enfermo, y por mi imaginación han pasado toda clase de posibilidades terribles... Me siento muy aliviada de que solo sea una cuestión de dinero.

—¡Solo dinero! —repitió él con tristeza y rehuyendo su mirada como si no pudiera soportar que viera cuánto le dolía.

—En realidad no puede haber ido muy lejos —dijo animada—. Ayer por la noche el dinero estaba aquí. El deshollinador... Debemos mandar a

Crawford a la policía enseguida. ¿No apuntaste la numeración de los billetes? —preguntó mientras hacía sonar la campanilla.

—No, solo íbamos a tenerlos una noche —dijo.

—Cierto...

Entonces la mujer de la limpieza apareció en la puerta con el cubo de agua caliente. Margaret la miró a la cara como si quisiese encontrar una señal de culpa o inocencia. Era una protegida de Christie, que no solía pronunciarse a favor de nadie, únicamente cuando tenía buenas razones: era una viuda honrada y decente que tenía que mantener una familia numerosa con su trabajo. Llevaba un vestido sucio, pues no podía gastar dinero ni tiempo en limpiarlo, pero tenía la piel sana y cuidada, una actitud franca y profesional, y no pareció inmutarse ni sorprenderse al ver al doctor y a la señora Brown en medio de la habitación disgustados, perplejos e inquietos. Continuó trabajando sin prestarles especial atención. Las sospechas de Margaret se centraron con mayor firmeza en el deshollinador, pero no podía andar muy lejos y, probablemente, los billetes no habían entrado todavía en circulación. Un hombre como ese no podía haber gastado aquella suma de dinero en tan poco tiempo, y recuperar los billetes se convirtió en su primer y único objetivo. Apenas pensó en lo que deberían hacer a continuación, cómo perseguir al ladrón o las consecuencias del delito. Mientras ella centraba toda su energía en la inmediata recuperación del dinero y repasaba rápidamente los pasos que debían seguir, su marido seguía decaído en el sillón, no le quedaban fuerzas ni para mover las extremidades. Tenía una expresión hundida y triste, y presagiaba las arrugas que la ansiedad repentina puede hacer asomar en los rostros más jóvenes y tersos.

—¿Dónde está Crawford? —se preguntó Margaret haciendo sonar la campana con energía—. ¡Oh, Crawford! —exclamó cuando el hombre apareció en la puerta.

—¿Qué ocurre? —preguntó interrumpiéndola como si la intensidad de las llamadas de la señora lo hubiera alarmado—. Me había acercado a la esquina con la carta que el señor me dio ayer por la noche para el correo, y al volver Christie me ha dicho que me habían llamado. Le ruego que me disculpe, he venido corriendo.

Y lo cierto era que jadeaba y parecía muy preocupado.

—¡Oh, Crawford! Me temo que el deshollinador ha abierto el escritorio de mi marido y se ha llevado todo el dinero que había guardado allí la noche anterior. Sea como sea, ha desaparecido. ¿Lo ha dejado solo en algún momento?

—No sabría decirle, señora, quizá lo hiciera. Sí, me parece que sí. Ahora lo recuerdo. Yo tenía cosas que hacer y pensé que la limpiadora ya habría llegado; fui a la despensa, y poco después vino Christie a decirme que la señora Roberts se estaba retrasando; entonces me di cuenta de que el deshollinador debía de estar solo. Pero, ¡válgame! ¿Quién iba a pensar que fuera un sinvergüenza?

—¿Cómo consiguió abrir el escritorio? —preguntó Margaret volviéndose hacia su marido—. ¿La cerradura estaba rota?

El doctor se levantó como si despertara de un sueño.

—¡Sí! ¡No! Supongo que ayer por la noche giré la llave sin mirar. Cuando he venido esta mañana el escritorio estaba cerrado, pero sin llave, y la cerradura estaba forzada.

Volvió a sumirse en un pensativo silencio.

—No importa, de nada sirve preguntarse por esas cosas ahora. Crawford, vaya a buscar un policía tan rápido como pueda. Sabe el nombre del deshollinador, ¿verdad? —preguntó justo cuando el criado se disponía a abandonar la habitación.

—Lo lamento profundamente, señora, pero me puse de acuerdo con el primero que pasó por la calle. De haberlo sabido...

Pero Margaret ya se había alejado con un gesto de impaciencia y desesperación. Crawford se marchó a buscar un policía sin decir una palabra más.

Su esposa trató en vano de convencer al doctor Brown para que probara el desayuno, pero lo único que se animó a tomar fue una taza de té, que bebió a grandes sorbos para aclararse la garganta cuando oyó la voz de Crawford invitando a entrar en casa al policía.

Este escuchó todo cuanto tenían que contarle y apenas dijo nada. A continuación llegó el inspector. El doctor Brown dejó que Crawford se ocupara de hablar con él, pues parecía encantado de hacerlo. Margaret estaba muy afligida y preocupada por el efecto que el robo parecía haber causado en su marido. La probable pérdida de una suma tan cuantiosa ya era bastante desafortunada, pero dejar que le afectara así y que le minara la energía y la esperanza de esa forma reflejaba una debilidad de carácter que hizo comprender a Margaret que, aunque no se atrevió a verbalizar sus sentimientos ni a definir su origen, si juzgaba a su marido solo por los hechos acontecidos esa mañana, debía aprender a no confiar más que en sí misma en caso de emergencia. El inspector se dirigía constantemente a Crawford, el doctor y la señora Brown en busca de respuestas. Y era Margaret quien respondía mediante frases concisas y breves, muy distintas a las largas y elaboradas explicaciones de Crawford.

Finalmente, el inspector quiso hablar con ella a solas. Margaret lo siguió hasta otra sala dejando atrás al ofendido Crawford y a su abatido marido. El inspector lanzó una dura mirada a la mujer de la limpieza, que seguía fregando sin inmutarse, le pidió que se marchara y después le preguntó a Margaret por el origen de Crawford, cuánto tiempo llevaba viviendo con ellos y otras muchas cosas que demostraban por dónde iban sus sospechas. Aquello sorprendió muchísimo a Margaret, pero se apresuró a contestar todas las preguntas y, al final, miró detenidamente al inspector y esperó a que confirmase sus sospechas.

Sin embargo, el agente regresó a la otra sala sin decir una sola palabra. Crawford se había marchado y el doctor Brown estaba intentando leer las cartas que habían llegado esa mañana (acababan de entregárselas), pero le temblaban tanto las manos que era incapaz de leer una sola frase.

—Doctor Brown —dijo el inspector—, estoy prácticamente convencido de que su criado ha cometido el robo. He llegado a esta conclusión por su comportamiento, por el afán de contar la historia y por su forma de intentar arrojar sospechas sobre el deshollinador, cuyo nombre y dirección desconoce, o al menos eso es lo que dice. Su esposa nos ha contado que el criado ha salido esta mañana, incluso antes de ir a buscar a la policía, por lo que es razonable suponer que ha encontrado la forma de esconder o deshacerse del dinero, y usted dice que no anotó la numeración. Sin embargo, quizá podamos verificarlo.

Justo en ese momento, Christie llamó a la puerta y, visiblemente alterada, pidió hablar con Margaret. La criada sacó a relucir varias circunstancias sospechosas, ninguna demasiado grave, pero todas con la intención de culpar a su compañero. Temía que le reprocharan que intentase incriminar a Crawford, pero se sorprendió al ver que el inspector la escuchaba con tanta atención. Aquello la animó a contar muchas otras anécdotas, todas en contra de Crawford, que por temor a que la tacharan de celosa o conflictiva había ocultado a sus señores. Cuando terminó de hablar, el inspector dijo:

—No hay duda sobre cuál debe ser el plan a seguir: usted, señor, debe entregarnos a su criado. Lo llevaremos directamente ante el juez, ya tenemos pruebas suficientes para encarcelarlo durante una semana, tiempo durante el cual podremos buscar los billetes y atar cabos.

—¿Tengo que denunciarle? —preguntó el doctor Brown, que estaba furioso y pálido—. Ya sé que es una gran pérdida de dinero, pero la denuncia conllevará más gastos, el juicio, la pérdida de tiempo, el...

Se detuvo. Vio como su mujer lo miraba con indignación y apartó su mirada de aquel reproche inconsciente.

—Sí, inspector —dijo—. Lo entregaré a la policía. Haga lo que usted considere oportuno. Haga lo que deba. Por supuesto, asumo las consecuencias. Asumimos las consecuencias, ¿verdad, Margaret?

Hablaba con un tono bajo y agitado que Margaret prefirió ignorar.

—Díganos exactamente lo que tenemos que hacer —dijo ella con frialdad y templanza dirigiéndose directamente al policía.

El agente le dio las indicaciones necesarias para que se personaran en la comisaría, les pidió que llevaran a Christie como testigo y después se marchó para encargarse de detener a Crawford.

A Margaret le sorprendió lo tranquila y pacíficamente que arrestaban a Crawford. Había imaginado cierta conmoción en la casa, o que el criado habría advertido el alboroto y habría escapado antes. Pero cuando le sugirió esa última preocupación al inspector, el agente sonrió y dijo que, en cuanto escuchó la acusación del policía de guardia, ya había colocado a un detective cerca de la casa para controlar quién entraba y salía, de forma que habrían descubierto rápidamente el paradero de Crawford en caso de que hubiera intentado escapar.

La atención de Margaret se dirigió entonces a su marido. El doctor estaba ultimando los preparativos para salir a visitar a sus pacientes, y era evidente que no deseaba conversar con ella acerca de lo que había ocurrido esa mañana. Prometió estar de vuelta hacia las once. El inspector les había asegurado que no les necesitarían antes de esa hora. En una o dos ocasiones, el doctor Brown murmuró para sí: «¡Qué asunto tan desagradable!». Margaret pensaba lo mismo. Y ahora que ya no era necesario hablar empezó a pensar que debía de ser una mujer muy fría, poco sentimental, pues no había sufrido tanto como su marido cuando habían descubierto que su criado —al que consideraban un amigo y que parecía velar por sus intereses— era, muy probablemente, un traidor y un ladrón. Recordó todos los preciosos detalles que había tenido con ella, desde el primer día en que le había dado la bienvenida a su nueva casa con flores, hasta el día anterior, cuando, al verla fatigada, le había preparado espontáneamente una taza de café, café que nadie hacía como él. Cuántas veces había preparado la ropa de su marido, qué ligero era su sueño por las noches y qué diligente era por las mañanas. No era de extrañar que su marido lamentara tanto el descubrimiento de la traición. El problema era ella, una mujer fría y egoísta, que se preocupaba más por recuperar el dinero que por la terrible decepción, si es que se confirmaba la acusación contra Crawford.

A las once en punto el doctor regresó en un carruaje. Christie pensó que la visita a la comisaría era una ocasión digna de lucir sus mejores galas y se puso la ropa más elegante que tenía. Pero Margaret y su marido estaban tan pálidos y apenados que parecían ellos los acusados, en lugar de los denunciantes.

El doctor Brown no se atrevió a mirar a Crawford cuando el primero se sentó en el banquillo de los testigos y el segundo en el de los acusados. Y, sin embargo, Margaret se dio cuenta de que Crawford intentaba llamar la atención de su señor. Al ver que no lo conseguía, miró a Margaret con una expresión que ella no supo descifrar. Le había cambiado la expresión. En lugar de la relajada y tranquila mirada de atenta obediencia, había adoptado una expresión indolente y desafiante; mientras el doctor Brown hablaba del escritorio y su contenido, el criado sonreía de vez en cuando de una forma muy desagradable. Se decretó prisión preventiva durante una semana, pero como las pruebas no eran concluyentes, fue puesto en libertad bajo fianza. La pagó su hermano, un comerciante respetable muy conocido en su vecindad y a quien Crawford había mandado llamar cuando fue arrestado.

Así que Crawford volvía a estar en libertad, para el desconsuelo de Christie. Al regresar a casa se quitó su ropa de domingo con gran pesar, esperando con poca confianza que no acabaran todos asesinados en sus camas antes de que terminara la semana. Margaret tampoco se libraba de temer una posible venganza de Crawford, pues el criado los había mirado con profunda maldad y rencor mientras prestaban declaración.

Pero la falta del criado en la casa le dio a Margaret tanto que hacer que no tuvo ocasión de pensar demasiado en sus temores. Su ausencia se hizo evidente en la falta de comodidades diarias, cosa que ni Margaret ni Christie —por mucho que se esforzaban cada día— consiguieron suplir, y era más necesario que nunca que todo funcionase bien, pues los nervios del doctor Brown habían recibido tal golpe al descubrir la culpa de su querido criado que en ocasiones Margaret temió que pudiera caer gravemente enfermo. Por las noches, el doctor se paseaba de una punta a otra del dormitorio, se lamentaba cuando la creía dormida, y por las mañanas la joven tenía que convencerle para que saliera a visitar a sus pacientes. Y todavía empeoró más después de hablar con el abogado al que había contratado para que llevara el caso. Margaret se dio cuenta sin querer de que en todo aquello había algún misterio, pues el doctor iba siempre muy impaciente a buscar el correo, salía corriendo a la puerta en cuanto llamaban y le ocultaba los remitentes. A medida que fue pasando la semana, su nerviosismo y su inquietud fueron en aumento.

Una tarde, cuando todavía no habían encendido las velas, el doctor se encontraba sentado junto al fuego con actitud de indiferencia, la cabeza apoyada en la mano y el brazo sobre la rodilla; Margaret decidió hacer un experimento para ver si podía descubrir el origen de las preocupaciones que su marido tanto se esforzaba en esconder. Se sentó en un taburete delante de él y le agarró las manos.

—Querido James, quiero que escuches una historia que me contaron una vez, pues podría interesarte. Había una vez dos huérfanos, inocentes como niños a pesar de que ya eran dos jóvenes. No eran hermanos y, poco a poco, se fueron enamorando, con la misma inocencia que tú y yo, ¿te acuerdas? Pues bien, la muchacha vivía con su familia, pero el joven estaba lejos de los suyos, si acaso le quedaba algún pariente vivo. Pero la muchacha le amaba tanto que, en ocasiones, se alegraba de ser la única que se preocupaba de él. A los amigos de la muchacha no les gustaba tanto, quizá fueran personas juiciosas e insensibles y ella una necia, y no les gustó que se casara con el joven, cosa que era absurda por su parte, pues no tenían ni una sola queja en su contra. Pero más o menos una semana antes de fijar la fecha de la boda creyeron haber encontrado algo. Querido, no retires la mano, no tiembles tanto, ¡solo escúchame! Su tía fue a verla y le dijo: «Pequeña, tienes que dejar a tu novio: su padre fue tentado y pecó, y si aún sigue vivo es un presidiario deportado. No puedes casarte con él». Pero la muchacha se puso de pie y dijo: «Si de verdad ha conocido ese dolor y esa vergüenza, necesita mucho más de mi amor. No voy a dejarlo ni a abandonarlo, pienso amarlo con más intensidad si cabe. ¡Y, puesto que usted espera recibir la bendición del cielo por tratar a los demás como le gustaría ser tratada, confío en que no le dirá a nadie lo que acaba de contarme a mí!». Y estoy segura de que la joven consiguió intimidar a su tía para que guardase el secreto. Pero cuando se quedó sola lloró amargamente mientras pensaba en la desgracia que ensombrecía el corazón del hombre que tanto amaba, y se propuso alegrar su vida y ocultar para siempre que era conocedora de aquella carga. Pero ahora piensa: «¡Oh, esposo mío, cuánto debes de haber sufrido!».

Él apoyó la cabeza en su hombro y lloró amargamente.

—¡Gracias a Dios! —exclamó el doctor finalmente—. Lo sabes todo y no me abandonas. ¡Oh, qué cobarde, miserable y mentiroso he sido! ¿Quieres saber si he sufrido? Sí, he sufrido tanto que me he vuelto loco, y si hubiera tenido valor quizá me habría ahorrado estos doce largos meses de agonía.

Pero es justo que me hayan castigado. Y tú lo sabías todo incluso antes de casarnos, ¡y podrías haberte echado atrás!

—De ninguna manera. Tú tampoco habrías roto tu compromiso conmigo si la situación hubiese sido al revés, ¿verdad?

—No lo sé. Quizá lo hubiera hecho, pues yo no soy tan valiente, tan bueno y tan fuerte como tú, querida Margaret. ¿Cómo podría serlo? Deja que te cuente. Mi madre y yo estuvimos vagando por el mundo gracias a que nuestro apellido era muy corriente, pero evitábamos cualquier posible alusión de un modo que solo pueden comprender quienes hayan sufrido un dolor tan profundo. Vivir en ciudades donde había juzgados itinerantes era una tortura, y las comerciales eran casi peor. Mi padre era hijo de un pastor respetable, muy conocido entre sus hermanos, por lo que debíamos evitar las ciudades con catedral, pues allí seguro que conocían la historia de cómo habían deportado al hijo del deán de Saint Botolph. Yo tenía que estudiar, así que teníamos que vivir en una ciudad, pues mi madre no podía soportar la idea de separarse de mí y me mandó a una escuela en vez de buscarme un internado. Éramos muy pobres para nuestra posición. Pero qué digo, ¡si no teníamos ninguna posición! Éramos la esposa y el hijo de un convicto. Debería haber dicho que éramos pobres para la posición de la que procedía mi madre. Pero cuando tenía unos catorce años, mi padre murió en el exilio dejando, como ocurría a muchos presidiarios de la época, una gran fortuna. Lo heredamos todo nosotros. Mi madre se encerró en su habitación y pasó un día entero llorando y rezando. Después me dejó entrar en su dormitorio y compartió conmigo las conclusiones a las que había llegado. Nos comprometimos solemnemente a donar el dinero a alguna organización benéfica en cuanto yo fuera mayor de edad. Hasta entonces estuvimos ahorrando hasta el último penique de los intereses, aunque a veces pasamos grandes apuros, pues mi educación costaba mucho dinero. Pero ¿cómo podíamos explicar de dónde había salido todo aquel dinero?

Entonces bajó la voz.

—Poco después de cumplir veintiún años, los periódicos hablaron con admiración de la persona anónima que había donado una gran suma de dinero. Odié aquellos halagos. Evitaba cualquier recuerdo de mi padre. Lo recordaba vagamente, pero siempre de mal humor y violento con mi madre. ¡Mi pobre y bondadosa madre! Margaret, ella lo amaba y por ella he intentado, desde que murió, sentir respeto por su memoria. Poco después de que ella muriera te conocí a ti, mi amor, ¡mi tesoro!

Después de unos segundos de silencio prosiguió:

—¡Pero, ay, Margaret! Todavía no sabes lo peor. Tras la muerte de mi madre encontré unos documentos legales y recortes de prensa que hablaban sobre el juicio de mi padre. ¡Pobrecilla! No sé por qué los guardó. Estaban llenos de anotaciones de su puño y letra y por eso me los quedé. Me conmovía tanto leer sus impresiones de los días que ella había pasado en solitaria inocencia, mientras él se involucraba cada vez más en asuntos turbios. Escondí los papeles en un cajón secreto de mi escritorio (un lugar que me pareció muy seguro), pero ese desgraciado de Crawford se los ha llevado. Esa misma mañana los eché en falta. Perderlos fue infinitamente más grave que perder el dinero, y ahora Crawford me amenaza con destapar todo el asunto en el juicio, y creo que su abogado lo hará. En cualquier caso quiere airearlo todo. ¡Y yo he pasado toda la vida temiendo que pudiera llegar este momento! ¡Pero sobre todo por ti, Margaret! Aunque... si pudiéramos evitarlo... ¿Quién le dará trabajo al hijo de Brown, el famoso falsificador? Perderé a todos mis pacientes. Los hombres me mirarán con recelo cuando entre en sus casas. Me empujarán a cometer algún crimen. ¡A veces pienso que las tendencias delictivas son hereditarias! ¡Oh, Margaret! ¿Qué voy a hacer?

—¿Qué puedes hacer? —preguntó ella.

—Puedo negarme a denunciarlo.

—¿Dejar libre a Crawford sabiendo que es culpable?

—Sé que es culpable.

—Entonces no puedes hacerlo. Estarás dejando a un criminal en libertad.

—Pero si no lo hago nos veremos abocados a la vergüenza y la pobreza. Es por ti por quien temo, no por mí. No debería haberme casado nunca.

—Escúchame. La pobreza no me importa y, en cuanto a la vergüenza, la sentiré veinte veces peor si tú y yo consentimos pasar por alto el delito de ese hombre por miedo a cualquier motivo egoísta. No digo que no lo voy a sentir cuando se sepa la verdad. Pero mi vergüenza se convertirá en orgullo cuando vea que lo olvidas todo. Querido, hay algo enfermo en ti por haber pasado la vida tratando de ocultar esa parte de tu vida. Deja que el mundo sepa la verdad y diga las cosas más terribles. Una vez pasado el trago serás un hombre libre, honrado y respetable, capaz de afrontar el futuro sin miedo.

—El sinvergüenza de Crawford quiere una respuesta a su insolente misiva —anunció Christie asomando la cabeza por la puerta.

—¡No te marches! ¿Puedo contestar yo? —preguntó Margaret.

Y escribió:

> Haga lo que haga o diga lo que diga solo tenemos una opción. Ninguna amenaza evitará que el doctor Brown cumpla con su deber.
>
> Margaret Brown

—¡Ya está! —exclamó pasándole la nota a su marido—. Así sabrá que yo estoy al corriente de todo, y sospecho que es consciente del cariño que me tienes.

Lejos de acobardarle, la nota de Margaret solo sirvió para enfurecer más a Crawford. En menos de una semana, todo el mundo sabía que el doctor Brown, el prometedor y joven médico, era hijo del famoso Brown, el falsificador. Todo ocurrió como había anticipado. Crawford recibió una dura condena, y el doctor Brown y su mujer se vieron obligados a abandonar su casa y mudarse a una más pequeña, donde tuvieron que apretarse el cinturón con ayuda de la solícita Christie. Pero el doctor Brown jamás se había sentido tan feliz. Por fin pisaba con firmeza y cada nuevo paso lo daba con total seguridad. Había quien decía que, en los peores tiempos, había visto a Margaret fregando el suelo de rodillas a las puertas de su casa, pero yo no me lo creo, pues Christie jamás lo habría permitido. Y solo puedo decir que la última vez que estuve en Londres vi una placa de cobre que rezaba «Doctor James Brown» en la puerta de una preciosa casa en una maravillosa plaza. Y mientras la miraba vi un carruaje que se detuvo en la puerta, del que se apeó una dama que entró en la casa. Sin duda se trataba de la Margaret Frazer de antaño, con un aire más serio y más corpulenta, casi diría que incluso más rígida. Pero mientras la observaba pensativo, la vi acercarse al ventanal de la sala de estar con un bebé en brazos, y en su rostro se dibujó una sonrisa de infinita alegría.

Las tres naranjas del amor

ALFRED DE MUSSET
(1810-1857)

Érase una vez un príncipe que no reía nunca. Pero un día, una mujer se dijo:

—Yo haré que este príncipe ría; ría y llore.

Entonces, la mujer se vistió con unos harapos atados con cordeles, se soltó los cabellos sobre los hombros y, al son de una pandereta, se fue a bailar ante el príncipe, que permanecía acodado en el balcón de su palacio. La mujer se afanaba con tal fogosidad en danzar que, de pronto, los cordeles que sujetaban sus ropas se rompieron y se encontró completamente desnuda en medio de la calle. Al verla, el príncipe se puso a reír a carcajadas.

La mujer no había contado con perder el vestido. Al ver que el príncipe se reía de ella, dijo:

—¡Quiera Dios que no volváis a reír antes de encontrar las tres naranjas del amor!

A partir de aquel momento el príncipe se sintió muy triste y un día tomó una decisión:

—Me divertiré y reiré. Iré a buscar las tres naranjas del amor, estén donde estén.

Y partió en su búsqueda, yendo de pueblo en pueblo.

Una mañana encontró a la mujer que le había lanzado la maldición, aunque no la reconoció.

—¿A dónde os dirigís? —le preguntó ella.

—Busco las tres naranjas del amor.

—Están muy lejos de aquí y tres perros las custodian en lo hondo de una cueva. Id al norte y encontraréis la entrada escondida en el hueco de un montón de rocas.

El príncipe compró tres panes y retomó el camino. Al fin llegó donde estaban las rocas que ocultaban la cueva. Cuando iba a entrar, un perro apareció en la puerta y se puso a gruñir. El príncipe le arrojó un pan y siguió su camino.

Unos pasos más adelante vio, plantado ante él, a otro perro; le arrojó el segundo pan y pudo avanzar.

Aún más adentro, estaba el tercer perro. El príncipe le dio el tercer pan y continuó explorando. Mientras los perros comían los panes, desembocó en una sala donde halló una mesa de oro encima de la cual había tres cajas. Las tomó y salió huyendo. Cada caja contenía una de las naranjas del amor.

Tras andar muchas horas, se sentó bajo un fresno y dijo:

—Voy a abrir una caja.

La abrió y la manzana se puso a hablar:

—¡Agua! ¡Agua! De lo contrario, voy a morir. ¡Agua! ¡Muero!

Pero el príncipe no tenía agua y la naranja murió.

Retomó el camino y llegó a una posada. Allí pidió algo de comer, una jarra de vino y otra de agua. Abrió la segunda caja y la naranja se puso a hablar:

—¡Agua! ¡Agua! De lo contrario, voy a morir. ¡Agua! ¡Muero!

Pero el príncipe, en vez de tomar la jarra de agua, tomó la que estaba llena de vino y la vació en el interior de la caja y la naranja murió.

El camino lo llevó hasta una montaña por la que corría un riachuelo; allí se detuvo y abrió la tercera caja. La naranja se puso a hablar:

—¡Agua! ¡Agua! De lo contrario, voy a morir. ¡Agua! ¡Muero!

—Esta vez —dijo el príncipe—, no morirás por falta de agua.

Y entonces lanzó la caja al riachuelo.

De pronto, se formó una nube de espuma sobre el agua y apareció una princesa más bella que el sol. El príncipe se la llevó consigo y se casaron en el primer pueblo que encontraron. Un año después, el nacimiento de un hijo aumentó, si cabe, su felicidad.

Pero llegó un día en que el príncipe anunció a su esposa:

—Debemos volver con mi familia; no he dado noticias mías a mi padre, el rey, desde que abandoné el palacio.

Se pusieron en camino y, a la entrada de la ciudad donde vivía su padre, el príncipe dijo a la princesa:

—Siéntate al pie de este árbol, al lado de la fuente, mientras voy a anunciar nuestra llegada a mi padre. Regreso enseguida a buscarte.

La princesa se sentó al pie del árbol con su hijo dormido entre sus brazos.

Fue entonces cuando pasó por allí la mujer que había maldecido al príncipe. Se acercó a la fuente para beber y vio en el agua el reflejo de un rostro de una belleza sin par. Se puso de pie, retrocedió y se dijo:

—¡Qué hermosa soy!

Se acercó despacio a la fuente y el agua volvió a reflejar el mismo rostro, aunque más resplandeciente todavía. Retrocedió de nuevo y repitió:

—¡Qué hermosa soy!

Entonces, al acercarse por tercera vez a la fuente, vio que el rostro que el agua reflejaba era, de hecho, el de la princesa. La mujer le preguntó:

—¿Qué estáis haciendo aquí?

—Espero al príncipe, mi marido.

—¡Qué hijo tan guapo tenéis! Dádmelo un momento. Yo lo sostendré mientras descansáis.

La princesa le dio su hijo a regañadientes. Entonces la mujer le dijo:

—¡Qué hermosa cabellera la vuestra, princesa! Seguro que es más fina que la seda. Pero está despeinada.

Al mismo tiempo que fingía componerle el moño, le hundió una horquilla en la cabeza y la princesa se transformó en paloma.

La mujer, que era una hechicera, tomó la apariencia de la princesa, puso al niño sobre sus rodillas y se sentó al pie del árbol para esperar al príncipe. A su regreso, el príncipe dijo a quien tomó por su esposa:

—Se diría que te ha cambiado la cara.

—La culpa es del sol, que ha oscurecido mi piel; desaparecerá cuando haya reposado de las fatigas del viaje. Vamos.

Se dirigieron al palacio real y, poco tiempo después, el rey murió, su hijo heredó el trono y la hechicera se convirtió en reina.

Entretanto, todas las mañanas, la paloma volaba por el vergel del rey, se posaba en un árbol, comía un fruto y decía:

—¡Jardinero del rey!

—¿Señora?

—¿Qué hacen el rey y la reina?

—Comen, beben y descansan a la sombra.

—¿Y el niño? ¿Qué hace?

—A veces canta y a veces llora.

—Pobre, ¡él que es el amor de su madre, que yerra sola por las montañas!

Un día, el jardinero repitió al rey la conversación que mantenía todas las mañanas con la paloma. Entonces, el rey ordenó que atrapara al pájaro y se lo diera al niño. Desde el momento en que lo tuvo, la reina quiso matar al pájaro.

El niño pasaba mucho rato jugando con la paloma. Un día, se dio cuenta de que se rascaba sin cesar la cabeza con la patita. Allí encontró la horquilla hundida y, tan pronto como se la hubo arrancado, la paloma se transformó en reina. El niño se puso a sollozar y la reina le dijo:

—No llores, hijo mío, pues yo soy tu madre.

Tomó al niño y lo cubrió de besos. En ese momento llegó el rey y se echó a los brazos de la reina. Esta le contó que había sido embrujada por la hechicera al lado de la fuente.

La hechicera fue quemada en la plaza pública, y el rey y la reina vivieron felices durante muchos años.

La muerta enamorada

THÉOPHILE GAUTIER
(1811-1872)

Me pregunta, hermano, si he amado: sí. Se trata de una historia singular y terrible y, aunque cuento sesenta y seis años, apenas oso remover la ceniza de este recuerdo. No quiero negarle nada, pero a un alma menos experimentada no le contaría semejante relato. Son hechos tan extraordinarios que me cuesta creer que me hayan sucedido. Fui durante más de tres años el juguete de una ilusión peculiar y diabólica. Yo, pobre cura de pueblo, llevé en sueños todas las noches (¡quiera Dios que fuera un sueño!) una vida de condenado, una vida mundana digna de Sardanápalo. Una sola mirada llena de complacencia lanzada sobre una mujer pudo haber causado la pérdida de mi alma; pero, al fin, y con la ayuda de Dios y de mi santo patrón, logré la expulsión del espíritu maligno que se había adueñado de mí. Mi ser se envenenó con una existencia nocturna enteramente distinta. Durante el día, yo era un siervo del Señor, casto, ocupado en la oración y los asuntos santos; durante la noche, desde que cerraba los ojos, me convertía en un joven señor, fino conocedor de las mujeres, de los canes y los caballos, jugador de dados, bebedor y blasfemo; y cuando al rayar el alba me despertaba, me parecía, al contrario, que me dormía y que soñaba que era cura. De esta vida de sonámbulo conservo recuerdos, objetos y palabras que no puedo explicar y, aunque no he salido jamás de los muros de mi presbiterio, al oírme hablar se diría más bien que soy un hombre cansado de todo, que regresa del mundo y entra en religión para acabar en el seno de Dios sus días demasiado agitados, y no un humilde seminarista que ha envejecido en una parroquia ignorada, en el fondo de un bosque y sin ninguna relación con las cosas del siglo.

Sí, he amado como nadie en el mundo ha amado, con un amor insensato y furioso, tan violento que me sorprende que no hiciera estallar mi corazón. ¡Ah! ¡Qué noches, qué noches!

Desde mi más tierna infancia sentí la vocación de sacerdote; siendo así, todos mis estudios se dirigieron en ese sentido y mi vida, hasta los veinticuatro años, no fue más que un largo noviciado. Habiendo terminado Teología, pasé sucesivamente por todas las órdenes menores y mis superiores me juzgaron digno, a pesar de mi juventud, de franquear el postrer y venerado grado. El día de mi ordenación fue fijado en Semana Santa.

Yo no había conocido el mundo; el mundo era para mí el recinto del colegio y del seminario. Sabía vagamente que había una cosa a la que se llamaba mujer, pero no detenía en ello mi pensamiento; era yo de una inocencia perfecta. A mi madre, vieja y enferma, solo la veía dos veces al año. Esas eran todas mis relaciones con el exterior.

No echaba nada de menos, no tenía la más mínima duda sobre este compromiso irrevocable; estaba lleno de gozo y de impaciencia. Jamás un joven novio ha contado las horas con un ardor más enfebrecido; no dormía, soñaba que decía la misa; ser sacerdote, nada más bello veía en el mundo: habría rechazado ser rey o poeta. Mi ambición no concebía nada más allá.

Se lo digo para mostrarle que lo que me sucedió no debería haberme sucedido y de qué fascinación inexplicable fui víctima.

Llegado el gran día, me dirigí a la iglesia con un paso tan ligero que me parecía estar sostenido en el aire o que tenía alas en la espalda. Me creía un ángel y me sorprendía el semblante sombrío y preocupado de mis compañeros, ya que éramos todo un grupo. Había pasado la noche rezando y me hallaba en un estado rayano al éxtasis. El obispo, un anciano venerable, me parecía Dios Padre inclinado sobre la eternidad, y veía el cielo a través de las bóvedas del templo.

Ya conoce los detalles de esa ceremonia: la bendición, la comunión bajo las dos especies, la unción de la palma de las manos con el óleo de los catecúmenos y, al fin, el santo sacrificio celebrado junto con el obispo. No me alargaré en esto. ¡Oh! ¡Cuánta razón tenía Job y cuán imprudente es aquel que no hace un pacto con sus ojos! Alcé por casualidad la cabeza, que había mantenido agachada hasta ese momento, y vi delante de mí, tan cerca que habría podido tocarla, aunque estaba en realidad a bastante distancia y del otro lado de la balaustrada, a una joven mujer de una rara belleza vestida con la magnificencia de una reina. Fue como si me cayeran escamas de los ojos. Experimenté la sensación de un ciego que recupera de súbito la vista. El obispo, radiante hacía un momento, se apagó de golpe, los cirios palidecieron sobre los candelabros de oro como las estrellas por la mañana y en toda la iglesia se hizo la más absoluta oscuridad. La encantadora criatura destacaba sobre ese fondo de sombra como una revelación angelical; parecía que ella era quien iluminaba y daba luz al día, en vez de recibirla.

Bajé los párpados, decidido a no alzarlos más para sustraerme de la influencia de los objetos exteriores, pero cada vez estaba más distraído y apenas sabía lo que me hacía.

Un minuto después, volvía a abrir los ojos, ya que la seguía viendo a través de mis pestañas, relumbrando con los colores del prisma, en una penumbra púrpura, como cuando se mira al sol.

¡Oh! ¡Era tan hermosa! Los más grandes pintores, cuando, persiguiendo en el cielo la belleza ideal, han bajado a la tierra el divino retrato de la Madona, han quedado muy lejos de aquella fabulosa realidad. Ni los versos de los poetas ni la paleta del pintor pueden dar una idea de ella. Era muy alta, con el talle y el porte de una diosa; sus cabellos, de un rubio delicado, se separaban en lo alto de su cabeza y se derramaban por sus sienes como dos ríos de oro; se hubiera dicho que era una reina con su corona. Su frente era de una blancura azulada y transparente, y se extendía, amplía y serena, sobre los arcos de las cejas casi morenas, singularidad que añadía más intensidad a las pupilas de color verde mar, de una vivacidad y brillo inenarrables; tenían una vida, una limpidez, un ardor, una humedad centelleante como nunca había visto en un ojo humano; de ellos se escapaban rayos semejantes a las flechas que venían a clavarse directamente en mi corazón. No sé si la llama que los iluminaba procedía del cielo o del infierno, pero sin duda ella provenía del uno o del otro. Esa mujer o era un ángel o era un demonio, o quizá ambas cosas. No surgió, ciertamente, de un costado de Eva, la madre común. Los dientes del más bello oriente refulgían en su roja sonrisa y unos pequeños hoyuelos se marcaban a cada inflexión de su boca en el satén rosa de sus adorables mejillas. En cuanto a su nariz, era de una finura y orgullo absolutamente majestuosos y desvelaba el más noble de los orígenes. Piedras de ágata jugaban sobre la piel firme y lustrosa de sus hombros medio descubiertos y sartas de grandes perlas doradas, de un tono parecido al de su cuello, descendían sobre sus senos. De vez en cuando, alzaba su cabeza en un movimiento ondeante de culebra o pavo real que saca pecho, imprimiendo un ligero temblor a la alta gola bordada con randas que la envolvía como una malla de plata.

Llevaba un vestido de terciopelo nacarado y de sus anchas mangas forradas de armiño asomaban unas manos patricias de una delicadeza infinita, con dedos largos y mullidos de tan ideal transparencia que dejaban pasar la luz del día como los de la Aurora.

Todos estos detalles me parecen tan presentes como si los hubiera visto ayer mismo, porque, aunque estaba extremadamente turbado, nada se me escapaba, ni el más ligero matiz, como el pequeño punto negro al lado del mentón, el imperceptible vello en la comisura de los labios, la frente aterciopelada, la sombra temblorosa de las pestañas en las mejillas. Todo lo captaba con una lucidez sorprendente.

A medida que la miraba, sentía abrirse puertas en mí que hasta entonces habían permanecido cerradas; respiraderos obstruidos se desatascaban en todos mis sentidos y dejaban entrever perspectivas desconocidas; la vida me aparecía bajo un nuevo aspecto; acababa de nacer con un nuevo orden de ideas. Una angustia terrible me atenazaba el corazón; cada minuto que transcurría me parecía un segundo y un siglo. Mientras la ceremonia avanzaba, yo era transportado muy lejos del mundo, cuya entrada cerraban con furia mis deseos nacientes. Dije sí, sin embargo, cuando quería decir no, cuando todo en mí se sublevaba y protestaba contra la violencia que mi lengua infligía a mi alma: una fuerza oculta me arrancaba, a mi pesar, las palabras de la garganta. Sería, quizá, aquello que hace que tantas muchachas vayan al altar con la firme resolución de rechazar de forma estrepitosa al marido impuesto y ninguna de ellas acabe ejecutando su proyecto. Era, sin duda, lo que hace que tantas pobres novicias se cubran con el velo, aunque estén firmemente decididas a rasgarlo en el momento de pronunciar los votos. Uno no osa causar un escándalo tal delante de todo el mundo, ni frustrar las expectativas de tantas personas; todas esas voluntades, todas esas miradas parecen pesar encima de uno como una plancha de plomo; y, además, se han tomado tan buenas medidas, todo está tan bien regulado de antemano, de una manera tan evidentemente irrevocable, que el pensamiento cede ante tal peso y queda completamente aplastado.

La ceremonia progresaba y la mirada de la bella desconocida cambiaba de expresión. De tierna y suave como era al principio, tomó un aire de desdén y disgusto, como si no hubiera sido comprendida.

Hice un esfuerzo que hubiera bastado para mover una montaña y exclamar que no quería ser sacerdote, pero no lo conseguí. Mi lengua quedó clavada en mi paladar y me fue imposible traducir mi voluntad al más leve gesto de negación. Estaba completamente despierto, en un estado semejante al de una pesadilla en la que uno quiere gritar una palabra de la que depende su vida, pero no puede.

Ella pareció sensible al martirio que yo padecía y, como para insuflarme valor, me lanzó una mirada llena de divinas promesas. Sus ojos eran un poema en el que cada mirada componía un canto.

Me decía:

—Si quieres ser mío, te haré más feliz que el mismo Dios en su paraíso; los ángeles te envidiarán. Desgarra esa mortaja en la que te vas a envolver. Yo soy la belleza, la juventud, la vida; ven a mí y seremos el amor. ¿Qué te podría ofrecer Jehová para compensarte? Nuestra existencia transcurrirá como en un sueño y será un beso eterno.

»Derrama el vino de ese cáliz; eres libre. Te transportaré a islas desconocidas; dormirás sobre mi pecho, en una cama de oro macizo y bajo un dosel de plata, pues te amo y quiero robarte a tu Dios, ante el cual tantos nobles corazones derraman olas de amor que nunca le llegan.»

Me parecía estar oyendo esas palabras con un ritmo de una dulzura infinita, ya que su mirada era casi sonora y las frases que sus ojos enviaban resonaban en el fondo de mi corazón como si una boca invisible las hubiera soplado a mi alma. Me sentía preparado para renunciar a Dios y, sin embargo, mi corazón cumplía maquinalmente con las formalidades de la ceremonia. La joven me lanzó una segunda mirada, tan suplicante, tan desesperada, que unas lágrimas aceradas atravesaron mi corazón y sentí más espadas clavadas en el pecho que la Virgen Dolorosa.

Ya estaba hecho; era sacerdote.

Jamás un semblante humano pintó una angustia tan punzante. La muchacha que ve caer a su prometido muerto súbitamente a su lado, la madre cerca de la cuna vacía de su hijo, Eva sentada en el umbral de la puerta del paraíso, el avaro que encuentra una piedra en el lugar que ocultaba su tesoro, el poeta que deja caer al fuego el único manuscrito de su más bella obra; ninguno de ellos tendría un aspecto más aterrador e inconsolable. La sangre abandonó completamente su hechizador rostro y se puso blanca como el mármol. Sus bellos brazos cayeron a lo largo de su cuerpo, como si los músculos hubieran sido desencajados. Se apoyó en una columna, puesto que las piernas no la sostenían e iba a desfallecer. En cuanto a mí, lívido, con la frente empapada por un sudor más sangrante que el del Calvario, me dirigí tambaleándome hacia el pórtico de la iglesia. Me ahogaba. Las bóvedas se aplastaban contra mis hombros y me pareció que era mi cabeza la que, ella sola, sostenía todo el peso de la cúpula.

Al ir a franquear el umbral, una mano tomó bruscamente la mía. ¡Una mano de mujer! Jamás había tocado una. Era fría como la piel de una serpiente y su huella, ardiente como la marca de un hierro al rojo vivo. Era ella.

—¡Desdichado! ¡Desdichado! ¿Qué has hecho? —me dijo en voz baja para luego desaparecer entre la multitud.

El anciano obispo pasó y me miró con aire severo. Tenía yo el semblante más extraño del mundo: palidecía, enrojecía, me mareaba. Uno de mis camaradas se apiadó de mí, me asió y me condujo al seminario; habría sido incapaz de llegar por mi propio pie. En la esquina de una calle, mientras el joven sacerdote miraba hacia otro lado, un paje negro, vestido con extravagancia, se acercó a mí y me dio, sin detener el paso, una pequeña cartera con los bordes cincelados de oro a la vez que me hacía seña de esconderla; la deslicé en una manga y allí la tuve hasta estar solo en mi celda. Hice saltar el cierre y en el interior no había más que una hoja con estas palabras: «Clarimonde, en el palacio Concini». Por aquel entonces estaba tan poco al corriente de las cosas de la vida que no conocía a Clarimonde, a pesar de su celebridad, e ignoraba por completo dónde se hallaba el palacio Concini. Hice mil conjeturas, a cuál más descabellada, pero en verdad, con poder volver a verla, no me importaba lo que ella pudiera ser, si una gran dama o una cortesana.

Este amor recién nacido se había enraizado en mí profundamente. No pensaba siquiera en arrancármelo, tan imposible me parecía. Esa mujer se había adueñado completamente de mí, y una sola mirada suya había bastado para transformarme. Me había insuflado su voluntad. Ya no vivía en mí, sino en ella y por ella. Hacía mil rarezas, besaba mi mano en el lugar que ella la había tocado y repetía su nombre durante horas enteras. Solo tenía que cerrar los ojos para verla tan claramente como si en realidad estuviera presente y me repetía las palabras que ella me había dirigido bajo el pórtico de la iglesia: «¡Desdichado! ¡Desdichado! ¿Qué has hecho?». Comprendía todo el horror de mi situación y los visos fúnebres y terribles del estado en el que había caído se me revelaban con claridad. ¡Ser sacerdote!, es decir, casto, no amar, no distinguir sexos ni edades, dar la espalda a toda belleza, arrancarse los ojos, reptar bajo la sombra glacial de un claustro o de una iglesia, no ver más que a moribundos, velar cadáveres de desconocidos y llevar sobre uno mismo el luto de la sotana negra de modo que con el hábito se pueda hacer la mortaja de nuestra tumba.

Y, entretanto, sentía crecer la vida en mí como un lago interior que se fuera llenando hasta desbordarse. Mi sangre latía con fuerza en mis venas;

mi juventud, largo tiempo reprimida, estallaba de golpe como los aloes que tardan cien años en florecer, pero que se abren de golpe con una fuerza atronadora.

¿Cómo volver a ver a Clarimonde? No tenía ningún pretexto para salir del seminario, al no conocer a nadie en la ciudad en aquella que ni tan siquiera iba a residir. Estaba a la espera de que me designaran la parroquia que debería ocupar. Traté de arrancar los barrotes de la ventana, pero estaba a una altura terrible y sin escalera no cabía ni pensarlo. Por otro lado, solo habría podido salir de noche. ¿Cómo me habría orientado en el inextricable dédalo de las calles? Todas estas dificultades, que para otros no significarían gran cosa, eran insalvables para mí, pobre seminarista, recién enamorado, sin experiencia, sin dinero, sin ropa.

¡Ah! Si no fuera sacerdote, podría verla todos los días; habría sido su amante, su esposo, me decía en mi ceguera. En vez de estar envuelto en mi triste sudario, luciría vestidos de seda y terciopelo, cadenas de oro, una espada y plumas, como un bello y joven caballero. Mis cabellos, en vez de estar deshonrados por una ancha tonsura, caerían alrededor de mi cuello en bucles ondeantes. Tendría un bello y lustroso bigote. Sería uno de los valientes. Pero una hora transcurrida en el altar, algunas palabras apenas articuladas, me apartaban para siempre del número de los vivientes. Yo había sellado con mis propias manos la losa de mi tumba, ¡había echado el cerrojo de mi prisión!

Me acerqué a una ventana. El cielo resplandecía de azul, los árboles se habían vestido de primavera, la naturaleza se mostraba con una irónica alegría. La plaza estaba llena de gente; unos iban y otros venían; jóvenes galantes, jóvenes bellezas, pareja con pareja, se dirigían a un rincón del jardín y a las glorietas. Pasaban amigos entonando canciones en honor al vino; era una agitación, una vida, un ajetreo, una alegría, que hacía resaltar penosamente mi luto y mi soledad. Una joven madre a jugaba con su hijo en la puerta de su casa. Besaba su boquita rosa aún perlada con gotas de leche y le hacía miles de esos divinos arrumacos que solo las madres saben inventar. El padre, que se mantenía de pie a cierta distancia, sonreía dulcemente ante tan encantador grupo y sus brazos cruzados contenían la alegría en su pecho. No pude soportar tal espectáculo. Cerré la ventana y me tumbé en mi cama, con un odio y una envidia horribles en el corazón, mordiendo mis nudillos y la manta, como un tigre tras un ayuno de tres días.

No sé cuántos días pasaron así. De repente, me di la vuelta con un movimiento espasmódico y, furioso, vi que el abad Sérapion estaba de pie en medio de mi cuarto observándome atentamente. Sentí vergüenza de mí mismo y, dejando caer la cabeza sobre el pecho, oculté los ojos con las manos.

—Romuald, amigo mío, algo extraordinario le ocurre a usted —me dijo Sérapion al cabo de unos minutos de silencio—. ¡Su conducta resulta inexplicable! Usted, tan piadoso, tan sosegado, tan dulce, se agita en su celda como una bestia salvaje. Tenga cuidado, hermano mío, y no atienda a las sugestiones del diablo. El espíritu maligno, irritado porque usted se ha consagrado para siempre a Dios, ronda a su alrededor como un lobo hechizador y hace un postrer esfuerzo para atraerlo hacia él. En vez de dejarse abatir, mi querido Romuald, hágase una coraza de plegarias, un escudo de mortificaciones, y combata con valentía al enemigo. Lo vencerá. La prueba es necesaria para la virtud. Así el oro saldrá más fino de la copela. No se espante, no se desanime. Las almas mejor resguardadas y más firmes han pasado por estos trances. Rece, ayune, medite, y el espíritu maligno se retirará.

El discurso del abad Sérapion me hizo volver en mí y me sosegué un poco.

—Vengo a anunciarle su designación para la parroquia de C.; el sacerdote que estaba a su cargo acaba de morir y monseñor el obispo me ha encargado acompañarle. Esté preparado para mañana.

Respondí con un movimiento de cabeza que así lo haría y el abad se retiró. Abrí mi misal y empecé las plegarias, pero pronto las líneas se confundieron en mis ojos, las ideas se enmarañaron en mi cerebro y el libro me resbaló de las manos sin que me molestara en evitarlo.

¡Partir al día siguiente sin haber vuelto a verla! Eso añadía una imposibilidad más a todas las que ya había entre nosotros. ¡Perder para siempre la esperanza de reencontrarla! ¡A no ser que ocurriera un milagro! ¿Escribirle? ¿Por medio de quién le haría llegar una carta? Con el sagrado carácter del que yo estaba revestido, ¿a quién abrirme y confiarme? Sentía una terrible ansiedad. Acto seguido, lo que me había dicho el abad Sérapion acerca de los artificios del diablo me volvió a la mente. La extrañeza de la aventura, la belleza sobrenatural de Clarimonde, el rayo de fósforo de sus ojos, la huella ardiente de su mano, la turbación a la que me había arrojado, el cambio súbito que se había operado en mí, mi piedad desvanecida en un instante, todo probaba meridianamente la presencia del diablo. Su mano satinada no era quizá otra cosa que el guante con el que había recubierto su garra. Estas ideas me hicieron sentir pavor. Recogí el misal que había rodado de mis rodillas al suelo y volví a los rezos.

A la mañana siguiente, Sérapion vino a recogerme. Dos mulas nos esperaban en la puerta cargadas con nuestras ligeras maletas. Mal que bien, cada uno montó en la suya. Al recorrer las calles de la ciudad, miraba todas las ventanas y balcones por si veía a Clarimonde, pero era demasiado pronto y la ciudad aún dormía. Mi mirada trataba de penetrar las persianas y cortinas de todos los palacios ante los cuales pasábamos. Sérapion atribuía sin duda esta curiosidad a la admiración que me causaba la belleza de la arquitectura, ya que aminoraba el paso de su montura para darme tiempo a observar. Al final, llegamos a la puerta de la ciudad y empezamos a ascender la colina. Cuando estuvimos en lo alto, me giré para mirar una vez más el lugar donde vivía Clarimonde. La sombra de una nube cubrió por completo la ciudad. Sus tejados rojos y azules se confundieron en una media tinta general; las humaredas matinales flotaban aquí y allá, como blancos copos de espuma. Por un singular efecto óptico, se dibujada bajo un único rayo de luz dorada un edificio que descollaba entre las construcciones vecinas, completamente sumergidas en la niebla. Aunque estaba a más de una legua, parecía muy cercano. Se podía distinguir el más mínimo detalle de su arquitectura, las glorietas, las terrazas, los ventanales, e incluso las veletas con cola de golondrina.

—¿Qué palacio es aquel que se ve allí, iluminado por un rayo de sol? —pregunté a Sérapion.

Puso una mano encima de sus ojos y, tras mirar, respondió:

—Es el antiguo palacio que el príncipe Concini regaló a la cortesana Clarimonde. Suceden allí cosas espantosas.

Aún no sé si fue realidad o ilusión lo que en aquel momento ocurrió. Creí ver que se deslizaba por la terraza una forma esbelta y blanca que brilló un segundo y se extinguió. ¡Era Clarimonde!

¡Oh! ¿Sabría que, en aquel momento, desde lo alto de ese áspero camino que me alejaba de ella y que no debía volver a descender, ardiente e inquieto, miraba con avidez el palacio que ella habitaba y que un irrisorio juego de luces parecía acercarme como si me invitara a entrar en él en calidad de amo? Sin duda lo sabía, porque su alma estaba demasiado ligada a la mía para no sentir sus mínimas sacudidas. Era esa sensación la que la había empujado a subir a lo alto de la terraza envuelta en el glacial rocío de la madrugada.

La sombra conquistó el palacio y ya no hubo más que un océano inmóvil de tejados y buhardillas en el que solo se distinguía una ondulación montañosa. Sérapion arreó su mula y la mía se puso a su paso. Un recodo del caminó me robó para siempre la ciudad de S..., puesto que no debía regresar nunca. Al cabo de tres días de marcha por campos bastante tristes, vimos apuntar a través de los árboles el gallo del campanario de la iglesia en la que yo debía servir. Tras seguir por algunos caminos tortuosos bordeados de chozas y cabañas, nos encontramos ante la fachada, sin ninguna magnificencia: un simple porche ornado con algunas nervaduras y dos o tres pilares de arenisca bastamente tallados. Eso era todo. A la izquierda se hallaba el cementerio, lleno de altas hierbas y con una gran cruz en medio. A la derecha, y a la sombra de la iglesia, estaba la rectoría. Era una casa de una simplicidad extrema y de una árida pulcritud. Entramos. Algunas gallinas picoteaban en el suelo los escasos granos de avena; acostumbradas aparentemente al hábito negro de los eclesiásticos, no se asustaron por nuestra presencia y apenas se molestaron en dejarnos pasar. Un ladrido ronco y cascado se hizo oír y vimos acercarse a un perro viejo.

Era el perro de mi predecesor. Tenía los ojos tristes, el pelo gris y todos los síntomas de la vejez que puede alcanzar un perro. Lo acaricié suavemente y pronto se puso a andar a mi lado con un aire de satisfacción inexpresable. Una mujer de edad avanzada, que había sido el ama de llaves del viejo cura, vino también a nuestro encuentro y, tras haberme hecho entrar en una sala estar, me pidió si mi intención era conservarla. Le respondí que la conservaría a ella, al perro y a las gallinas, con todo el mobiliario que su antiguo amo había dejado tras su muerte, cosa que le causó un arrebato de alegría, después de que el abad Sérapion le diera al momento el precio que pedía por todo ello.

Una vez instalado, el abad Sérapion regresó al seminario. Me quedé así solo, sin otro apoyo que yo mismo. El pensamiento de Clarimonde me volvió a obsesionar y, por muchos esfuerzos que hacía por alejarlo, no siempre lo conseguía. Una tarde, paseando por los senderos bordeados de boj de mi jardincito, me pareció ver a través del emparrado una forma de mujer que seguía todos mis movimientos, y vi brillar entre las hojas dos pupilas verde mar; pero no era más que una ilusión y, habiendo cruzado al otro lado del sendero, no encontré allí más que la huella de un pie en la arenilla, tan pequeña que habría podido ser el pie de un niño. El jardín estaba rodeado de muros muy altos. Revisé todos los rincones, hasta los más recónditos, y no encontré a nadie. Nunca me pude explicar este hecho que, por otro lado, no era nada comparado con las cosas extrañas que aún me tenían que pasar.

Viví así cerca de un año, cumpliendo con exactitud todos los deberes de mi cargo, rezando, ayunando, exhortando y socorriendo a los enfermos, dando limosna hasta privarme de las cosas más esenciales. No obstante, en mi interior sentía una aridez extrema y las fuentes de la gracia me estaban vedadas. No gozaba de esa felicidad que da el cumplimiento de una misión santa. Mis ideas estaban en otra parte y las palabras de Clarimonde me volvían a los labios a menudo como una especie de refrán involuntario. ¡Oh, hermano! ¡Medita bien esto que te voy a decir! Por haber puesto una sola vez la mirada sobre una mujer, por una falta en apariencia tan leve, sufrí durante muchos años la más miserable de las agitaciones: mi vida quedó turbada para siempre.

No le entretendré más tiempo con estas derrotas y estas victorias interiores, siempre seguidas de recaídas más profundas, y pasaré enseguida a contarle un hecho decisivo. Una noche llamaron violentamente a mi puerta. La anciana ama de llaves fue a abrir y un hombre de tez cobriza y ricamente vestido, aunque siguiendo una moda extranjera, con un largo puñal, se dibujó bajo los rayos de la linterna de Barbara. Su primera reacción fue de temor, pero el hombre la tranquilizó y le dijo que necesitaba verme de inmediato por un asunto concerniente a mi ministerio. Barbara lo hizo subir. Yo iba a meterme en la cama en ese momento. El hombre me dijo que su señora, una gran dama, estaba a punto de morir y deseaba un sacerdote. Respondí que estaba listo para seguirle; tomé lo necesario para la extremaunción y bajé a toda prisa. En la puerta piafaban dos caballos negros como la noche, resoplando sobre su pecho dos grandes chorros de vapor. Me tendió un estribo y me ayudó a montar en uno; luego, él saltó en el otro, apoyando solo la mano en el cuerno de la silla. Apretó las rodillas y soltó las riendas de su caballo, que salió lanzado como una flecha. El mío, del cual él sostenía la brida, se puso también al galope, manteniéndose a su misma altura. Devorábamos el camino; la tierra pasaba volando, gris y rayada, y las siluetas negras de los árboles huían como un ejército derrotado. Cruzamos un bosque de una oscuridad tan opaca y glacial que sentí un escalofrío de supersticioso terror. Los penachos de chispas, que las herraduras de nuestros caballos arrancaban a las piedras, dejaban a nuestro paso una estela de fuego. Si alguien, a aquella hora de la noche, nos hubiera visto, a mi guía y a mí, nos habría tomado por dos espectros a caballo en una pesadilla. Fuegos fatuos cruzaban de vez en cuando el camino y las grajillas graznaban piadosamente en la espesura del bosque, donde brillaban a lo lejos los ojos de fósforo de algunos gatos salvajes. Las crines de los caballos se enmarañaban cada vez más. El sudor regaba sus flancos y su aliento salía despedido con estrépito de sus narices. Sin embargo, cuando el escudero los veía flaquear, les lanzaba un grito gutural para reanimarlos que nada tenía de humano y la carrera recomenzaba con furia. Al final, el torbellino se detuvo. Una mole negra moteada con algunos puntos brillantes se alzó súbitamente ante nosotros. Los pasos de nuestras monturas sonaron más fuertes sobre una plancha de hierro y entramos por una bóveda que abría sus grandes fauces oscuras entre dos enormes torres. Una gran agitación reinaba en el castillo. Criados con antorchas en la mano cruzaban los patios en todas direcciones y subían y bajaban por los rellanos con luces. Entreví confusamente una inmensa arquitectura formada por columnas, arcos, escalinatas y rampas, y un lujo en la construcción digno de reyes o de hadas. Un paje negro, el mismo que me había entregado la cartera de Clarimonde, al cual reconocí al instante, vino para ayudarme a desmontar mientras un mayordomo, vestido de terciopelo negro con una cadena de oro al cuello y un bastón de marfil en la mano, avanzó hasta quedar ante mí. Grandes lágrimas se derramaban de sus ojos y resbalaban por sus mejillas y su barba blanca:

—¡Demasiado tarde! —dijo meneando la cabeza—, demasiado tarde, señor cura; pero si no ha podido salvar su alma, venga a velar su pobre cuerpo.

Me tomó del brazo y me condujo a la sala fúnebre. Yo lloraba tan fuerte como él, pues había comprendido que la muerta no era otra que Clarimonde, a quien tan locamente yo amaba. Un reclinatorio estaba dispuesto al lado de la cama, una llama azulosa revoloteaba sobre una patera de bronce, proyectando en toda la habitación una luz débil, tenue, que hacía parpadear en la sombra, aquí y allá, la arista prominente de algún mueble o cornisa. Sobre la mesa, en el fondo de un jarrón cincelado, había una rosa blanca marchita cuyos pétalos, a excepción de uno que todavía se sostenía, habían caído al pie de la vasija como lágrimas olorosas. Una máscara negra rota, un abanico, disfraces de todo tipo, estaban tirados sobre las butacas, dejando intuir que la muerte había llegado a esa suntuosa morada de improviso, sin hacerse anunciar. Me arrodillé sin osar dirigir los ojos a la cama y me puse a recitar los salmos con gran fervor, dando gracias a Dios por haber interpuesto la tumba entre la idea de esa mujer y yo. Podría yo, a partir de ese momento, añadir a mis plegarias su nombre santificado. Pero, poco a poco, este impulso perdió fuerza y me puse a soñar. Esa habitación no se parecía en nada a la de un muerto. En vez del aire fétido y corrupto que estaba acostumbrado a respirar en esas vigilias fúnebres, un lánguido humo de esencias orientales, no sé qué amoroso olor de mujer, flotaba suavemente en el aire entibiado. La pálida luz tenía más bien el aire de una penumbra tamizada por la voluptuosidad, tan diferente al de la lamparilla de reflejos amarillentos que usualmente temblotea al lado de los cadáveres. Pensaba en el singular azar que me había hecho reencontrar con Clarimonde en el momento en que la perdía para siempre y un suspiro de pena se escapó de mi pecho. Me pareció que alguien también había suspirado detrás de mí y me giré involuntariamente. Era el eco. Con ese movimiento, mis ojos fueron a dar en el lecho mortuorio que hasta entonces había evitado. Los cortinajes de damasco rojo, con grandes flores sostenidas por cordones de oro, dejaban ver a la muerta, tendida a lo largo, con las manos juntas sobre el pecho. Estaba cubierta por un velo de lino de una blancura cegadora que el púrpura oscuro de las paredes resaltaba aún más. Era de una finura tal que no ocultaba nada de la forma hechizante de su cuerpo y permitía seguir sus bellas y sinuosas líneas como el cuello de un cisne que ni la muerte ha podido agarrotar. Se habría dicho que era una escultura de alabastro hecha por algún hábil escultor para situar sobre la tumba de una reina o, mejor, de una doncella dormida sobre la cual hubiera nevado.

No pude resistirlo más. Ese aire de alcoba me embriagaba. Ese aroma febril de rosa marchitándose me subía a la cabeza. Me puse a andar por la habitación a grandes pasos, deteniéndome a cada vuelta delante del lecho para contemplar a la grácil fallecida bajo la transparencia de su mortaja. Extraños pensamientos cruzaron mi espíritu; me imaginaba que no estaba muerta realmente y que no era más que un ardid que había usado para atraerme a su castillo y declararme su amor. Incluso hubo un instante en que creí ver que movía su pie entre la blancura de los velos, deshaciendo los rectos pliegues del sudario.

Además, me decía: «¿Es Clarimonde? ¿Qué pruebas tengo de ello? Ese paje negro puede haber pasado a servir a otra dama. Soy un loco por desconsolarme y agitarme así». Pero no, mi corazón me respondía con un latido: «Es ella, claro que es ella». Me acercaba a la cama y miraba con mayor atención el objeto de mi incertidumbre. ¿Se lo confesaré a usted? Esa perfección de las formas, aunque purificada y santificada por la sombra de la muerte, me turbaba más voluptuosamente de lo debido, y ese descanso se parecía tanto a un sueño que era fácil ser engañado. Olvidaba que había acudido allí para un oficio fúnebre y yo me imaginaba que era un joven esposo entrando en la habitación de la novia que ocultaba por pudor su rostro, sin dejarse ver. Apesadumbrado por el dolor, desesperado por el gozo, temblando de temor y placer, me incliné encima de ella y tomé la esquina del lienzo; lo levanté levemente, conteniendo la respiración por miedo a despertarla. Mis arterias latían con tal fuerza que oía silbar mis sienes y mi frente estaba regada de sudor como si hubiera movido una losa de mármol. Era, en efecto, la Clarimonde que había visto en la iglesia el día de mi ordenación. Seguía igual de encantadora, como si la muerte para ella fuera una coquetería más. La palidez de sus mejillas, el rosa menos vivo de sus labios, sus largas pestañas formando una franja morena sobre la blancura, le proporcionaban una expresión de castidad, melancolía y sufrimiento meditativo, de un poder de seducción inexpresable; sus largos cabellos sueltos, en los que todavía había mezcladas algunas flores azules, hacían de almohada para su cabeza y protegían con sus bucles la desnudez de sus hombros. Sus bellas manos, más diáfanas que la Sagrada Forma, estaban cruzadas en una actitud de piadoso reposo y de callado rezo que corregían lo que pudiera haber de demasiado seductor, incluso en la muerte, en la exquisita redondez y el refinado marfil de sus brazos desnudos, de los que no habían sido retirados los brazaletes de perlas. Quedé largo rato absorto en una muda contemplación y, cuanto más la miraba, menos podía creer que la vida hubiera abandonado para siempre aquel bello cuerpo. No sé si fue una ilusión o un reflejo de la lámpara, pero diría que la sangre volvía a circular bajo esa palidez mate; sin embargo, ella continuaba en la misma perfecta inmovilidad. Toqué levemente su brazo; era frío, pero no más que su mano el día que rozó la mía en el pórtico de la iglesia. Retomé mi posición, inclinando mi rostro sobre el suyo y dejando llover sobre sus mejillas el tibio rocío de mis lágrimas. ¡Ah, qué sentimiento amargo de desesperación e impotencia! Me habría gustado poder recoger mi vida en un montoncito para dárselo e insuflar en sus despojos helados la llama que me devoraba. La noche avanzaba y, sintiendo acercarse el instante de la separación eterna, no pude evitar ese triste y supremo dulzor de posar un beso en los labios muertos de aquella que había poseído todo mi amor. ¡Oh, prodigio! Un ligero aliento se mezcló con el mío y la boca de Clarimonde respondió a la mía; sus ojos se abrieron y recobraron un poco de brillo; suspiró y, descruzando los brazos, los pasó por mi cuello con un aire de éxtasis inefable.

—¡Ah! Eres tú, Romuald —dijo ella con una voz lánguida y dulce como las últimas vibraciones de un arpa—, ¿qué haces? Te he esperado tanto tiempo que he muerto; pero ahora estamos prometidos y podré ir a verte a tu casa. Adiós, Romuald, adiós. Te amo, es todo lo que te quería decir, te debo la vida que me has devuelto en un minuto con tu beso. Hasta pronto.

Su cabeza cayó hacia atrás mientras seguía rodeándome con sus brazos como si quisiera retenerme. Un torbellino de viento furioso abrió de golpe la ventana y penetró en la habitación; el último pétalo de la rosa blanca palpitó un instante como un ala en el borde del tallo, luego se desprendió y salió volando por la ventana abierta, llevándose consigo el alma de Clarimonde. La lámpara se apagó y yo caí desvanecido encima del pecho de la joven muerta.

Cuando volví en mí, estaba tendido en mi cama, en la pequeña habitación de la rectoría, y el viejo perro del antiguo cura lamía mi mano tendida fuera de la manta. Barbara se agitaba en la habitación con un temblor senil, abriendo y cerrando los cajones, o removiendo los brebajes de los vasos. Al verme abrir los ojos, la vieja soltó un grito de alegría, el perro ladró y movió la cola, pero yo estaba tan débil que no pude pronunciar ni una sola palabra ni hacer ningún movimiento. Luego supe que había permanecido tres días así, no dando otra señal de vida que la de una respiración casi insensible. Esos tres días no cuentan en mi vida y no sé a dónde fue mi espíritu durante todo ese tiempo; no he conservado ningún recuerdo. Barbara me contó que el mismo hombre de tez cobriza que había venido a buscarme durante la noche me había devuelto por la mañana en una litera cerrada y se había marchado de inmediato. Cuando pude despejar mis ideas, repasé todos los hechos de aquella noche fatal. Primero pensé que había sido el juguete de una ilusión mágica; pero las circunstancias reales y palpables destruyeron pronto esa suposición. No podía creer que hubiera soñado, ya que Barbara había visto como yo al hombre de los caballos negros, de quien ella describía la compostura y la conducta con exactitud. Sin embargo, nadie conocía en los alrededores un castillo que coincidiera con la descripción del castillo donde había re-encontrado a Clarimonde.

Una mañana, vi entrar al abad Sérapion. Barbara le había hecho saber que yo estaba enfermo y él acudió a toda prisa. Aunque el apresuramiento demostraba afecto e interés por mi persona, su visita no me complació como debería haber hecho. El abad Sérapion tenía en la mirada algo de penetrante e inquisitivo que me molestaba. Me sentía avergonzado y culpable ante él. Había sido el primero en descubrir mi turbación interna y no me gustaba su clarividencia.

A la vez que me pedía noticias acerca de mi salud con un tono hipócritamente meloso, fijaba en mí sus dos pupilas amarillas de león y hundía como una sonda su mirada en mi alma. Luego me hizo algunas preguntas acerca de la manera en que dirigía mi parroquia, si me gustaba, en qué pasaba el tiempo que mi ministerio me dejaba libre, si había hecho algunos conocidos entre los habitantes del lugar, cuáles eran mis lecturas favoritas y mil otros detalles semejantes. Respondí a todo con la mayor brevedad posible, y él mismo, sin esperar a que yo terminara, pasaba a otra cosa. Esa conversación, evidentemente, no guardaba ninguna relación con lo que quería decirme. Luego, sin ningún preámbulo, y como si se tratara de una noticia de la que se acababa de acordar en ese instante y que temiera olvidar, me dijo con una voz clara y vibrante que resonó en mis oídos como las trompetas del juicio final:

—Hace tres días murió la gran cortesana Clarimonde, tras una orgía que duró ocho días y ocho noches. Debió de ser algo infernalmente espléndido. Allí renovaron las abominaciones de los festines de Baltasar y Cleopatra. ¡En qué siglo vivimos, buen Dios! Los invitados eran servidos por esclavos negros que hablaban un idioma desconocido y a mí me da que eran verdaderos demonios; la librea del más humilde de ellos habría servido de traje de gala a un emperador. Siempre han corrido extrañas historias acerca de esa Clarimonde, y todos sus amantes han terminado de una manera miserable o violenta. Hay quien dice que es una *algola*, un vampiro hembra, pero yo creo que era Belcebú en persona.

Se calló y me observó con más atención que nunca para ver el efecto que sus palabras habían producido en mí. No pude evitar reaccionar al oír el nombre de Clarimonde y la noticia de su muerte, además del dolor que me causaba por su extraña coincidencia con la escena nocturna de la que había sido testigo. Todo esto me provocó una turbación y un horror que aparecieron en mi semblante, por mucho que hiciera por dominarme. Sérapion me lanzó una mirada inquieta y severa; luego me dijo:

—Hijo mío, debo advertirle, tiene el pie alzado sobre un abismo; guárdese de caer. Satán tiene las garras largas y las tumbas no son siempre fieles. La losa de Clarimonde tendría que ser sellada con un triple sello, puesto que, como se dice, no es esta la primera vez que muere. ¡Dios le guarde, Romuald!

Después de decir estas palabras, Sérapion se dirigió a la puerta con pasos lentos y no le vi más, ya que partió hacia S. casi de inmediato.

Me había restablecido completamente y había retomado mis funciones habituales. El recuerdo de Clarimonde y las palabras del anciano abad estaban siempre presentes en mi espíritu; sin embargo, ningún suceso extraordinario había venido a confirmar los presagios fúnebres de Sérapion. Empecé a creer que sus temores y mis terrores eran demasiado exagerados, pero una noche tuve un sueño. Apenas me había dormido cuando oí abrirse los cortinajes de mi cama y deslizarse las anillas de la barra con un ruido estruendoso. Me reincorporé bruscamente y vi la sombra de una mujer apostada ante mí. Reconocí al instante a Clarimonde. Llevaba en la mano una lamparita con la forma de las que se colocan en las tumbas y su tenue luz daba a sus dedos afilados la transparencia rosada que se prolongaba con una degradación imperceptible hasta la blancura opaca y lechosa de su brazo desnudo. Llevaba por todo vestuario el sudario de lino que la recubría en su lecho mortuorio y cuyos pliegues sostenía sobre su pecho, como si tuviera vergüenza de ir así vestida, pero su pequeña mano no bastaba; estaba tan blanca que el color de la sábana se confundía con las carnes bajo el pálido rayo de la lámpara. Envuelta en esa fina tela que traicionaba todos los contornos de su cuerpo parecía una estatua de mármol de una bañista antigua, más que una mujer dotada de vida. Muerta o viva, estatua o mujer, sombra o cuerpo, su belleza era la misma; solo el estallido verde de sus pupilas era un poco mortecino y su boca, tan roja antaño, no estaba más que tintada por un rosa leve y tierno, casi igual al de las mejillas. Las florecillas azules que había visto en sus cabellos estaban totalmente secas y habían perdido casi todos los pétalos, cosa que no impedía que estuviera encantadora; tan encantadora que, a pesar de la singularidad de la aventura y la manera inexplicable con la que había entrado en la habitación, no sentí temor ni por un instante.

Colocó la lámpara sobre la mesa y se sentó al pie de la cama; luego me dijo, inclinándose hacia mí con esa voz argentina y aterciopelada a la vez que solo en ella había oído:

—Me he hecho esperar mucho, querido Romuald, y debiste creer que te había olvidado. Pero vengo de muy lejos, de un lugar del que nadie vuelve: no hay luna ni sol en ese país; solo hay espacio y sombra; ni camino, ni sendero; ninguna tierra bajo los pies; ningún aire para las alas; y, sin embargo, heme aquí, porque el amor es más fuerte que la muerte y acabará venciéndola. ¡Ah! ¡Cuántas caras lúgubres y cosas terribles he visto en mi viaje! ¡Cuánta pena ha sentido mi alma, llegada de nuevo a este mundo por el poder de la voluntad para reencontrar su cuerpo y poseerlo de nuevo! ¡Cuántos esfuerzos he debido hacer antes de levantar la losa con que me habían cubierto! Mira, las palmas de mis manos están magulladas: bésalas para curarlas, querido amor.

Me puso una tras otra sus palmas frías en la boca; las besé muchas veces mientras ella me miraba con una sonrisa de inefable complacencia.

Para vergüenza mía, lo confieso: había olvidado totalmente las advertencias del abad Sérapion y el carácter del que yo estaba investido. Había caído al primer asalto sin resistencia. Ni siquiera intenté oponerme a la tentación. La frescura de la piel de Clarimonde penetraba en la mía y sentía correr en mi cuerpo estremecimientos de placer. ¡Pobre criatura! A pesar de todo lo que vi, aún me cuesta creer que fuera un demonio; al menos ella no tenía su aspecto y jamás Satán ha ocultado mejor sus garras y cuernos. Había recogido sus talones y se mantenía en cuclillas al lado de la cama en una posición de coquetería indolente. De vez en cuando, pasaba su pequeña mano por mis cabellos y los rizaba como si estuviera ensayando nuevos peinados para mi cara. Me dejaba hacer con la más culpable complacencia y todo lo acompañaba ella con el más hechizante de los cantos. Algo a destacar era que no estaba nada sorprendido ante una aventura tan extraordinaria y, con esa facilidad que hay en la visión para admitir como simples los hechos más complejos, lo veía todo perfectamente natural.

—Te amaba mucho antes de verte, querido Romuald, y te buscaba por todos lados. Eras mi sueño y te encontré en la iglesia en el fatal momento. Enseguida me dije: «¡Es él!». Te lancé una mirada en la que puse todo el amor que había sentido, que tenía y que debía tener por ti; una mirada que habría condenado a un cardenal, que habría hecho caer de hinojos a un rey ante toda su corte. Tú restaste impasible y preferiste a tu Dios.

»¡Ah! ¡Cuán celosa estoy de Dios, a quien has amado y a quien amas todavía más que a mí! ¡Desdichada, soy desdichada! Nunca tendré tu corazón para mí sola, yo, a quien has resucitado con un beso, Clarimonde la muerta; Clarimonde, que fuerza por ti las puertas de la tumba y que viene a consagrarte una vida que solo ha retomado para hacerte feliz.

Todas estas palabras eran interrumpidas por caricias delirantes que aturdieron mis sentidos y mi razón hasta el punto de que no temí, si con ello la consolaba, proferir una espantosa blasfemia y decirle que la amaba tanto como a Dios.

Sus pupilas se reanimaron y brillaron como la crisoprasa.

—¡Cierto! ¡Muy cierto! ¡Tanto como a Dios! —dijo ella, enlazándome con sus brazos—. Ya que es así, vendrás conmigo y me seguirás a donde yo quiera. Dejarás tus desagradables hábitos negros. Serás el más soberbio y envidiado caballero. Serás mi amante. Serás el amante confeso de Clarimonde, que rechazó a un papa; no está nada mal. ¡Ah! La buena vida, la vida feliz, la bella existencia dorada que llevaremos. ¿Cuándo partimos, mi gentilhombre?

—¡Mañana, mañana! —exclamé en mi delirio.

—¡Que sea mañana! —repitió ella—. Tendré tiempo para cambiarme de ropa, puesto que esta es demasiado sucinta y para viajar no sirve. También debo avisar a mi servidumbre, que me cree en verdad muerta y está desolada. El dinero, los vestidos, los coches, todo estará preparado; pasaré a recogerte a esta hora. Adiós, querido corazón —y rozó mi frente con la punta de sus labios.

La lámpara se apagó, los cortinajes se cerraron y ya no vi nada más; un sueño de plomo, un sueño sin sueños, cayó pesado sobre mí y me tuvo dormido hasta la mañana siguiente. Me desperté, más tarde que de costumbre, y el recuerdo de tan singular visión me agitó toda la jornada. Acabé por persuadirme de que era un simple vapor de mi ardiente agitación. Sin embargo, las sensaciones habían sido tan vivas que resultaba difícil creer que no eran reales y, no sin cierta aprensión de lo que iba a suceder, me metí en la cama, después de haber rogado a Dios que alejara de mí los malos pensamientos y que protegiera la castidad de mi sueño.

Pronto estuve profundamente dormido y mi sueño continuó. Los cortinajes se separaron y vi a Clarimonde, pero no como la primera vez, pálida en su pálido sudario y las violetas de la muerte en sus mejillas, sino alegre, primorosa, elegante, con un soberbio traje de viaje de terciopelo verde ornado de trencillas de oro y arremangado sobre la cadera para dejar ver una falda de satén. Sus cabellos rubios se escabullían en grandes rizos por debajo de un amplio sombrero de fieltro negro cargado de plumas blancas caprichosamente situadas. Sostenía en la mano una pequeña fusta terminada en un silbato de oro; me tocó suavemente con ella y me dijo:

—Y bien, bello durmiente, ¿así es como te preparas? Contaba con encontrarte en pie. Despierta, rápido, no tenemos tiempo que perder.

Salté de la cama.

—Vamos, vístete y partamos —dijo ella, señalando con un dedo un paquetito que había traído consigo—; los caballos se impacientan y roen el freno en la puerta. Deberíamos estar ya a diez leguas de aquí.

Me vestí a toda prisa; ella misma me daba las piezas de ropa, riendo a carcajadas de mi ineptitud e indicándome el uso de cada prenda cuando me equivocaba. Arregló mis cabellos y, cuando terminó, me tendió un espejito de cristal de Venecia enmarcado en una filigrana de plata y me dijo:

—¿Cómo te ves? ¿Quieres ponerme a tu servicio como ayudante de cámara?

Yo no era el mismo; no me reconocía. Me parecía tanto a mí como una estatua terminada se parece a un bloque de piedra. Mi antiguo rostro tenía el aspecto de no ser más que el esbozo grosero del que reflejaba el espejo. Era hermoso y mi vanidad fue sensiblemente despertada por esa metamorfosis. Esos vestidos elegantes, esa rica chaquetilla bordada, hacían de mí otro personaje, y yo admiraba el atractivo poder que tienen algunas telas cortadas de cierta manera. El espíritu de mi atavío penetraba en mi piel y, al cabo de diez minutos, ya era un engreído de cuidado.

Di varias vueltas por la habitación para ver cómo me desenvolvía. Clarimonde me miraba con un aire de complacencia maternal y parecía muy contenta de su obra.

—Venga, basta de chiquilladas; nos espera el camino, querido Romuald. Vamos lejos, no debemos retrasarnos más.

Me agarró de la mano y me arrastró fuera. Todas las puertas se abrían a su paso tan pronto como las tocaba y pasamos delante del perro sin despertarlo.

En la puerta encontramos a Margheritone; era el escudero que ya había sido mi guía. Sostenía la brida de tres caballos negros como los anteriores, uno para mí, otro para él, otro para Clarimonde. Esos caballos debían de ser pura sangre española, nacidos de yeguas fecundadas por el céfiro, ya que galopaban tan rápido como el viento, y la luna, que se había alzado a nuestra salida para iluminarnos, rodaba en el cielo como una rueda que se hubiera soltado de un carro; la veíamos a nuestra derecha saltar de árbol en árbol resoplando para alcanzarnos. Pronto llegamos a una llanura donde, cerca de un bosquecillo, nos esperaba un coche enganchado a cuatro vigorosos animales; subimos y los postillones los hicieron correr al galope de un modo insensato. Yo tenía un brazo pasado por detrás de la cintura de Clarimonde y una de mis manos tomaba la suya; ella apoyaba su cabeza en mi hombro y sentía su garganta medio desnuda frotando mi brazo. Nunca había experimentado una felicidad tan viva. Lo había olvidado todo en ese momento y no me acordaba más de haber sido sacerdote que de lo que había hecho en el seno de mi madre; tan grande era la fascinación que el espíritu maligno ejercía sobre mí.

A partir de aquella noche, mi naturaleza se vio de algún modo desdoblada y en mí habitaron dos hombres que no se conocían. Tan pronto me creía ser un sacerdote que soñaba cada noche que era un gentilhombre, como que era un gentilhombre que soñaba que era sacerdote. No podía distinguir ya el sueño de la vigilia y no sabía dónde empezaba la realidad o terminaba la ficción. El joven señor, fatuo y libertino, se burlaba del sacerdote y el sacerdote detestaba al disoluto señorito. Dos espirales enredadas la una con la otra y confundidas sin tocarse jamás representarían bastante bien esa vida bicéfala que fue la mía. A pesar de esa extraña situación, no creo haber rozado la locura ni un solo instante. Siempre conservé nítidas las percepciones de mis dos existencias. Solamente había un hecho absurdo que no podía explicarme, y es que el sentimiento de un mismo yo existiese en dos seres tan distintos. Era una anomalía de la que no me daba cuenta, ya fuera porque creía ser el cura del pueblecito de..., o *il signor Romualdo,* amante confeso de Clarimonde.

Era de tal modo que estuve, o creí al menos estar, en Venecia. No he podido todavía desenmarañar lo que había de ilusión y de realidad en esa extraña aventura. Vivíamos en un gran palacio de mármol sobre el Canaletto, lleno de frescos y estatuas, con dos Tizianos de la mejor época en el dormitorio de Clarimonde, un palacio digno de un rey. Cada uno tenía su góndola y sus barcarolas para deleite propio, su salón de música y su poeta. Clarimonde entendía la vida a lo grande y había un poco de Cleopatra en su naturaleza. En cuanto a mí, llevaba el tren de vida del hijo de un príncipe y allá por donde pasaba levantaba una gran polvareda, como si hubiera sido yo de la familia de uno de los doce apóstoles o de los cuatro evangelistas de la Serenísima República; no me habría apartado del camino para dejar pasar al dogo, y no creo que, desde Satán caído del cielo, nadie haya sido más arrogante e insolente que yo. Iba al Ridotto y jugaba grandes fortunas. Me codeaba con la mejor sociedad del mundo, hijos de familias arruinadas, mujeres del teatro, timadores, parásitos y espadachines. Sin embargo, a pesar de esta disipación, permanecía fiel a Clarimonde. La amaba perdidamente. Ella era quien colmaba mi saciedad y contenía la inconstancia. Tener a Clarimonde era tener veinte amantes, era tener a todas las mujeres, tan variable, diversa y diferente era de sí misma; ¡un verdadero camaleón! Me hacía cometer con ella la infidelidad que habría cometido con otras, tomando completamente el carácter, el aspecto y el género de belleza de la mujer que parecía gustarme. Me devolvía mi amor centuplicado y en vano los jóvenes patricios e incluso los viejos del Consejo de los Diez le hicieron las más fantásticas proposiciones. Un Foscari llegó incluso a proponerle matrimonio. Ella lo rechazó todo. Tenía suficiente oro y solo quería amor, un amor joven, puro, despertado por ella, que debía ser el primero y el último. Yo habría sido completamente feliz si no fuera por esa maldita pesadilla que se repetía cada noche y en la que me creía ser el cura de un pueblo que se martirizaba y hacía penitencia por sus excesos diarios. Tranquilizado por la costumbre de estar con ella, ya casi no pensaba en la extraña manera en que la había conocido. Sin embargo, lo que había dicho de ella el abad Sérapion me volvía de vez en cuando a la memoria y no dejaba de inquietarme.

Hacía algún tiempo que la salud de Clarimonde había empeorado. Su tez era cada vez más mortecina. Los médicos que la vieron no comprendían su enfermedad y no sabían qué hacer. Recetaron algunos remedios inútiles y no regresaron. Ella siguió palideciendo a ojos vistas y cada vez estaba más fría. Estaba casi tan blanca y tan muerta como la aciaga noche en el castillo desconocido. Me entristecía verla marchitarse tan lentamente. Ella, conmovida por mi pena, me sonreía dulce y tristemente con la sonrisa fatal de los que saben que van a morir.

Una mañana, yo estaba sentado cerca de su cama, desayunando en una mesita para no separarme de ella ni un minuto. Al mondar una fruta, me corté sin querer un dedo y me hice una herida bastante profunda. La sangre brotó en chorritos de púrpura y algunas gotas salpicaron a Clarimonde. Sus ojos se iluminaron, su semblante adquirió una expresión feroz y salvaje de gozo que no le había visto nunca. Saltó de la cama con una agilidad animal, de simio o de gato, y se abalanzó hacia mi herida y se puso a chuparla con un aire de indecible voluptuosidad. Tragaba la sangre a pequeños sorbos, lentamente, cuidadosamente, como un *gourmet* saborea un vino de Jerez o de Siracusa. Entornaba los ojos y sus pupilas verdes tomaron una forma oblonga en vez de redonda. De vez en cuando se detenía para besarme la mano y luego volvía a presionar sus labios contra los labios de la herida para extraer algunas gotas más. Cuando vio que la sangre ya no salía, se puso de pie con los ojos húmedos y brillantes, más sonrosada que una aurora de mayo, el rostro pleno, la mano tibia y húmeda, en fin, más bella que nunca y en un estado de perfecta salud.

—¡No moriré! ¡No moriré! —dijo medio enloquecida de alegría y colgándose a mi cuello—; aún te podré amar mucho tiempo. Mi vida está en la tuya, y todo lo que está en mí procede de ti. Algunas gotas de tu rica y noble sangre, más valiosa y eficaz que todos los elixires del mundo, me han devuelto a la existencia.

Esta escena me preocupó durante largo rato y me inspiró extrañas dudas acerca de Clarimonde. Esa misma noche, cuando el sueño me hubo devuelto a la rectoría, vi al abad Sérapion más serio y preocupado que nunca. Me miró fijamente y me dijo:

—No contento con perder su alma, quiere perder su cuerpo. Infortunado joven, ¿en qué trampa ha caído?

El tono con que dijo estas pocas palabras me impactó vivamente, pero a pesar de su vivacidad, esta impresión pronto se disipó y mil otros pensamientos la borraron de mi espíritu. Sin embargo, una noche, vi en el espejo, cuya pérfida posición ella no había calculado, a Clarimonde que vertía unos polvos en la copa de vino especiado que tenía por costumbre preparar tras la cena. Tomé la copa y fingí llevármela a los labios, la dejé en un mueble, como para terminármela más tarde a gusto y, aprovechando un instante en que mi amada estaba de espaldas, arrojé el contenido bajo la mesa y acto seguido me retiré a mi habitación y me acosté, determinado a no dormir y ver en qué paraba todo aquello. No tuve que esperar mucho. Clarimonde entró en camisón y, habiéndose quitado el velo, se estiró en la cama a mi lado. Tras asegurarse de que dormía, descubrió mi brazo y se sacó un alfiler de oro de la cabeza; luego se puso a musitar:

—Una gota, nada más que una gotita roja. ¡Una nada en la punta de mi alfiler! Puesto que todavía me amas, no debo morir... ¡Ah, pobre amor! Su bella sangre, de un color púrpura tan brillante, voy a beberla. Duerme, mi único bien; duerme, mi dios, mi criatura; no te haré daño. Tomaré de tu vida solo lo necesario para que no se extinga la mía. Si no te amara tanto, podría tener otros amantes a quienes agotar las venas; pero desde que te conozco, todo el mundo me horroriza... ¡Ah! ¡El hermoso brazo! ¡Qué bien torneado! ¡Qué blanco! No me atrevería nunca a pinchar esta bonita vena azul.

Y mientras decía eso lloraba. Sentí llover sus lágrimas sobre mi brazo, que ella sostenía entre sus manos. Al fin se decidió y me pinchó levemente con el alfiler y se puso a chupar la sangre que manaba. Solamente bebió algunas gotas, por miedo a debilitarme. Se retuvo y me vendó con cuidado el brazo con un paño tras haber frotado la herida con un ungüento que la cicatrizó al momento.

Ya no me cabían dudas. El abad Sérapion tenía razón. Sin embargo, a pesar de esta certeza, no podía evitar amar a Clarimonde y le habría dado de buena gana toda la sangre que necesitara para mantener su existencia ficticia. Por otro lado, no sentía gran miedo; la mujer actuaba como una vampira y lo que había oído y visto me lo confirmaba. Tenía entonces venas abundantes que no se agotarían pronto y no estaba malgastando mi vida gota a gota. Me habría abierto el brazo yo mismo y le habría dicho: «¡Bebe! ¡Y que mi amor se infiltre en tu cuerpo con mi sangre!». Evité aludir lo más mínimo al narcótico que me servía y a la escena del alfiler, y así vivíamos en perfecta armonía. Sin embargo, mis escrúpulos de sacerdote me atormentaban más que nunca y no sabía ya qué nuevo martirio inventar para aplacar y mortificar mi carne. Aunque todas esas visiones fueran involuntarias y yo no participara en ellas, no osaba tocar el Cristo con unas manos tan impuras y un espíritu mancillado por semejantes desenfrenos, reales o soñados. Para evitar caer en esas extenuantes alucinaciones, traté de impedirme dormir; sostenía mis párpados abiertos con los dedos, me quedaba apoyado contra la pared, luchando contra el sueño con todas mis fuerzas; pero la arenilla del adormecimiento me caía pronto en los ojos y, viendo que toda lucha era inútil, dejaba caer los brazos, desanimado y fatigado, mientras la corriente me arrastraba hacia las pérfidas orillas. Sérapion me exhortaba vehementemente y me reprochaba con dureza mi blandura y mi poco fervor. Un día que había estado más agitado que de costumbre, me dijo:

—Para desembarazarse de esa obsesión, solo hay una solución y, aunque sea extrema, habrá que recurrir a ella: a grandes males, grandes remedios. Sé dónde está enterrada Clarimonde; debemos desenterrarla y que usted vea el estado miserable en que se encuentra el objeto de su amor. No volverá a estar tentado de perder el alma por un cadáver inmundo devorado por los gusanos y a punto de convertirse en polvo; eso seguro que le hará volver a ser el de antes.

En cuanto a mí, estaba tan cansado de esa doble vida que acepté. Quería saber de una vez por todas quién, si el cura o el gentilhombre, vivía engañado por una ilusión. Estaba decidido a matar, en provecho del uno o del otro, a uno de los dos hombres que habitaba en mí; o matarlos a ambos, porque una vida tal no podía durar mucho más. El abad Sérapion se pertrechó con un pico, una palanca y una linterna y, a medianoche, nos dirigimos al cementerio de..., cuya disposición y distribución conocía él perfectamente. Después de haber iluminado brevemente con la linterna las inscripciones de muchas lápidas, llegamos a una piedra medio escondida por altos matojos y devorada por el musgo y las malas hierbas, sobre la cual desciframos unas palabras:

Aquí yace

CLARIMONDE

que fue en vida

la más bella del mundo

—Es justo aquí —dijo Sérapion, dejando la linterna en el suelo y deslizando la palanca en el intersticio de la piedra para empezar a levantarla. La piedra cedió y se puso manos a la obra con el pico. Yo lo miraba hacer, más sombrío y silencioso que la noche misma. En cuanto a él, agachado sobre su fúnebre obra, chorreaba sudor, resoplaba y su respiración acelerada tenía el sonido del estertor de un agonizante. Era un espectáculo extraño. Quien nos hubiera visto desde fuera, nos habría tomado más bien por dos profanadores y ladrones de sudarios que por dos sacerdotes de Dios. El celo de Sérapion tenía algo de duro y salvaje que le hacía parecerse más a un demonio que a un apóstol o un ángel, y su rostro, de grandes y austeros rasgos, profundamente recortados por el reflejo de la linterna, no tenía nada de tranquilizador. Sentía que un sudor glacial me perlaba los miembros y que mis cabellos se erizaban dolorosamente. En el fondo, veía la acción del severo Sérapion como un abominable sacrilegio y me habría gustado que del lado de las sombrías nubes que rodaban pesadamente sobre nosotros surgiera un triángulo de fuego que lo redujera a polvo. Los búhos posados sobre los cipreses, inquietos por el brillo de la linterna, acudían a azotar con dureza su vidrio con las alas polvorientas, lanzando largos gemidos lastimeros. Los zorros aullaban a lo lejos y mil ruidos siniestros surgían del silencio. Al final, el pico de Sérapion golpeó el ataúd, cuyas planchas resonaron con un ruido sordo, con aquel terrible ruido que hace la nada cuando se toca. Retiró la tapa y vi a Clarimonde pálida como el mármol, con las manos juntas. Su blanco sudario formaba un solo pliegue de la cabeza a los pies. Una gotita roja brillaba como una rosa en la comisura de su boca descolorida. Sérapion, ante esta visión, montó en cólera:

—¡Ah! ¡Hete aquí, demonio, cortesana impúdica, bebedora de sangre y oro! —Y asperjó con agua bendita el cuerpo y el ataúd, sobre el cual trazó la forma de la cruz con el hisopo.

¡La pobre Clarimonde! Tan pronto fue tocada por el santo rocío, su cuerpo se convirtió en polvo y no fue más que una mezcla espantosa e informe de cenizas y huesos medio calcinados.

—He aquí vuestra amante, señor Romuald —dijo el inexorable sacerdote, mostrándome los tristes despojos—; ¿aún estará tentado de ir a pasear por el Lido y por Fusine con esta beldad?

Bajé la cabeza; dentro de mí me sentí destrozado. Volví a mi rectoría y el señor Romuald, amante de Clarimonde, se escindió del pobre sacerdote con quien había mantenido durante largo tiempo tan extraña compañía. Solo a la noche siguiente vi a Clarimonde, que me dijo como la primera vez bajo el pórtico de la iglesia:

—¡Desdichado! ¡Desdichado! ¿Qué has hecho? ¿Por qué has escuchado a ese sacerdote imbécil? ¿Acaso no eras feliz? ¿Qué te he hecho yo para que violaras mi tumba y pusieras al descubierto las miserias de mi nada? Toda comunicación entre nuestras almas y nuestros cuerpos se ha roto. Adiós. Me echarás de menos.

Se disipó en el aire como el humo y no la volví a ver más.

Y, desgraciadamente, dijo la verdad: la he echado de menos en más de una ocasión y la sigo echando de menos. Pagué un alto precio por la paz de mi alma. El amor de Dios no era suficiente para reemplazar el suyo. He aquí, hermano, la historia de mi juventud. ¡No mire jamás a una mujer, y camine siempre con los ojos puestos en el suelo, ya que, por casto y sosegado que usted sea, en un instante se puede perder para toda la eternidad!

Los ojos verdes

GUSTAVO ADOLFO BÉCQUER

(1836-1870)

Hace mucho tiempo que tenía ganas de escribir cualquier cosa con este título. Hoy, que se me ha presentado ocasión, lo he puesto con letras grandes en la primera cuartilla de papel, y luego he dejado a capricho volar la pluma.

Yo creo que he visto unos ojos como los que he pintado en esta leyenda. No sé si en sueños, pero yo los he visto. De seguro no los podré describir tal cuales ellos eran: luminosos, transparentes como las gotas de la lluvia que se resbalan sobre las hojas de los árboles después de una tempestad de verano. De todos modos, cuento con la imaginación de mis lectores para hacerme comprender en este que pudiéramos llamar boceto de un cuadro que pintaré algún día.

I

—Herido va el ciervo..., herido va... no hay duda. Se ve el rastro de la sangre entre las zarzas del monte, y al saltar uno de esos lentiscos han flaqueado sus piernas... Nuestro joven señor comienza por donde otros acaban... En cuarenta años de montero no he visto mejor golpe... Pero

¡por San Saturio, patrón de Soria!, cortadle el paso por esas carrascas, azuzad los perros, soplad en esas trompas hasta echar los hígados, y hundid a los corceles una cuarta de hierro en los ijares: ¿no veis que se dirige hacia la fuente de los Álamos y si la salva antes de morir podemos darlo por perdido?

Las cuencas del Moncayo repitieron de eco en eco el bramido de las trompas, el latir de la jauría desencadenada, y las voces de los pajes resonaron con nueva furia, y el confuso tropel de hombres, caballos y perros, se dirigió al punto que Íñigo, el montero mayor de los marqueses de Almenar, señalara como el más a propósito para cortarle el paso a la res.

Pero todo fue inútil. Cuando el más ágil de los lebreles llegó a las carrascas, jadeante y cubiertas las fauces de espuma, ya el ciervo, rápido como una saeta, las había salvado de un solo brinco, perdiéndose entre los matorrales de una trocha que conducía a la fuente.

—¡Alto!... ¡Alto todo el mundo! —gritó Íñigo entonces—. Estaba de Dios que había de marcharse.

Y la cabalgata se detuvo, y enmudecieron las trompas, y los lebreles dejaron refunfuñando la pista a la voz de los cazadores.

En aquel momento, se reunía a la comitiva el héroe de la fiesta, Fernando de Argensola, el primogénito de Almenar.

—¿Qué haces? —exclamó, dirigiéndose a su montero, y en tanto, ya se pintaba el asombro en sus facciones, ya ardía la cólera en sus ojos—. ¿Qué haces, imbécil? Ves que la pieza está herida, que es la primera que cae por mi mano, y abandonas el rastro y la dejas perder para que vaya a morir en el fondo del bosque. ¿Crees acaso que he venido a matar ciervos para festines de lobos?

—Señor —murmuró Íñigo entre dientes—, es imposible pasar de este punto.

—¡Imposible! ¿Y por qué?

—Porque esa trocha —prosiguió el montero— conduce a la fuente de los Álamos: la fuente de los Álamos, en cuyas aguas habita un espíritu del mal. El que osa enturbiar su corriente paga caro su atrevimiento. Ya la res habrá salvado sus márgenes. ¿Cómo la salvaréis vos sin atraer sobre vuestra cabeza alguna calamidad horrible? Los cazadores somos reyes del Moncayo, pero reyes que pagan un tributo. Fiera que se refugia en esta fuente misteriosa, pieza perdida.

—¡Pieza perdida! Primero perderé yo el señorío de mis padres, y primero perderé el ánima en manos de Satanás, que permitir que se me escape ese ciervo, el único que ha herido mi venablo, la primicia de mis excursiones de cazador... ¿Lo ves?... ¿Lo ves?... Aún se distingue a intervalos desde aquí; las piernas le fallan, su carrera se acorta; déjame..., déjame; suelta esa brida o te revuelco en el polvo... ¿Quién sabe si no le daré lugar para que llegue a la fuente? Y si llegase, al diablo ella, su limpidez y sus habitadores. ¡Sus, *Relámpago*!; ¡sus, caballo mío! Si lo alcanzas, mando engarzar los diamantes de mi joyel en tu serreta de oro.

Caballo y jinete partieron como un huracán. Íñigo los siguió con la vista hasta que se perdieron en la maleza; después volvió los ojos en derredor suyo; todos, como él, permanecían inmóviles y consternados.

El montero exclamó al fin:

—Señores, vosotros lo habéis visto; me he expuesto a morir entre los pies de su caballo por detenerlo. Yo he cumplido con mi deber. Con el diablo no sirven valentías. Hasta aquí llega el montero con su ballesta; de aquí en adelante, que pruebe a pasar el capellán con su hisopo.

II

—Tenéis la color quebrada; andáis mustio y sombrío. ¿Qué os sucede? Desde el día, que yo siempre tendré por funesto, en que llegasteis a la fuente de los Álamos, en pos de la res herida, diríase que una mala bruja os ha encanijado con sus hechizos. Ya no vais a los montes precedido de la ruidosa jauría, ni el clamor de vuestras trompas despierta sus ecos. Solo con esas cavilaciones que os persiguen, todas las mañanas tomáis la ballesta para enderezaros a la espesura y permanecer en ella hasta que el sol se esconde. Y cuando la noche oscurece y volvéis pálido y fatigado al castillo, en balde busco en la bandolera los despojos de la caza. ¿Qué os ocupa tan largas horas lejos de los que más os quieren?

Mientras Íñigo hablaba, Fernando, absorto en sus ideas, sacaba maquinalmente astillas de su escaño de ébano con un cuchillo de monte.

Después de un largo silencio, que solo interrumpía el chirrido de la hoja al resbalar sobre la pulimentada madera, el joven exclamó, dirigiéndose a su servidor, como si no hubiera escuchado una sola de sus palabras:

—Íñigo, tú que eres viejo, tú que conoces las guaridas del Moncayo, que has vivido en sus faldas persiguiendo a las fieras, y en tus errantes excursiones de cazador subiste más de una vez a su cumbre, dime: ¿has encontrado, por acaso, una mujer que vive entre sus rocas?

—¡Una mujer! —exclamó el montero con asombro y mirándole de hito en hito.

—Sí —dijo el joven—, es una cosa extraña lo que me sucede, muy extraña... Creí poder guardar ese secreto eternamente, pero ya no es posible; rebosa en mi corazón y asoma a mi semblante. Voy, pues, a revelártelo... Tú me ayudarás a desvanecer el misterio que envuelve a esa criatura que, al parecer, solo para mí existe, pues nadie la conoce, ni la ha visto, ni puede darme razón de ella.

El montero, sin despegar los labios, arrastró su banquillo hasta colocarse junto al escaño de su señor, del que no apartaba un punto los espantados ojos... Este, después de coordinar sus ideas, prosiguió así:

—Desde el día en que, a pesar de tus funestas predicciones, llegué a la fuente de los Álamos, y, atravesando sus aguas, recobré el ciervo que vuestra superstición hubiera dejado huir, se llenó mi alma del deseo de soledad.

»Tú no conoces aquel sitio. Mira: la fuente brota escondida en el seno de una peña, y cae, resbalándose gota a gota, por entre las verdes y flotantes hojas de las plantas que crecen al borde de su cuna. Aquellas gotas, que al desprenderse brillan como puntos de oro y suenan como las notas de un instrumento, se reúnen entre los céspedes y, susurrando, susurrando, con un ruido semejante al de las abejas que zumban en torno a las flores, se alejan por entre las arenas y forman un cauce, y luchan con los obstáculos que se oponen a su camino, y se repliegan sobre sí mismas, saltan, y huyen, y corren, unas veces con risas; otras, con suspiros, hasta caer en un lago.

En el lago caen con un rumor indescriptible. Lamentos, palabras, nombres, cantares, yo no sé lo que he oído en aquel rumor cuando me he sentado solo y febril sobre el peñasco a cuyos pies saltan las aguas de la fuente misteriosa, para estancarse en una balsa profunda cuya inmóvil superficie apenas riza el viento de la tarde.

»Todo allí es grande. La soledad, con sus mil rumores desconocidos, vive en aquellos lugares y embriaga el espíritu en su inefable melancolía. En las plateadas hojas de los álamos, en los huecos de las peñas, en las ondas del agua, parece que nos hablan los invisibles espíritus de la Naturaleza, que reconocen un hermano en el inmortal espíritu del hombre.

»Cuando al despuntar la mañana me veías tomar la ballesta y dirigirme al monte, no fue nunca para perderme entre sus matorrales en pos de la caza, no; iba a sentarme al borde de la fuente, a buscar en sus ondas... no sé qué, ¡una locura! El día en que saltó sobre ella mi Relámpago, creí haber visto brillar en su fondo una cosa extraña..., muy extraña...: los ojos de una mujer.

»Tal vez sería un rayo de sol que serpenteó fugitivo entre su espuma; tal vez sería una de esas flores que flotan entre las algas de su seno y cuyos cálices parecen esmeraldas...; no sé; yo creí ver una mirada que se clavó en la mía, una mirada que encendió en mi pecho un deseo absurdo, irrealizable: el de encontrar una persona con unos ojos como aquellos. En su busca fui un día y otro a aquel sitio.

»Por último, una tarde... yo me creí juguete de un sueño...; pero no, es verdad; le he hablado ya muchas veces como te hablo a ti ahora...; una tarde encontré sentada en mi puesto, vestida con unas ropas que llegaban hasta las aguas y flotaban sobre su haz, una mujer hermosa sobre toda ponderación. Sus cabellos eran como el oro; sus pestañas brillaban como hilos de luz, y entre las pestañas volteaban inquietas unas pupilas que yo había visto..., sí, porque los ojos de aquella mujer eran los ojos que yo tenía clavados en la mente, unos ojos de un color imposible, unos ojos...

—¡Verdes! —exclamó Íñigo con un acento de profundo terror e incorporándose de un golpe en su asiento.

Fernando lo miró a su vez como asombrado de que concluyese lo que iba a decir, y le preguntó con una mezcla de ansiedad y de alegría:

—¿La conoces?

—¡Oh, no! —dijo el montero—. ¡Líbreme Dios de conocerla! Pero mis padres, al prohibirme llegar hasta estos lugares, me dijeron mil veces que el espíritu, trasgo, demonio o mujer que habita en sus aguas tiene los ojos de ese color. Yo os conjuro por lo que más améis en la Tierra a no volver a la fuente de los Álamos. Un día u otro os alcanzará su venganza y expiaréis, muriendo, el delito de haber encenagado sus ondas.

—¡Por lo que más amo! —murmuró el joven con una triste sonrisa.

—Sí —prosiguió el anciano—; por vuestros padres, por vuestros deudos, por las lágrimas de la que el cielo destina para vuestra esposa, por las de un servidor, que os ha visto nacer.

—¿Sabes tú lo que más amo en el mundo? ¿Sabes tú por qué daría yo el amor de mi padre, los besos de la que me dio la vida y todo el cariño que pueden atesorar todas las mujeres de la Tierra? Por una mirada, por una sola mirada de esos ojos... ¡Mira cómo podré dejar yo de buscarlos!

Dijo Fernando estas palabras con tal acento, que la lágrima que temblaba en los párpados de Íñigo se resbaló silenciosa por su mejilla, mientras exclamó con acento sombrío:

—¡Cúmplase la voluntad del cielo!

III

—¿Quién eres tú? ¿Cuál es tu patria? ¿En dónde habitas? Yo vengo un día y otro en tu busca, y ni veo el corcel que te trae a estos lugares ni a los servidores que conducen tu litera. Rompe de una vez el misterioso velo en que te envuelves como en una noche profunda. Yo te amo, y, noble o villana, seré tuyo, tuyo siempre.

El sol había traspuesto la cumbre del monte; las sombras bajaban a grandes pasos por su falda; la brisa gemía entre los álamos de la fuente, y la niebla, elevándose poco a poco de la superficie del lago, comenzaba a envolver las rocas de su margen.

Sobre una de estas rocas, sobre la que parecía próxima a desplomarse en el fondo de las aguas, en cuya superficie se retrataba, temblando, el

primogénito Almenar, de rodillas a los pies de su misteriosa amante, procuraba en vano arrancarle el secreto de su existencia.

Ella era hermosa, hermosa y pálida como una estatua de alabastro. Y uno de sus rizos caía sobre sus hombros, deslizándose entre los pliegues del velo como un rayo de sol que atraviesa las nubes, y en el cerco de sus pestañas rubias brillaban sus pupilas como dos esmeraldas sujetas en una joya de oro.

Cuando el joven acabó de hablarle, sus labios se removieron como para pronunciar algunas palabras; pero exhalaron un suspiro, un suspiro débil, doliente, como el de la ligera onda que empuja una brisa al morir entre los juncos.

—¡No me respondes! —exclamó Fernando al ver burlada su esperanza—. ¿Querrás que dé crédito a lo que de ti me han dicho? ¡Oh, no!... Háblame; yo quiero saber si me amas; yo quiero saber si puedo amarte, si eres una mujer...

—O un demonio... ¿Y si lo fuese?

El joven vaciló un instante; un sudor frío corrió por sus miembros; sus pupilas se dilataron al fijarse con más intensidad en las de aquella mujer, y fascinado por su brillo fosfórico, demente casi, exclamó en un arrebato de amor:

—Si lo fueses... te amaría... te amaría como te amo ahora, como es mi destino amarte, hasta más allá de esta vida, si hay algo más de ella.

—Fernando —dijo la hermosa entonces con una voz semejante a una música—, yo te amo más aún que tú me amas; yo, que desciendo hasta un mortal siendo un espíritu puro. No soy una mujer como las que existen en la Tierra; soy una mujer digna de ti, que eres superior a los demás hombres. Yo vivo en el fondo de estas aguas, incorpórea como ellas, fugaz y transparente: hablo con sus rumores y ondulo con sus pliegues. Yo no castigo al que osa turbar la fuente donde moro; antes lo premio con mi amor, como a un mortal superior a las supersticiones del vulgo, como a un amante capaz de comprender mi caso extraño y misterioso.

Mientras ella hablaba así, el joven absorto en la contemplación de su fantástica hermosura, atraído como por una fuerza desconocida, se aproximaba más y más al borde de la roca.

La mujer de los ojos verdes prosiguió así:

—¿Ves, ves el límpido fondo de este lago? ¿Ves esas plantas de largas y verdes hojas que se agitan en su fondo?... Ellas nos darán un lecho de esmeraldas y corales..., y yo..., yo te daré una felicidad sin nombre, esa felicidad que has soñado en tus horas de delirio y que no puede ofrecerte nadie... Ven; la niebla del lago flota sobre nuestras frentes como un pabellón de lino...; las ondas nos llaman con sus voces incomprensibles; el viento empieza entre los álamos sus himnos de amor; ven..., ven.

La noche comenzaba a extender sus sombras; la luna rielaba en la superficie del lago; la niebla se arremolinaba al soplo del aire, y los ojos verdes brillaban en la oscuridad como los fuegos fatuos que corren sobre el haz de las aguas infectas... Ven, ven... Estas palabras zumbaban en los oídos de Fernando como un conjuro. Ven... y la mujer misteriosa lo llamaba al borde del abismo donde estaba suspendida, y parecía ofrecerle un beso..., un beso...

Fernando dio un paso hacia ella..., otro..., y sintió unos brazos delgados y flexibles que se liaban a su cuello, y una sensación fría en sus labios ardorosos, un beso de nieve..., y vaciló..., y perdió pie, y cayó al agua con un rumor sordo y lúgubre.

Las aguas saltaron en chispas de luz y se cerraron sobre su cuerpo, y sus círculos de plata fueron ensanchándose, ensanchándose hasta expirar en las orillas.

La desconocida

AUGUSTE VILLIERS DE L'ISLE-ADAM
(1838-1889)

A la señora condesa de Laclos

Para llegar a cantar bien una sola vez, el cisne calla toda su vida.

ANTIGUO PROVERBIO

Era el niño sagrado al que un bello verso hace palidecer.

ADRIEN JUVIGNY

Aquella noche, todo París resplandecía en el Teatro de los Italianos. Se representaba *Norma*, en la función de despedida de María-Felicia Malibrán.

La sala al completo se había puesto en pie en los últimos acordes de la plegaria de Bellini, *Casta diva*, y coreaba el nombre de la cantante en medio de un glorioso tumulto. Le lanzaban flores, brazaletes, coronas. Un sentimiento de inmortalidad envolvía a la augusta artista, casi moribunda, que se iba creyendo cantar.

En el centro de las butacas de la platea, un hombre joven, cuya fisionomía era la expresión de un alma resuelta y orgullosa, manifestaba, rasgando sus guantes a fuerza de aplaudir, la admiración pasional que sentía.

Nadie en los círculos mundanos parisinos conocía a aquel espectador. No tenía un aspecto provinciano, sino extranjero. Vestido con ropas relativamente nuevas, de un brillo sin excesos y un corte irreprochable, sentado en su butaca de platea, podría parecer casi singular, si no fuera por la instintiva y misteriosa elegancia que toda su persona desprendía. Al examinarlo, habríamos buscado a su alrededor más espacio, el espacio del cielo y de la soledad. Era extraordinario, pero ¿acaso no es París la ciudad de lo extraordinario? ¿Quién era y de dónde venía?

Era un adolescente salvaje, un huérfano señorial —uno de los últimos del siglo—, un melancólico noble del norte, escapado hacía tres días de la noche de su campestre mansión, en Cornualles.

Se trataba del conde Félicien de la Vierge y era propietario del castillo de Blanchelande, en la Baja Bretaña. La sed de una existencia ardorosa, la curiosidad por conocer nuestro maravilloso infierno, había poseído y enfebrecido, de repente, a ese cazador, allí... Había emprendido el viaje y estaba aquí, simplemente. Su presencia en París se remontaba a esa misma mañana, de manera que sus grandes ojos todavía conservaban su esplendor.

¡Era su primera salida de juventud! Tenía veinte años y realizaba su entrada en un mundo llameante, de olvido, de banalidades, de oro y de placeres, y *por una de las cosas del azar,* había llegado justo a tiempo para escuchar el adiós de aquella que partía.

Le bastaron unos instantes para acostumbrarse al resplandor de la sala. Pero, con las primeras notas de la Malibrán, su alma se había conmovido; la sala había desaparecido. La costumbre del silencio de los bosques, del ronco viento de los peñascos, del ruido del agua sobre las piedras de los torrentes y del pedrisco caído del crepúsculo, habían educado como si fuera un poeta a este joven orgulloso y, en el timbre de la voz que oía, le parecía que el alma de aquellas cosas le estaba enviando una plegaria lejana para que regresara.

En el momento en que, transportado por el entusiasmo, aplaudía a la inspirada artista, sus manos se detuvieron; algo lo había inmovilizado.

Acababa de aparecer en un palco una joven de una gran belleza. La mujer observaba la escena. Las líneas finas y nobles del perfil que se entreveía estaban sombreadas por la rojez de las tinieblas del palco. Igual que un camafeo florentino en su medallón, pálida, con una gardenia en sus cabellos morenos, y sola, apoyaba en la baranda del palco su mano, cuya forma desvelaba un linaje ilustre. En la junta del corpiño de su vestido de moaré negro, velada tras los encajes, había una piedra imperfecta, un ópalo admirable, a la imagen de su alma, sin duda, que brillaba en un engaste de oro. Con aspecto solitario, indiferente a la sala, parecía abandonarse al irresistible encanto de la música.

No obstante, el azar quiso que desviara ligeramente la mirada hacia la multitud y en ese instante los ojos del joven y los suyos se encontraron el tiempo justo para brillar y apagarse, un único segundo.

¿Se conocían de antes? No. No en la tierra.

Pero que sean aquellos que pueden decir dónde empieza el pasado los que decidan en qué lugar esos dos seres se habían ya realmente poseído. Con aquella única mirada bastaba para persuadirse, de una vez para siempre, de que su conocimiento se remontaba más allá de la fecha de su nacimiento. El relámpago ilumina de golpe las olas y la espuma del mar nocturno y, en el horizonte, las lejanas líneas de plata de las corrientes. Fue así la impresión en el corazón de ese joven hombre. La rápida mirada tuvo en él el impacto sin gradación del relámpago. Fue el íntimo y mágico deslumbramiento de un mundo que alza el velo. Cerró los párpados como si quisiera retener los dos luceros azules que en sus ojos se habían extraviado, luego quiso resistir ese vértigo opresor. Dirigió los ojos hacia la desconocida.

Pensativa, mantenía aún la mirada en la suya, como si hubiera comprendido el pensamiento de ese amante salvaje y como si lo considerara algo normal. Félicien se sintió palidecer; tuvo la impresión, con esa mirada, de que dos brazos se unían lánguidos alrededor de su cuello. ¡Había sucedido! El rostro de aquella mujer acababa de reflejarse en su espíritu como en un espejo familiar, se había encarnado en él, ¡en él se había *reconocido*! ¡Había quedado fijado para siempre bajo la magia de pensamientos casi divinos! Amaba un primer e inolvidable amor.

Entretanto, la joven mujer, abriendo su abanico, cuyos encajes negros acariciaban sus labios, parecía que había vuelto a su estado de ensimismamiento. Se diría que en ese momento escuchaba exclusivamente las melodías de *Norma*.

Cuando se disponía a alzar sus anteojos hacia el palco, Félicien se dio cuenta de que no sería conveniente.

—Pero ¡la *amo*! —se dijo.

Impaciente por llegar al fin de la obra, se recogió en sus pensamientos. ¿Cómo hablar con ella? ¡Saber su nombre! No conocía a nadie. ¿Consultando, al día siguiente, el registro del teatro? ¿Y si se trataba de un palco alquilado únicamente para aquella función? El tiempo apremiaba, la visión desaparecería. ¡De acuerdo! En ese caso la seguiría con su coche, eso haría... No hallaba otra solución. Acto seguido, ¡se acercaría a ella! Luego se dijo, en su ingenuidad... sublime: «Si ella *me ama,* se habrá dado cuenta y me dejará algún indicio».

Cayó el telón. Félicien abandonó la sala corriendo. Cuando estuvo en el vestíbulo, simplemente se paseó delante de las estatuas.

Su ayuda de cámara se le acercó y el joven le susurró algunas instrucciones; el ayuda se retiró a su rincón y se puso alerta.

El gran estruendo de la ovación a la cantante remitió un poco, como sucede con todos los estruendos de triunfo en este mundo. El público descendía la gran escalinata. Félicien, sin apartar la vista de su cima, entre los jarrones de mármol, por donde corría el río deslumbrante de la multitud, esperaba. Ni los rostros radiantes, ni los atavíos, ni las flores en la frente de las jovencitas, ni los cuellos de armiño, ni la corriente esplendorosa que fluía ante él, bajo la lámpara; nada vio.

Poco a poco se fue disolviendo aquella aglomeración sin que la joven apareciera.

¿La habría dejado escapar sin reconocerla?

¡No! Imposible. Un viejo criado, empolvado, cubierto de pieles, permanecía apostado en el vestíbulo. Sobre los botones de su librea negra brillaban los florones de apio de una corona ducal.

De pronto, en lo alto de la escalinata solitaria, ¡apareció *ella*! ¡Sola! Esbelta, bajo un manto de terciopelo y los cabellos escondidos por una mantilla de encaje, apoyaba su mano enguantada sobre la baranda de mármol. Se percató de la presencia de Félicien, de pie al lado de una estatua, pero no pareció que este hecho la preocupara.

Descendió apaciblemente. El criado se le acercó y ella le dirigió unas palabras en voz baja. El criado se inclinó y se retiró sin más tardanza. Acto seguido se oyó el ruido de un coche que se alejaba. Félicien se aprestó a decir unas palabras a su ayuda de cámara:

—Vuelve tú al hotel...

En un momento se encontró en la plaza del Teatro de los Italianos, a algunos pasos de la dama; la multitud se había disuelto por las calles circundantes, el eco lejano de los coches se debilitaba.

Era una noche de octubre, seca y estrellada.

La desconocida caminaba muy lentamente, como si no tuviera la costumbre de hacerlo. ¿Seguirla? Era necesario y se decidió a ello. El viento de otoño le traía el perfume de ámbar que procedía de ella, arrastrándolo al igual que el sonoro crujido del moaré sobre el asfalto.

Ante la calle Monsigny, se detuvo un segundo para orientarse y prosiguió indiferente hasta la calle de Grammont, desierta y apenas iluminada.

De golpe, el joven se detuvo; una idea le había pasado por la cabeza. ¡Quizá fuera extranjera!

¡Podía pasar un coche y llevársela para siempre! Al día siguiente él se daría contra las piedras de la ciudad sin poder encontrarla jamás.

Quedar separado de ella a perpetuidad por el azar de una calle, un instante que puede durar una eternidad. ¡Qué porvenir! Ese pensamiento lo angustió de tal modo que le hizo olvidarse de toda consideración por la etiqueta.

Adelantó a la joven en un ángulo sombrío de la calle y se dio la vuelta. Estaba horriblemente pálido y se tuvo que apoyar en el poste de hierro colado de una farola; la saludó y luego, simplemente, continuó atrapado en la especie de magnetismo encantador que emanaba de aquel ser:

—Señora, dígalo, lo sabe; la he visto esta noche por primera vez. ¡Temo tanto no volver a verla! ¡Debo decírselo! —desfallecía—. *¡La amo!* —acabó en voz baja—; y, si sigue caminando, moriré sin repetir jamás a nadie estas palabras.

Ella se detuvo, alzó su velo y contempló a Félicien con una mirada fija y atenta. Tras un corto silencio, respondió con una voz cuya pureza transparentaba las más remotas intenciones del espíritu:

—Señor, el sentimiento que le confiere esta palidez y porte debe de ser, en efecto, muy profundo para hallar en él la justificación de su proceder. Por tanto, no me siento en absoluto ofendida. Recupere la compostura y téngame por una amiga.

A Félicien no le sorprendió esta respuesta. Le pareció natural que el ideal respondiera idealmente.

Así pues, las circunstancias eran tales que los dos debían recordarse, si eran dignos, que formaban parte de la raza de aquellos que crean los convencionalismos y no de la raza que los padece. Aquello que el conjunto de los humanos suele llamar convenciones no son más que una imitación mecánica, servil y casi simiesca de lo que ha sido realizado de manera innata por seres de una naturaleza superior en circunstancias generales.

En un arrebato de ternura ingenua, él besó la mano que se le ofrecía.

—¿Me daría la flor que ha lucido en sus cabellos durante la función?

La desconocida, silenciosamente, retiró la pálida flor tras los encajes y se la dio a Félicien:

—Y ahora adiós —dijo ella—; hasta nunca.

—¡Adiós! —balbució él—. Entonces, usted *no me ama.* ¡Ah! ¡Está casada! —exclamó de repente.

—No.

—¡Libre! ¡Cielos!

—Sea como sea, olvídeme. Es necesario, señor.

—Pero, en un instante, usted se ha convertido en el latido de mi corazón. ¿Podría vivir sin usted? El único aire que quiero respirar es el suyo. Dice cosas que no comprendo: olvidarla... ¿cómo hacerlo?

—Me ha azotado un terrible infortunio. Si se lo confesara, lo entristecería hasta la muerte. Es inútil.

—¿Qué infortunio puede separar a los que se aman?

—Este.

Al pronunciar esa palabra la joven cerró los ojos.

La calle estaba totalmente desierta. Un portal que daba a un pequeño patio, una especie de triste jardín, estaba abierto. Parecía ofrecerles su sombra.

Félicien, como un niño incapaz de resistirse, que adora, la condujo hacia esa cúpula de tinieblas tomándola por el talle, que se le había ofrecido.

La embriagante sensación de la seda aprestada y tibia que se amoldaba a ella le comunicó el deseo fervoroso de estrecharla, de vencerla, de perderse en sus besos. Se resistió. Pero el vértigo le arrebató la facultad del habla. Solo pudo encontrar estas palabras balbucidas e ininteligibles:

—Dios mío, ¡cuánto la amo!

Entonces, la mujer inclinó la cabeza sobre el pecho de aquel que la amaba y, con una voz amarga y desesperada, le dijo:

—¡No le oigo! Me muero de vergüenza. ¡No le oigo! ¡Ni siquiera oiría su nombre! ¡No oiría su último suspiro! ¡No oigo los latidos de su corazón que golpean mi frente y mis párpados! ¡No ve el horroroso sufrimiento que me consume! Soy... ¡Ah! ¡Soy *sorda*!

—¡Sorda! —gritó Félicien, fulminado por un frío estupor y temblando de la cabeza a los pies.

—Sí, ¡desde hace años! ¡Oh! La ciencia humana al completo sería incapaz de resucitarme de este horrible silencio. ¡Soy sorda como el cielo y como la tumba, señor! ¡Maldita la hora! Esa es la verdad. ¡Déjeme!

—¡Sorda! —repetía Félicien, que, ante esa inimaginable revelación, se había quedado sin pensamientos, conmocionado y en un estado que no le permitía reflexionar sobre lo que decía.

Luego, de repente, dijo:

—Sin embargo, esta noche, en el teatro, aclamaba usted, aplaudía aquella música.

Se detuvo, creyendo que ella no le oía. La situación se había vuelto tan espantosa que provocaba la risa.

—¿En el teatro...? —respondió ella con una sonrisa—. Olvida usted que he tenido mucho tiempo libre para estudiar el aspecto de las emociones. ¿Acaso seré la única? Pertenecemos a la clase que el destino nos otorga y es nuestro deber estar a la altura. Esa noble mujer que cantaba merecía de sobra algunas muestras supremas de simpatía. ¿Pensará usted, no obstante, que mis aplausos difieren en mucho de los de los *dilettanti* más entusiastas? Yo, en otros tiempos, fui compositora...

Al oír estas palabras, Félicien la miró, algo confundido, esforzándose un poco más por sonreír:

—¡Oh! —dijo—. ¿Acaso se burla de un corazón que la ama hasta la desolación? ¡Se acusa usted de no oír y me responde!

—Lástima —dijo ella—. Lo que dice..., lo cree *personal,* amigo mío. Es sincero, pero sus palabras son nuevas solo para usted. Para mí, recita usted un diálogo del cual he aprendido de antemano todas las respuestas. Desde hace años es para mí siempre el mismo. Es un papel en el que todas las frases son dictadas y necesarias, de una precisión realmente terrible. Lo domino hasta tal punto que si yo aceptara —lo que sería un crimen— unir mi tormento, aunque fuera por unos días, a su destino, olvidaría usted a cada instante la funesta confidencia que le he compartido. Yo le proporcionaría la ilusión completa, exacta, *ni más ni menos que cualquier otra mujer,* ¡se lo aseguro! Sería yo, incluso, incomparablemente más real que la realidad. Trate de pensar que las circunstancias dictan siempre las mismas palabras y que siempre el rostro se armoniza un poco con ellas. No podría creer usted que no le oigo, hasta tal punto sería yo capaz de adivinar. No pensemos más en eso, ¿quiere?

Se sintió esta vez asustado.

—¡Ah! —exclamó—. ¡Cuán amargas son las palabras que tiene derecho a pronunciar! Pero yo, aun siendo así, yo quiero compartir con usted incluso el extremo silencio, si es necesario. ¿Por qué me quiere excluir de este infortunio? ¡Yo compartiría su felicidad! Nuestra alma podría compensar cualquier suceso.

La joven se estremeció y le dirigió una mirada llena de luz.

—¿Querrá usted andar un poco ofreciéndome el brazo por esta calle oscura? —dijo—. Nos imaginaremos que se trata de un paseo arbolado, en plena primavera, lleno de sol. Yo también tengo algo que decirle que no volveré a repetir.

Los dos amantes, con el corazón aprisionado por una tristeza fatal, anduvieron con las manos entrelazadas, como dos exiliados.

—Escúcheme —dijo ella—, usted que puede oír el sonido de mi voz. ¿Por qué he sentido yo que usted no me ofendía? ¿Y por qué le he respondido? ¿Lo sabe...? Es cierto, se trata simplemente de que he adquirido la ciencia de leer en los rasgos de un rostro y en las actitudes los sentimientos que determinan los actos de un hombre; pero hay algo del todo diferente, y es que presiento, con profunda exactitud, por así decirlo, casi infinita, el valor y la calidad de esos sentimientos a la vez que su íntima armonía con quien me habla. Cuando se ha atrevido a cometer contra mí esa espantosa inconveniencia de hace un rato, yo era la única mujer, quizá, que podía comprender, en el mismo instante, su verdadero significado.

»Os he respondido porque me ha parecido ver lucir en vuestra frente el signo desconocido que anuncia a aquellos cuyo pensamiento, lejos de ser oscurecido, dominado y amordazado por sus pasiones, engrandece y diviniza todas las emociones de la vida y libera el ideal contenido en todas las sensaciones que experimenta. Amigo, permita que le dé a conocer mi secreto. La fatalidad, en principio tan dolorosa, que golpeó mi ser material se convirtió para mí en la liberación de muchas servidumbres. Me liberó de esta sordera intelectual de la que la mayoría de las otras mujeres son víctimas.

»Este estado ha hecho que mi alma sea sensible a las vibraciones de las cosas eternas de las que los seres de mi sexo conocen, de ordinario, solo una parodia. Sus orejas están selladas a esos maravillosos ecos, a esas reverberaciones sublimes. De manera que ellas solo deben a la agudeza de su oído la facultad de percibir lo que hay únicamente de instintivo y exterior en las voluptuosidades más delicadas y puras. Son las Hespérides, guardianas de esos frutos encantados, de los que ignoran eternamente el mágico valor. Es una desgracia, soy sorda... ¡pero ellas! ¿Qué es lo que oyen ellas? O, más bien, ¿qué escuchan ellas de las palabras que se les dirigen sino el ruido confuso, en armonía con el conjunto de la fisonomía de quien les habla? De manera que, al prestar atención al sentido aparente, y no a la *cualidad,* reveladora y profunda, en fin, al *verdadero sentido* de cada palabra, se contentan con distinguir en ellas una adulación que les basta ampliamente. Es lo que ellas llaman "lo positivo de la vida" entre sonrisas... ¡Oh! ¡Ya lo verá! Si vive... Verá los muchos misteriosos océanos de candor, de suficiencia y de mezquina frivolidad que esconde, únicamente, esa deliciosa sonrisa. El abismo de amor encantador, divino, oscuro, verdaderamente estrellado como la noche, que experimentan los seres de la naturaleza de usted, ¡trate de trasladarlo a una de ellas...! Si las expresiones de usted llegan a filtrarse en su cerebro, allí se deformarán, como un manantial puro que atraviesa una ciénaga. De manera que la mujer en cuestión, en realidad, *no las habrá oído.* La vida es incapaz de colmar esos sueños, dicen, y usted les está pidiendo demasiado. ¡Ah! ¡Como si la vida no estuviera hecha para los vivos!

—Dios mío —murmuró Félicien.

—Sí —continuó la desconocida—, una mujer no escapa a esta condición de su naturaleza, la sordera intelectual, a menos, quizá, que pague su rescate a un precio inestimable, igual que yo. Se atribuye a las mujeres un secreto porque solo se expresan a través de los actos. Altivas, orgullosas de ese secreto, que ellas mismas ignoran, les gusta dejar creer que se puede adivinar. Y todo hombre, encantado de creerse tan esperado adivino, malgasta su vida para casarse con una esfinge de piedra. Y ninguno de ellos es capaz de llegar, *por adelantado,* a esta reflexión: que un secreto, por enorme que sea, si *nunca* se expresa, es igual a nada.

La desconocida se detuvo.

—Estoy amargada esta noche —continuó—. He aquí la causa: no envidio ya lo que poseen las otras mujeres, habiendo constatado el uso que le dan, y que yo sin duda también le habría dado. Pero está usted aquí, aquí, usted, a quien en otros tiempos yo habría amado tanto. ¡Le veo! ¡Lo adivino! Reconozco su alma, en sus ojos... Me la ofrece... pero yo no puedo aceptarla.

La joven escondió la frente entre sus manos.

—¡Oh! —respondió en voz baja Félicien, con los ojos llorosos—. ¿Puedo al menos besar la suya en el aliento de sus labios? ¡Compréndame! ¡Permítase vivir! ¡Es bella! El silencio de nuestro amor lo hará más inefable y más sublime. Mi pasión se agrandará con todo su dolor, con toda nuestra melancolía. ¡Querida mujer desposada por siempre jamás! ¡Vivamos juntos!

Ella lo contemplaba con sus ojos también bañados en lágrimas y puso la mano sobre el brazo que la enlazaba para decir:

—Usted mismo acabaría reconociendo que es imposible. Escuche. Ahora voy a terminar de revelarle todo mi pensamiento... porque no me oirá más... y no quiero ser olvidada.

Hablaba lentamente y caminaba con la cabeza apoyada en el hombro del joven.

—¡Vivir juntos, dice usted!... Olvida que, tras las primeras exaltaciones, la vida adquiere rasgos de intimidad en los cuales una expresión exacta se convierte en una necesidad inevitable. ¡Es un momento culminante! Ese momento cruel en que los que se han desposado sin atender a sus palabras reciben el castigo irreparable por el poco valor que han concedido a la *cualidad* del sentido real, ÚNICO, a fin de cuentas, que las palabras reciben de quien las pronuncia. Basta de ilusiones, se dicen, creyendo así enmascarar bajo una sonrisa trivial el doloroso menosprecio que experimentan, en realidad, por su especie de amor, y la desesperación que sienten al confesárselo a sí mismos.

»Ya que no quieren darse cuenta de que han obtenido justo lo que deseaban, les es imposible creer que, excepto en el pensamiento, que transfigura las cosas, aquí abajo las cosas no son más que ILUSIÓN. Y que esta pasión, aceptada y concebida solamente en la sensualidad, pronto se convierte en algo más amargo que la muerte para aquellos que se han abandonado. Observe el rostro de los hombres y mujeres que se vaya encontrando y ya verá si me equivoco. Pero nosotros, en el futuro, cuando llegue ese momento, yo tendré su mirada, pero no su voz; tendré su sonrisa, pero no sus palabras. Y noto que usted no es de los que hablan como los demás.

»Su alma primitiva y simple debe de expresarse con una vivacidad casi definitiva, ¿no es así? Todos los matices de su sentimiento solo pueden ser traicionados por la misma música de sus palabras. Le sentiré lleno de mi imagen, pero la forma que dará usted a mi ser en sus pensamientos, la manera en que usted me concebirá, y que solo podemos manifestar con algunas palabras, halladas día a día, esta forma sin contornos precisos y que, con la ayuda de estas mismas palabras divinas, permanece indecisa y tiende a proyectarse en la luz para fundirse en ella y penetrar en ese infinito que llevamos en nuestro corazón, esa única realidad, en fin, ¡yo jamás la conoceré! ¡No...! Esa música inefable escondida en la voz del amante, ese susurro con inflexiones inauditas que todo lo envuelve y todo lo hace palidecer, ¡yo estaré condenada a no oírlo...! ¡Ah! Quien escribió en la primera página de una sinfonía sublime: "¡Así el destino llama a la puerta!", había conocido la voz de los instrumentos antes de sufrir la misma aflicción que yo.

»¡Al componer recordaba! Pero yo, ¿cómo iba a recordar la voz con la cual usted acaba de decirme por primera vez que me ama?

El joven, escuchando estas palabras, se ensombreció: estaba experimentando terror.

—¡Oh! —gritó—. ¡Abre en mi corazón abismos de infelicidad y de cólera! Tengo un pie en el umbral del paraíso y debo cerrar, ante mí, la puerta de todo goce. Usted es la suprema tentadora. ¿Cómo? Me parece ver lucir en sus ojos no sé qué especie de orgullo por haberme convertido en un desesperado.

—¡Oh! Ya verá, seré yo quien no le olvidará —respondió ella—. ¿Cómo olvidar las palabras presentidas que una no ha oído?

—Señora, ¡qué desgracia! Mata con gusto toda la joven esperanza que yo he enterrado en usted. Sin embargo, si estuviera presente en mi vida, en el futuro, ¡juntos venceríamos! ¡Amémonos con más valentía! ¡Quédese conmigo!

Con un movimiento inesperado y femenino, ella unió sus labios a los de él, en la sombra, dulcemente, durante algunos segundos. Luego dijo con una especie de lasitud:

—Amigo, le digo que es imposible. Habrá horas de melancolía en que, irritado por mi defecto, buscará las ocasiones para constatarlo aún más vivamente. No podrá olvidar que no le oigo. ¡Ni perdonármelo! ¡Se lo aseguro! Sería usted fatalmente arrastrado, por ejemplo, a no *hablarme más,* a no articular ninguna sílaba cerca de mí. Sus labios me dirían: «Te amo», sin que la vibración de su voz perturbara el silencio. Acabaría escribiéndome, lo que, a fin de cuentas, sería penoso. No, ¡es imposible! No profanaré mi vida por la mitad del amor. Aunque virgen, soy viuda de un sueño que quiero que continúe sin cumplirse. Se lo digo, no puedo aceptar su alma a cambio de la mía. Sin embargo, era usted el destinado a retener mi ser... Y por este mismo motivo, estoy obligada a negarle mi cuerpo. ¡Lo llevo conmigo! ¡Es mi prisión! ¡Ojalá pronto me vea liberada! No quiero saber su nombre. *No quiero leerlo.* ¡Adiós! ¡Adiós!

Un coche apareció a unos pasos, en la esquina de la calle de Grammont. Félicien reconoció vagamente al criado del vestíbulo del Teatro de los

Italianos. Entonces, a la señal de la joven, un sirviente bajó la escalerilla de la berlina.

Ella se escabulló de los brazos de Félicien, liberándose cual pájaro, y entró en el vehículo. Al cabo de un instante, todo había desaparecido.

El señor conde de la Vierge regresó, al día siguiente, a su solitario castillo de Blanchelande, y nadie ha vuelto a oír hablar de él.

Pero, ciertamente, él podía jactarse de haber encontrado, a la primera ocasión, una mujer sincera que, al fin y al cabo, tenía *el coraje de ser firme en sus opiniones.*

Una mujer soñadora

THOMAS HARDY
(1840-1928)

D espués de preguntar si quedaban plazas en el conocido balneario de Solentsea, en Upper Wessex, William Marchmill regresó al hotel a buscar a su mujer. Ella se había ido a dar un paseo por la playa con los niños, y Marchmill siguió la dirección que le indicaba el portero de aspecto marcial.

—Por Dios, ¡qué lejos habéis ido! Estoy agotado —dijo Marchmill con cierta impaciencia cuando alcanzó a su mujer, que iba leyendo mientras caminaba; los niños estaban un poco más adelantados, en compañía de la niñera.

La señora Marchmill salió del ensueño en el que la había sumido el libro.

—Sí —repuso—. Has tardado muchísimo, estaba cansada de estar en ese hotel tan espantoso. Te pido disculpas si me necesitabas, Will.

—He tenido problemas para decidirme. Cuando he ido a ver las habitaciones cómodas y ventiladas de las que había oído hablar, he descubierto que en realidad eran incómodas y asfixiantes. ¿Podrías ir a ver si servirá lo que he reservado? Me temo que no es muy espacioso, pero no he conseguido nada mejor. La ciudad está abarrotada.

Dejaron que la niñera siguiera paseando con los niños y regresaron juntos.

Eran los dos casi de la misma edad, físicamente hacían buena pareja y se avenían en cuanto a los requisitos domésticos, pero diferían en temperamento, aunque incluso en ese aspecto no tenían verdaderos conflictos. Él era un hombre tranquilo, incluso timorato, y ella era decididamente nerviosa y entusiasta. Era en sus gustos y aficiones, esos detalles pequeños pero importantes, donde no se podía aplicar ningún denominador común. Marchmill consideraba que los gustos y las inclinaciones de su esposa eran un tanto absurdos; ella pensaba que los de él eran sórdidos y materialistas. El marido era armero en una próspera ciudad del norte y su alma siempre estaba puesta en su negocio; la mejor forma de definirla a ella es mediante una expresión anticuada y elegante: «rendía culto a las musas». Ella era una criatura impresionable y palpitante cuya humanidad la llevaba a evitar conocer muchos detalles del negocio de su marido cada vez que se daba cuenta de que todo lo que fabricaba servía para destruir la vida. Solo lograba recuperar la calma cuando se convencía de que al menos algunas de esas armas se emplearían tarde o temprano para exterminar alimañas y animales casi tan crueles con las especies inferiores como lo eran los humanos con los suyos.

Nunca antes había considerado que su ocupación pudiera suponer una objeción para casarse con él. En realidad, la necesidad de desposarse a toda costa, una virtud esencial que enseñan todas las madres decentes, le impidió pensar en ello hasta que ya se había casado con William, pasado la luna de miel y alcanzado la etapa de la reflexión. Fue entonces cuando, como si se tratara de una persona que hubiera tropezado con algún objeto en la oscuridad, empezó a preguntarse por lo que tenía; le dio vueltas mentalmente, lo sopesó; se planteó si se trataba de algo singular o corriente; si contenía oro, plata o plomo; si se trataba de un lastre o un pedestal; si lo era todo o nada para ella.

Llegó a algunas conclusiones vagas y, desde entonces, mantuvo viva su pasión apiadándose de la torpeza y la falta de refinamiento de su marido, compadeciéndose de sí misma y proyectando sus delicadas y etéreas emociones en actividades más imaginativas, soñando despierta y suspirando por las noches, cosa que quizá tampoco habría molestado tanto a William de haberlo sabido.

Era bajita, elegante y menuda, y sus movimientos eran ágiles o, mejor dicho, saltarines. Tenía los ojos oscuros y en sus pupilas brillaba esa luz asombrosamente reluciente y líquida que caracteriza a las personas con el espíritu de Ella Marchmill y que tanto suele afligir a sus amigos varones y, en ocasiones, también a sí misma. Su marido era un hombre alto, de facciones alargadas y barba castaña; tenía una mirada reflexiva y cabe añadir que, en general, era amable y tolerante con ella. Siempre hablaba con franqueza y estaba muy satisfecho con esa condición terrenal que convertía las armas en una necesidad.

Marido y mujer caminaron hasta llegar a la casa que estaban buscando, erigida sobre una terraza con vistas al mar, precedida por un pequeño jardín de siemprevivas resistentes al viento y al salitre, y con una escalinata de piedra que conducía al porche. La casa tenía el número en la fachada, pero como el edificio era bastante más grande que los demás, su propietaria se refería a ella con el distinguido nombre de Mansión Coburg, aunque todo el mundo la conocía por «el número 13 del Paseo Nuevo». En esa época era un lugar luminoso y animado, pero en invierno había que colocar sacos de arena contra la puerta y tapar el ojo de la cerradura para evitar que se colaran por ella el viento y la lluvia, pues los elementos habían desgastado tanto la pintura de las paredes que ya se advertía la primera capa y los nudos de la madera.

La dueña de la casa, que había estado esperando a que el caballero regresara, les recibió en el pasillo y les enseñó las habitaciones. Les contó que era viuda de un profesional, que se había quedado en una situación complicada tras la repentina muerte de su marido, y les habló con entusiasmo acerca de las comodidades del establecimiento.

La señora Marchmill dijo que le gustaba el lugar y la casa pero que, al ser pequeña, no tendrían suficiente espacio para todos, a menos que pudiera disponer de todas las habitaciones.

La dueña se quedó pensativa, un poco decepcionada. Confesó con evidente sinceridad que le encantaría tenerlos como inquilinos, pero, desafortunadamente, dos de las habitaciones las ocupaba de forma permanente un caballero soltero. No pagaba la tarifa de temporada, eso era cierto, pero como se las quedaba todo el año, y era un joven extremadamente agradable e interesante que no daba problemas, no quería echarlo a cambio de un mes de alquiler, aunque ellos le pagaran un precio más elevado.

—Sin embargo —añadió—, quizá se ofrezca a marcharse durante un tiempo.

La pareja no quiso ni oír hablar de ello y regresaron al hotel con la intención de contactar con la agencia y seguir buscando alojamiento. Apenas les había dado tiempo de sentarse a tomar el té cuando apareció la casera. Les dijo que el caballero había sido tan amable de ofrecerse a ceder sus habitaciones durante tres o cuatro semanas para que los recién llegados no tuvieran que marcharse.

—Es muy amable, pero no queremos causarle tantas molestias —respondieron los Marchmill.

—¡Les aseguro que para él no será ninguna molestia! —exclamó la dueña con elocuencia—. Verán, es un joven distinto a la mayoría: es soñador, solitario y bastante melancólico, y prefiere estar aquí cuando el viento golpea las puertas, el mar baña el paseo y no hay un alma, que ahora, en temporada alta. En realidad, prefiere irse a una casita que hay en la isla de enfrente, a donde se marcha temporalmente para cambiar de aires.

La dueña esperaba convencer a la pareja y que se instalaran en la mansión.

Y así fue como al día siguiente la familia Marchmill tomó posesión de la casa, que parecía satisfacerlos por completo. Después de comer, el señor Marchmill salió a dar un paseo por el embarcadero y la señora Marchmill, después de dejar a los niños entretenidos jugando en la arena de la playa, terminó de instalarse en la casa: examinó todos sus objetos y puso a prueba la capacidad reflectora del espejo que había en la puerta del armario.

En la pequeña sala de estar de atrás, que había ocupado el joven soltero, encontró algunos muebles más personales que en el resto de las estancias. Había varios libros desgastados, de ediciones buenas más que raras, y estaban apilados en las esquinas de una extraña forma personal, como si al anterior inquilino no se le hubiera ocurrido la posibilidad de que cualquier persona que viniera a pasar la temporada pudiera echarles un vistazo. La casera aguardaba en la puerta para arreglar todo lo que no estuviera al gusto de la señora Marchmill.

—Yo me instalaré en esta habitación —anunció—, porque es aquí donde están los libros. Por cierto, parece que la persona que se ha marchado tiene muchos. ¿Cree que le importará que lea algunos, señora Hooper?

—Claro que no, señora. Es cierto que tiene muchos. Él mismo pertenece al mundo literario, en cierto modo. Es poeta... Sí, la verdad es que es un auténtico poeta... Y tiene una pequeña renta que le da para seguir escribiendo versos, pero no lo suficiente como para tener una buena posición, en caso de que eso fuera de su interés.

—¡Un poeta! Vaya, no lo sabía.

La señora Marchmill abrió uno de los libros y vio el nombre de su propietario escrito en la primera página.

—¡Oh! —exclamó—. Conozco su nombre perfectamente: Robert Trewe, ya lo creo que sí. ¡Y también conozco su obra! ¿Y es a él a quien pertenecen las habitaciones y a quien hemos echado de su casa?

Algunos minutos más tarde, Ella Marchmill pensaba en Robert Trewe con sorpresa e interés. Su propia historia reciente explicará mejor que nada el interés que sentía. Era la única hija de un hombre de letras, y durante el último año o dos había empezado a escribir poemas tratando de encontrar una forma de canalizar sus emociones, dolorosamente apresadas, cuyo antiguo frescor y brillo parecía haber desaparecido por culpa del estancamiento que suponía la rutina de la gestión doméstica y la pesadumbre que le producía dar hijos a un padre tan vulgar. Esos poemas, firmados con un pseudónimo masculino, se habían publicado en varias revistas poco conocidas y, en dos ocasiones, en publicaciones bastante prestigiosas. En la segunda de estas dos últimas revistas, la página que contenía su efusión —en la parte inferior y letra pequeña—, contenía también —en la parte superior y letras grandes— unos cuantos versos sobre el mismo tema que los suyos, y estaban escritos por aquel hombre: Robert Trewe. Los dos habían quedado impresionados por un trágico accidente publicado en la prensa y lo habían empleado simultáneamente como fuente de inspiración. El editor había señalado la coincidencia en una nota, en la que también comentaba que era la excelencia de ambos poemas lo que le había empujado a publicarlos juntos.

Después de aquello, Ella, también conocida como John Ivy, se había mostrado muy atenta a la aparición de cualquier verso firmado por Robert Trewe, a quien, dada la poca susceptibilidad de los hombres en cuestiones de género, nunca se le había ocurrido la posibilidad de hacerse pasar por una mujer. Sin duda, la señora Marchmill se había decidido a hacer lo contrario convenciéndose de que nadie creería en su inspiración si descubriera que esos sentimientos procedían de la esposa de un comerciante emprendedor, de la madre de tres hijos engendrados por un fabricante de armas de pequeño calibre.

Los versos de Trewe contrastaban con los de poetas menores por ser más apasionados que ingeniosos, más exuberantes que definidos. No era ni simbolista ni decadente, era un pesimista en la medida en que ese calificativo se aplica a un hombre que analiza las peores contingencias y las mejores cualidades de la condición humana. Como no se sentía especialmente atraído por las excelencias de la forma y el ritmo independientes del contenido, en ocasiones, cuando el sentimiento superaba su progreso artístico, escribía sonetos en el verso libre propio del estilo isabelino, cosa que, en opinión de los críticos, no debía hacer.

Ella Marchmill había escudriñado una y otra vez la obra del poeta rival con tristeza, envidia y desaliento, pues siempre tenía mucha más fuerza que sus débiles versos. Le había imitado, y su incapacidad para llegar a su nivel le había provocado arrebatos de desánimo. Y así pasaron varios meses hasta que, un día, al leer un catálogo de su editorial, supo que Trewe había reunido sus poemas en un volumen que ya se había publicado, y que, según el caso, era muy o poco elogiado, y del que se vendieron suficientes ejemplares para sufragar los gastos de edición.

Ese paso hacia adelante había animado a John Ivy a recopilar también sus poemas o a crear un libro con sus rimas añadiendo algunas inéditas a las pocas que habían llegado a publicarse, pues no muchas lo habían logrado. Tuvo que pagar una cantidad ruinosa por la publicación; aparecieron algunas reseñas acerca de su pequeño volumen, pero nadie habló sobre él, nadie lo compró y en quince días el libro estaba muerto, si es que llegó a estar vivo en algún momento.

Entonces, los pensamientos de la autora se desviaron hacia otros asuntos, pues descubrió que iba a tener su tercer hijo y, posiblemente, el fracaso de su aventura poética tuviera menos repercusión en su mente que si no hubiera tenido otras preocupaciones domésticas. Su marido pagó la factura del editor y la del médico, y todo terminó durante un tiempo. Pero, aunque no llegaba a ser una de las poetas más importantes del siglo, Ella era más que una mera multiplicadora de su especie y últimamente había empezado a sentir de nuevo la llamada de esa antigua inspiración. Ahora, debido a una extraña suma de factores, se hallaba en la habitación de Robert Trewe.

Se levantó de la silla, pensativa, y examinó el apartamento con el interés de una colega de profesión. Sí, el volumen que contenía sus propios poemas se encontraba entre el resto. Aunque ya lo conocía bien, lo leyó como si el texto le estuviera hablando en voz alta; a continuación, llamó a la señora Hooper, la propietaria del inmueble, con un pretexto banal y volvió a preguntarle por el joven.

—Supongo que si lo conociera se interesaría por él, señora, aunque es tan tímido que dudo mucho que lleguen a conocerse.

La señora Hooper no parecía reacia a satisfacer la curiosidad de su inquilina sobre su predecesor.

—¿Que si hace mucho tiempo que vive aquí? Sí, casi dos años. Sigue pagando el alquiler incluso cuando no está aquí: el aire suave de este lugar le va bien para el pecho y le gusta volver siempre que le apetece. Pasa la mayor parte del tiempo escribiendo o leyendo, y no se relaciona con mucha gente, aunque, a decir verdad, es un joven tan bondadoso y amable que, de conocerlo, cualquiera estaría encantado de relacionarse con él. No todos los días se conocen personas con ese buen corazón.

—Ah, así que tiene muy buen corazón... y es bondadoso.

—Sí, siempre que lo necesito me ayuda. A veces le digo que se le ve decaído y él me contesta: «Lo estoy, señora Hooper, aunque no sé cómo ha podido darse cuenta». «¿Y por qué no cambia un poco de aires?» le pregunto. Y entonces, uno o dos días después, se marcha de viaje a París, a Noruega o a donde sea; y le aseguro que vuelve nuevo.

—Es un hombre muy sensible, de eso no hay duda.

—Sí. Aun así tiene ciertas rarezas. En una ocasión en que había terminado de escribir un poema a altas horas de la noche, empezó a recitarlo mientras se paseaba de un lado a otro de la habitación. Y como los suelos son tan delgados (estas casas están muy mal construidas, se lo digo yo) me tuvo despierta toda la noche hasta que le pedí que se fuera... Pero nos llevamos muy bien.

Aquella fue solo la primera de una serie de conversaciones sobre el prometedor poeta. En una de esas ocasiones, la señora Hooper llamó la atención de la señora sobre una cosa que ella todavía no había advertido: unos diminutos garabatos hechos a lápiz en el papel de la pared, justo detrás de las cortinas del cabezal de la cama.

—¡Oh, déjeme ver! —exclamó la señora Marchmill, incapaz de ocultar su arrebato de tierna curiosidad mientras acercaba su hermoso rostro a la pared.

—Esto —explicó la señora Hooper con la actitud de una mujer que sabía muchas cosas—, son los inicios y las primeras ideas de sus poesías. Ha intentado borrar la mayoría, pero todavía se pueden leer. Yo creo que se despierta por las noches con alguna rima en la cabeza y la anota en la pared para no olvidarla por la mañana. Algunas de las frases que ve aquí las he visto después publicadas en revistas. Algunas son nuevas; no hay duda, esta de aquí todavía no la había visto. Debe de haberla anotado hace solo unos días.

—¡Oh, sí!

Ella Marchmill se sonrojó sin saber por qué, y de pronto deseó que su compañera se marchara ahora que ya le había dado la información que quería. Sintió un interés indescriptible, más personal que literario, que le hizo desear leer las inscripciones a solas, por lo que esperó a poder hacerlo, con la sensación de que iba a emocionarse muchísimo.

Quizá porque el mar estaba picado fuera de la isla, al marido de Ella le parecía mucho más placentero salir a navegar sin su esposa, pues se mareaba enseguida. Por eso no le importaba subirse solo a bordo de los barcos de vapor que frecuentaban los turistas modestos, en los que se celebraban bailes a la luz de la luna y donde las parejas terminaban el uno en brazos del otro cada vez que el barco se agitaba un poco; tal como William le contaba a su mujer, entre los pasajeros había demasiada mezcla como para llevarla. Y así, mientras el próspero fabricante cambiaba de aires y disfrutaba de la brisa del mar durante su estancia, la vida de Ella, al menos en apariencia, seguía siendo igual de monótona, pues consistía, básicamente, en pasar varias horas al día bañándose y paseando por la orilla de la playa. Pero desde que había recuperado su impulso poético se sentía poseída por un fuego interior que apenas le permitía tomar conciencia de lo que sucedía a su alrededor.

Había leído el último librito de poemas de Trewe hasta aprendérselo de memoria, y pasaba bastante tiempo tratando de competir con alguno de ellos, pero no lo conseguía, y cuando advertía su fracaso se echaba a llorar. El elemento personal de la atracción magnética que ejercía sobre ella aquel maestro inalcanzable era mucho más fuerte que el intelectual y abstracto, tanto que a Ella le costaba comprenderlo. No había duda de que estaba rodeada día y noche por el entorno habitual de Trewe, que, literalmente, no dejaba de susurrarle cosas sobre él en todo momento; pero Trewe era un hombre al que no había visto jamás, y a Ella no se le ocurrió pensar que lo único que le interesaba era el instinto que tenía para convertir una emoción futura en algo muy especial.

Al estar sometido a las condiciones que la civilización había previsto para su cumplimiento, el amor de su marido por ella no había sobrevivido, salvo en forma de amistad intermitente, más que el de ella por él; y puesto que Ella era una mujer de ardientes pasiones, que requerían alguna clase de mantenimiento, había empezado a alimentarlas con aquel azaroso material que, en realidad, era de una calidad muy superior a la que suele ofrecer la casualidad.

Un día, sus hijos jugaban al escondite en el armario cuando, empujados por la excitación, sacaron algunas prendas de ropa. La señora Hooper les explicó que pertenecían al señor Trewe y las volvió a colgar en el armario. Presa de su fantasía, Ella regresó allí por la tarde, cuando no había nadie en aquella parte de la casa, abrió el armario, descolgó una de las prendas, un impermeable, y se lo puso, gorro incluido.

—¡El manto de Elías! —exclamó—. Quizá esto me inspire y pueda ponerme a su nivel, ¡es un auténtico genio!

Cuando pensaba en esa clase de cosas siempre se le saltaban las lágrimas, y se volvió para mirarse al espejo. El corazón del poeta había latido dentro de aquel abrigo, y su cerebro había trabajado debajo de aquel sombrero a niveles de pensamiento a los que ella nunca llegaría. Tomar conciencia de lo débil que era en comparación con él la hizo sentir muy mal. Antes de que se hubiera quitado las prendas, se abrió la puerta y su marido entró en la habitación.

—¿Qué diantre...?

Ella se sonrojó y se lo quitó todo.

—Lo he encontrado en ese armario —explicó—, y me lo he puesto sin pensar. ¿Qué más puedo hacer? ¡Nunca estás aquí!

—¿Que nunca estoy aquí? Vaya...

Aquella noche Ella siguió conversando con la casera, quien quizá también se hubiera encariñado con el poeta, pues siempre se mostraba muy dispuesta a hablar apasionadamente sobre él.

—Sé que siente usted interés por el señor Trewe, señora —dijo—, y precisamente me ha avisado de que mañana va a venir a buscar algunos libros: me ha preguntado si voy a estar aquí y si puede pasar a buscarlos a su habitación.

—¡Por supuesto!

—Podría conocerlo entonces, si quisiera estar aquí cuando él venga.

Le prometió con secreta alegría que estaría por allí y se fue a la cama pensando en él.

A la mañana siguiente su marido le comentó:

—He estado pensando en lo que dijiste, Ell, sobre que he salido mucho y te he dejado aquí sin nada que hacer. Quizá sea cierto. Hoy, como no sopla mucho viento, te llevaré conmigo a bordo del yate.

Por primera vez, Ella no estaba contenta con la propuesta de su marido, pero decidió aceptar. Sin embargo, cuando se acercaba la hora convenida para marchar y fue a prepararse, se quedó pensando. Las ganas que tenía de ver al poeta, del que sin duda ya estaba enamorada, se impusieron a cualquier otra consideración.

«No quiero ir —se dijo—. ¡No puedo soportar la idea de no estar aquí! Y no pienso ir.»

Le dijo a su marido que había cambiado de opinión sobre el plan de salir a navegar. A él no le importó y se marchó.

La casa estuvo muy tranquila durante el resto del día, pues los niños salieron a jugar a la playa. Las persianas se balanceaban al sol mecidas por la suave y constante brisa marina, y las notas de la Banda Verde de Silesia, un grupo de caballeros extranjeros contratados para la temporada de verano, habían alejado a la mayoría de residentes y paseantes de la Mansión Coburg. Alguien llamó a la puerta.

La señora Marchmill no oyó a ningún criado ir a abrir y empezó a impacientarse. Los libros estaban en la estancia donde ella esperaba sentada, pero no apareció nadie. Hizo sonar la campana.

—Están llamando a la puerta —dijo.

—Oh, no, señora. Se han marchado hace rato. Fui a abrir yo —contestó la criada justo cuando aparecía la señora Hooper.

—¡Qué decepción! —exclamó—. ¡El señor Trewe no va a venir después de todo!

—¡Pero yo diría que le he oído llamar a la puerta!

—No, era alguien que venía buscando alojamiento y se ha equivocado de casa. El señor Trewe ha mandado una nota justo antes del almuerzo para decirme que no me molestara en prepararle té, pues no iba a necesitar esos libros y no vendría a por ellos.

Ella se puso muy triste y durante mucho tiempo ni siquiera fue capaz de releer su balada de las vidas cercenadas, tanto le dolía su pequeño y errático corazón y tantas eran las lágrimas que llenaban sus ojos. Cuando los niños regresaron con los calcetines mojados y corrieron a buscarla para contarle sus aventuras, sintió que no le importaba ni la mitad que de costumbre.

—Señora Hooper, ¿tiene usted alguna fotografía del caballero que vivía aquí?

Curiosamente, estaba empezando a darle vergüenza mencionar su nombre.

—Sí, claro. Está en el marco que hay sobre la repisa de la chimenea de su habitación, señora.

—No, esa fotografía es de los duques reales.

—Así es, pero él está detrás. Siempre ha estado en ese marco, lo compré a propósito, pero cuando se fue me dijo: «Tápeme, no deje que me vean esos desconocidos que van a venir, por lo que más quiera. No quiero que me miren, y estoy seguro de que ellos no querrán que yo los mire a ellos». Así que puse al duque y a la duquesa delante de él temporalmente, pues no tenían marco, y en una casa amueblada para alquilar es más adecuado enmarcar a la realeza que a un joven solitario. Si saca las fotos podrá verle justo debajo. ¡Seguro que a él no le importaría! Nunca pensó que la siguiente inquilina sería una mujer tan hermosa como usted; seguro que de haberlo imaginado no me habría pedido que ocultase su retrato.

—¿Es apuesto? —preguntó tímidamente.

—Yo creo que sí, aunque quizá no todo el mundo opine lo mismo.

—¿Me lo parecerá a mí? —preguntó con interés.

—Creo que sí, aunque hay quien diría que más que apuesto es llamativo: es un muchacho atento, con los ojos grandes, con un brillo eléctrico en los ojos cuando mira a su alrededor, tal como una espera de un poeta que no vive de su poesía.

—¿Cuántos años tiene?

—Es algunos años mayor que usted, señora; diría que unos treinta y uno o treinta y dos.

Lo cierto era que hacía pocos meses que Ella había cumplido los treinta, pero no los aparentaba. Aunque era un tanto inmadura, estaba entrando en esa época de la vida en la que las mujeres emocionales empiezan a sospechar que el último amor puede ser más intenso que el primero; y pronto entraría, qué pena, en una fase mucho más melancólica en la que las representantes más vanidosas de su sexo se niegan a recibir la visita de un hombre a menos que pueda darle la espalda o bajar un poco las persianas. Pensó en lo que había dicho la señora Hooper y no volvió a mencionar el tema de la edad.

En ese momento llegó un telegrama. Era de su marido, que se había ido con unos amigos en yate por el canal. Había llegado hasta Budmouth y no iba a poder regresar hasta el día siguiente.

Después de una cena frugal, Ella vagó por la playa con los niños hasta que anocheció. Pensaba en la fotografía todavía oculta en su habitación con la serena sensación de que le aguardaba algo emocionante, pues, con el sutil lujo de la imaginación al que aquella joven estaba acostumbrada, al descubrir que su marido no iba a estar con ella esa noche había reprimido sus ganas de subir las escaleras a toda prisa y abrir el marco del retrato; había preferido reservar la inspección hasta poder estar a solas e imprimir un tinte más romántico a la ocasión gracias al silencio, las velas, el solemne vaivén del mar y las estrellas, que el que le ofrecía la deslumbrante luz del sol de la tarde.

Mandó a los niños a la cama y Ella se retiró poco después, aunque todavía no eran las diez. Hizo algunos preparativos para complacer su apasionada curiosidad: primero se quitó las prendas de ropa innecesarias y se puso el camisón, después colocó una silla delante de la mesa y leyó varios pasajes de los versos más tiernos de Trewe. A continuación, acercó el marco a la luz, lo abrió por detrás, sacó el retrato y lo colocó, de pie, delante de ella.

Se encontró con un rostro sorprendente. El poeta lucía un exuberante bigote imperial negro y un sombrero ladeado que le tapaba la frente. Los enormes ojos oscuros que había descrito la casera escondían un gran sufrimiento; miraban por debajo de unas cejas bien torneadas, como si estuvieran descubriendo un universo entero en el microcosmos del rostro de la persona que tenía delante y no estuviera del todo satisfecho con lo que presagiaba el espectáculo.

La señora Marchmill murmuró con voz dulce y tierna:

—¡Así que eres tú el que tan cruelmente me ha eclipsado tantas veces!

Mientras contemplaba el retrato se fue quedando pensativa, hasta que se le llenaron los ojos de lágrimas y se llevó el cartón a los labios. Después dejó escapar una risita nerviosa y se secó las lágrimas.

Pensó en lo malvada que era: una mujer con marido y tres hijos, dejándose llevar por un desconocido de esa forma tan inconsciente. ¡Pero él no era ningún desconocido! Conocía sus pensamientos y sentimientos tanto como los suyos propios; de hecho, eran los mismos pensamientos y sentimientos que los suyos, de los que su marido carecía, quizá por suerte para él, teniendo en cuenta que debía encargarse de sufragar los gastos de la familia.

—Él está más cerca de mi verdadero yo, está más conectado conmigo que Will, aunque no le haya visto nunca —dijo.

Dejó su libro y el retrato en la mesita de noche y después de reclinarse sobre la almohada releyó los versos de Robert Trewe que había subrayado por ser los más conmovedores y sinceros. Después dejó el libro a un lado, colocó el retrato sobre el cubrecama y lo contempló mientras estaba allí tumbada. A continuación, volvió a observar a la luz de la vela los garabatos medio borrados que había en el papel de la pared junto a su cabeza. Allí estaban: frases, pareados, *bouts-rimés,* comienzos y partes centrales de versos, bocetos de ideas, como los fragmentos de Shelley, y la mayoría de ellos tan intensos, tan dulces, tan palpitantes, que parecía como si el aliento de Trewe, cálido y cariñoso, le acariciase las mejillas desde esas paredes, unas paredes que tantas veces habían rodeado la cabeza del poeta como ahora la suya. Él debía de haber colocado su mano allí muchas veces, sosteniendo el lápiz. Sí, las palabras estaban escritas de lado, como quedarían si las escribiera alguien que alargara el brazo de esa forma. Aquellos grabados del mundo del poeta,

> Formas más reales que los hombres,
> brotes de inmortalidad.

eran, sin duda, los pensamientos y los esfuerzos espirituales que le habían sorprendido en plena noche, cuando se dejaba llevar, sin miedo a la frialdad de la crítica. No había duda de que siempre había escrito aquellos versos a la luz de la luna, bajo los rayos de una lámpara, al amparo del alba azul y gris, quizá jamás a plena luz del día. Y ahora el pelo de Ella se deslizaba por donde él había apoyado el brazo cuando plasmaba sus ideas fugitivas; estaba durmiendo en los labios del poeta, inmersa en su mismísima esencia, impregnada por su espíritu como por un éter.

Mientras soñaba despierta se escucharon unos pasos en la escalera y enseguida reconoció los pesados pasos de su marido en el rellano.

—Ell, ¿dónde estás?

Ella no podría haber explicado lo que sintió en ese momento, pero llevada por el instinto de impedir que su marido descubriera lo que estaba haciendo, escondió la fotografía bajo la almohada justo en el momento en que él abría la puerta con aspecto de no haber cenado mal en absoluto.

—Oh, discúlpame —dijo William Marchmill—. ¿Te duele la cabeza? Me temo que te he despertado.

—No, no me duele la cabeza —respondió ella—. ¿Cómo es que has vuelto?

—Nos dimos cuenta de que en realidad podíamos regresar a tiempo, y yo no quería quedarme otro día, así podré ir a otro sitio mañana.

—¿Quieres que me levante?

—Oh, no, estoy agotado. He cenado muy bien y me voy directamente a la cama. Mañana me gustaría salir a las seis si puedo. No te molestaré cuando me levante, estaré en pie mucho antes que tú.

Y entró en la habitación.

Mientras seguía sus movimientos con la mirada, Ella empujó un poco más la fotografía para que él no pudiera verla.

—¿Estás segura de que no te encuentras mal? —le preguntó, inclinándose sobre ella.

—¡No, solo malvada!

—Bueno, eso no tiene importancia. —Se inclinó para darle un beso—. Quería estar contigo esta noche.

A la mañana siguiente llamaron a Marchmill a las seis. Mientras se despertaba y se desperezaba, Ella le oyó decir:

—¿Qué diantre es esto que no deja de crujir?

Suponiendo que ella estaría dormida, William rebuscó entre las sábanas hasta que encontró algo. Ella lo miró con los ojos entreabiertos y se dio cuenta de que se trataba del señor Trewe.

—¡Maldita sea! —exclamó su marido.

—¿Qué ocurre, cariño? —preguntó.

—Vaya, ¿estás despierta? ¡Ja! ¡Ja!

—¿Qué pasa?

—Es la fotografía de algún tipo, supongo que será algún amigo de nuestra casera. Me pregunto cómo habrá llegado hasta aquí. Quizá se cayera de la repisa cuando estaban haciendo la cama.

—La estuve mirando ayer y ha debido de caerse.

—Ah, ¿es amigo tuyo? ¡Bendito sea su pintoresco corazón!

La lealtad de Ella hacia el objeto de su admiración no pudo soportar escuchar cómo era ridiculizado.

—¡Es un hombre muy inteligente! —exclamó con un temblor en su dulce voz que incluso ella misma consideró absurdo—. Es un poeta prometedor, el caballero que ocupaba estas habitaciones antes de que llegáramos nosotros, aunque no le he visto nunca.

—¿Y cómo lo sabes si no le has visto nunca?

—La señora Hooper me lo dijo cuando me enseñó la fotografía.

—Bueno, tengo que irme. Volveré pronto. Siento no poder llevarte hoy, querida. Ten cuidado con los niños, que no se ahoguen.

Ese día la señora Marchmill le preguntó a la casera si existía la posibilidad de que el señor Trewe pasara por allí en algún otro momento.

—Sí —contestó la señora Hooper—. Vendrá esta semana y se quedará con un amigo cerca de aquí hasta que ustedes se marchen. Seguro que se pasa por aquí algún día.

El señor Marchmill regresó bastante pronto aquella tarde y, mientras abría unas cartas que habían llegado en su ausencia, anunció que él y su familia tendrían que marcharse una semana antes de lo que esperaban, en tres días.

—¿No podemos quedarnos un poco más? —le suplicó ella—. Me gusta mucho estar aquí.

—A mí no. Empieza a ser aburrido.

—¡Pues deja que nos quedemos los niños y yo!

—¡Qué terca eres, Ell! ¿Y qué sentido tendría? ¡Después tendré que volver a recogeros! No, regresaremos todos juntos y ya veremos dónde pasamos el tiempo que nos queda, en el norte de Gales o en Brighton. Además, todavía te quedan tres días.

Parecía condenada a no conocer al hombre por cuyo talento rival sentía una admiración tan profunda y a cuya persona estaba completamente ligada. Pero estaba decidida a intentarlo una última vez y, después de conseguir que su casera le contara que Trewe vivía en un lugar solitario no muy lejos de la ciudad de moda en la isla de enfrente, la tarde siguiente cruzó el canal en paquebote desde el muelle vecino.

¡Qué viaje más absurdo! Ella solo tenía una vaga idea de dónde se encontraba la casa, y cuando creyó haberla encontrado se aventuró a preguntarle a un transeúnte si Trewe vivía allí, pero el hombre le contestó que no lo sabía. Y, aunque realmente viviera allí, ¿con qué excusa justificaría su visita? Tal vez hubiera mujeres con el suficiente descaro para hacer una cosa así, pero ella no lo tenía. Él pensaría que estaba loca. Podría haberle pedido que fuera a visitarla, pero tampoco tenía valor para hacer eso. Se quedó un rato en aquella orilla tan pintoresca hasta que llegó el momento de regresar a la ciudad y subir al barco de vapor, volver a cruzar y llegar a casa para la cena sin que nadie la hubiera echado mucho de menos.

En el último momento, y de un modo un tanto inesperado, su marido le dijo que no tenía objeción en dejar que ella y los niños se quedaran el resto de la semana, dado que era lo que ella deseaba, siempre que encontrara la forma de regresar a casa sin él. Ella ocultó el placer que le provocaba aquella prórroga y Marchmill se marchó solo a la mañana siguiente.

Pero la semana pasó sin que Trewe apareciera.

El sábado por la mañana, los miembros restantes de la familia Marchmill abandonaron el lugar que tantas pasiones había despertado en Ella. El deprimente y aburrido tren; el sol brillando con rayos moteados sobre los cojines calientes; ese camino monótono y polvoriento; los desagradables postes de telégrafos: esas cosas fueron su compañía mientras al otro lado de la ventana las capas azules del mar desaparecían de su vista y, con ellas, el hogar del poeta. Trató de leer, pero estaba muy triste y se echó a llorar.

Al señor Marchmill le iban muy bien los negocios, y él y su familia vivían en una casa enorme erigida sobre un terreno bastante extenso a varios kilómetros de la ciudad donde desarrollaba su negocio. Allí la vida de Ella era muy solitaria, como suele ocurrir cuando uno vive en las afueras, sobre todo en ciertas épocas del año, y disponía de mucho tiempo para satisfacer su gusto por la lírica y las composiciones elegíacas. Poco después de regresar encontró un poema de Robert Trewe en el nuevo número de su revista preferida que debía de haber compuesto justo antes de que ella llegara a Solentsea, pues contenía el mismo pareado que había visto escrito en el papel de la pared del cabezal de la cama y que, según la señora Hooper, era reciente. Ella no pudo resistirse más, agarró impulsivamente una pluma y le escribió una carta en calidad de colega de profesión, empleando el nombre de John Ivy y felicitándole por sus magníficas creaciones, tanto por la métrica como por la rima de unos pensamientos que tanto le conmovían, en especial al compararlos con sus propios esfuerzos en la misma y patética profesión.

A los pocos días recibió una respuesta que no esperaba, era una breve nota en la que el joven poeta declaraba que, aunque no conocía muy bien la obra del señor Ivy, recordaba haber visto su nombre junto a algunos versos bastante prometedores; que estaba encantado de haberle conocido por carta y que, sin duda, prestaría atención a sus poemas en el futuro.

Ella supuso que al escribirle debía de haber transmitido cierta timidez o inexperiencia teniendo en cuenta que, en principio, la carta la había escrito un hombre, pues Trewe había adoptado el tono de un maestro y de más edad en su respuesta. ¿Pero qué importancia tenía? Había contestado; le había escrito de su puño y letra desde la habitación que ella conocía tan bien, pues Trewe ya había regresado a sus dependencias.

La correspondencia que iniciaron se alargó dos meses o más. Ella Marchmill le enviaba de vez en cuando los que ella consideraba sus mejores poemas, que él aceptaba con amabilidad, aunque nunca le decía si los leía, ni tampoco le enviaba ninguno de los suyos a cambio. Se habría sentido más dolida por aquello si no hubiera sabido que Trewe actuaba llevado por la impresión de que estaba relacionándose con un individuo de su propio sexo.

Y, sin embargo, aquella situación no le satisfacía. Una vocecita aduladora le decía que si él la conociera las cosas serían muy distintas. Sin duda, habría contribuido a ello si hubiera confesado su feminidad, de no haber ocurrido algo que, para su alegría, la llevó a pensar que era completamente innecesario. Un amigo de su marido, el editor del periódico más importante de la ciudad y del condado, estaba cenando con ellos un día cuando comentó, durante una conversación acerca del poeta, que su hermano (el del editor), el pintor de paisajes, era amigo del señor Trewe, y que los dos estaban en ese momento juntos en Gales.

Ella conocía un poco al hermano del editor. A la mañana siguiente se sentó a escribirle una carta y le invitó a pasar una temporada en su casa cuando regresaran, rogándole que trajera consigo, si fuera posible, a su compañero, el señor Trewe, a quien estaba ansiosa por conocer. La respuesta llegó algunos días después. El destinatario de su carta y su amigo Trewe estaban encantados de aceptar su invitación, y cuando viajaran hacia el sur pasarían por su casa, cosa que ocurriría ese mismo día de la semana siguiente.

Ella estaba feliz y emocionada. Su plan había funcionado: el hombre al que amaba (a pesar de no haberlo visto nunca) iba a visitarla. «Mirad, él está detrás del muro; se acercó a la ventana, dejándose ver a través de la celosía», pensó fascinada. «Y ahora el invierno ya ha terminado, las lluvias pasaron y siguieron su camino, las flores brotan de la tierra, ha llegado el momento de que los pájaros se pongan a cantar, y el trino de la tórtola ya puede oírse en nuestro hogar».

Pero debía ocuparse de los detalles del alojamiento y la comida. Se dedicó a planificarlo todo con máxima dedicación y aguardó a que llegara el día y la hora señalados.

Eran alrededor de las cinco de la tarde cuando oyó el timbre de la puerta y la voz del hermano del editor en el vestíbulo. Como poetisa que era, o creía ser, no había estado tan inspirada ese día como para no vestirse con mucho esmero y ponerse un vestido moderno confeccionado con una tela maravillosa, que se parecía un poco al chitón de los griegos, un estilo que en ese momento estaba de moda entre las damas con inclinaciones artísticas y románticas, y que Ella había comprado en la tienda de su modista de la calle Bond la última vez que había estado en Londres. El visitante entró en la sala de estar. Ella miró detrás de él, pero no entró nadie más. En nombre del dios del amor, ¿dónde diantre estaba Robert Trewe?

—Oh, cuánto lo lamento —dijo el pintor después de las debidas presentaciones—. Trewe es un hombre curioso, ya sabe, señora Marchmill. Dijo que vendría, pero después dijo que no podía. Estaba bastante cansado. Hemos recorrido muchos kilómetros con las mochilas a cuestas y quería llegar a su casa.

—¿No... no va a venir?

—No, y me ha pedido que le presentara a usted sus disculpas.

—¿Cuándo se ha se... se... separado de él? —preguntó. El labio empezó a temblarle tanto que fue como si en su discurso se hubiera colado un trémolo. Se moría por escapar de aquel aburrido insoportable y echarse a llorar.

—Ahora mismo, en la carretera que hay justo aquí al lado.

—¡Cómo! ¿Ha llegado a cruzar la verja de mi casa?

—Sí. Al llegar aquí (por cierto, es una verja preciosa, la pieza de hierro forjado más elegante que he visto), nos detuvimos, hablamos un momento, y después se despidió de mí y siguió su camino. La verdad es que lleva unos días un poco deprimido y no quiere ver a nadie. Es un buen tipo, y muy buen amigo, pero a veces es un poco inestable y taciturno; le da demasiadas vueltas a las cosas. Su poesía es demasiado erótica y apasionada para algunos gustos, y acaba de recibir un terrible jarro de agua fría en la *Revista*... en una reseña que se publicó ayer; vio un ejemplar en la estación por casualidad. ¿La ha leído?

—No.

—Mucho mejor. Tampoco vale la pena pensar en ello, solo es uno de esos artículos escritos por encargo para complacer a un puñado de suscriptores estrechos de miras de quienes depende la tirada. Pero le ha afectado. Dice que lo que más le duele es la tergiversación; que aunque es perfectamente capaz de soportar un ataque justo, no soporta las mentiras que no puede rebatir e impedir que se extiendan. Ese es el punto débil de Trewe. Vive tan encerrado en sí mismo que estas cosas le afectan mucho más que si tuviera más contacto con el mundo moderno o comercial. Y se ha negado a venir con el pretexto de que todo tenía un aspecto muy nuevo y acaudalado, disculpe la expresión...

—¡Pero tendría que haber sabido que aquí le tenemos simpatía! ¿Nunca le ha comentado haber recibido cartas de esta dirección?

—Sí, sí, algo me dijo, de John Ivy. Pensó que quizá fuera algún pariente suyo que viniera de visita de vez en cuando.

—¿Le dijo si le gustaba Ivy?

—Pues que yo sepa nunca se ha interesado demasiado por él.

—¿Y por sus poemas?

—Por sus poemas tampoco, que yo sepa.

Robert Trewe no tenía ningún interés por su casa, ni por sus poemas ni por la persona que los escribía. En cuanto pudo escapar del pintor, Ella fue a la habitación de los niños e intentó descargar su emoción besando innecesariamente a sus hijos, hasta que sintió una repentina aversión al recordar que, como su padre, eran muy poco agraciados.

El obtuso y egocéntrico pintor de paisajes no se dio cuenta en toda la conversación de que ella solo estaba interesada en Trewe, no en él. Aprovechó al máximo su estancia y pareció disfrutar de la compañía del marido de Ella, a quien también le cayó muy bien el pintor, y le enseñó todo el vecindario, pero ninguno de los dos advirtió el cambio de humor de Ella.

Solo hacía uno o dos días que el pintor se había marchado cuando una mañana, mientras estaba sentada en el primer piso, Ella echó un vistazo al periódico de Londres que acababa de llegar, y leyó la siguiente noticia:

SUICIDIO DE UN POETA

El señor Robert Trewe, quien en los últimos años ha sido considerado como uno de nuestros poetas líricos más prometedores, se suicidó en su departamento de Solentsea el sábado por la noche disparándose un tiro con un revólver en la sien derecha. No es necesario recordar a los lectores que, últimamente, el señor Trewe había captado la atención de un sector de público más amplio gracias a su nuevo libro de poemas, en su mayoría de temática apasionada, titulado *Poemas para una mujer desconocida,* del que ya se ha hablado favorablemente en estas páginas por la extraordinaria gama de sentimientos que refleja, y que ha sido objeto de una severa, por no decir feroz, crítica en la reseña de la *Revista...* Se sospecha, aunque no tenemos la certeza, que el artículo podría ser en parte responsable de haberlo conducido a tan triste acción, pues se ha encontrado un ejemplar de dicha reseña en su escritorio, y al parecer el poeta estaba un poco deprimido desde que se publicara la crítica.

A continuación, venía el informe de la investigación, que incluía la siguiente carta dirigida a algún amigo lejano:

Querido...:

Antes de que estas líneas lleguen a tus manos yo estaré liberado de los inconvenientes de ver, oír y saber más de todo cuanto me rodea. No te molestaré contándote los motivos que me llevan a dar este paso, aunque puedo asegurarte que son perfectamente lógicos. Quizá si hubiera sido bendecido con una madre, una hermana o alguna mujer que sintiera cariño por mí, habría pensado que tenía sentido prolongar mi existencia. Como bien sabes, llevo mucho tiempo soñando con la posibilidad de conocer a esa criatura inalcanzable, y ella, esa mujer anónima y esquiva, inspiró mi último libro; solo esa mujer imaginaria, pues, a pesar de lo que se ha dicho en algunos círculos, tras el título no hay ninguna mujer real. Sigue siendo una desconocida, inalcanzable y anónima. Creo necesario mencionarlo a fin de que nadie pueda señalar a ninguna mujer real de haber sido la causa de mi muerte por haberme tratado con crueldad o displicencia. Dile a mi casera que lamento haberle dado este disgusto, pero mi paso por estas dependencias pronto caerá en el olvido. En el banco tengo los fondos suficientes para sufragar todos los gastos.

R. Trewe

Ella permaneció sentada un rato, estupefacta, y después corrió a la habitación contigua y se echó boca abajo en la cama.

El dolor y la desesperación la destrozaron y se quedó atrapada en aquella melancolía durante más de una hora. De sus labios brotaban de vez en cuando palabras entrecortadas:

—Oh, si me hubiera conocido... Si me hubiera conocido... Si hubiera podido verle, solo una vez... Si hubiera podido tocarle la frente, besarle, confesarle lo mucho que le amo, que por él habría soportado la vergüenza y la ignominia... ¡que habría vivido y muerto por él! ¡Quizá le hubiera salvado la vida!... ¡Pero no pude! Dios es un Dios celoso, ¡y esa dicha no era para nosotros! ¡No era para él y tampoco para mí!

Ya no habría más oportunidades; la posibilidad de un encuentro había desaparecido por completo. Pero incluso en ese momento Ella lo veía en su imaginación, aunque ya nunca pudiera realizarse.

> El momento pudo haber llegado, pero no llegó,
> en que el corazón de un hombre y una mujer concibió y sintió;
> la vida ahora les ha sido arrebatada.

Ella le escribió una carta a la casera de Solentsea, lo hizo en tercera persona, con el estilo más sencillo de que fue capaz; en ella le adjuntaba una orden postal por valor de un soberano e informaba a la señora Hooper de que la señora Marchmill había leído en los periódicos la terrible noticia de la muerte del poeta y que, al haber estado tan interesada en el señor Trewe durante su estancia en la Mansión Coburg —como bien sabía la señora Hooper—, le estaría muy agradecida si pudiera conseguirle un mechón del cabello del difunto antes de que cerraran el ataúd y mandárselo como recuerdo, además de la fotografía que estaba en el marco.

Poco después le llegó por correo una carta que contenía lo que había pedido. Ella lloró sobre la fotografía y la escondió en su cajón privado; ató el mechón de pelo con cinta blanca y se lo colgó del pecho, de donde lo sacaba de vez en cuando para besarlo, escondida en algún rincón.

—¿Qué ocurre? —preguntó su marido en una de esas ocasiones, levantando la vista del periódico—. ¿Estás llorando por algo? ¿Un mechón de pelo? ¿De quién es?

—¡Está muerto! —murmuró ella.

—¿Quién?

—No quiero decírtelo, Will, a no ser que insistas —dijo sollozando.

—Está bien.

—¿Te importa que no quiera decírtelo? Te lo contaré algún día.

—Claro, no tiene ninguna importancia.

Su marido se marchó silbando algunas notas sueltas, pero cuando llegó a su fábrica en la ciudad aquel asunto volvió a su cabeza.

Él también se había enterado del reciente suicidio en la casa que habían alquilado en Solentsea. Recordó haber visto el libro de poemas en manos de su esposa y había oído algunos fragmentos de la conversación de la casera acerca de Trewe cuando estuvieron allí, y se dijo de pronto:

«¡Pues claro, es él! ¿Y cómo diantre llegó a conocerlo Ella? ¡Qué astutas son las mujeres!»

Después olvidó el asunto tranquilamente y prosiguió con sus quehaceres habituales. Entretanto, Ella, en casa, había tomado una decisión. Al mandarle el mechón de pelo y la fotografía, la señora Hooper le había informado también del día del funeral, y a medida que iban pasando las horas de la mañana y el mediodía, el poderoso deseo de saber dónde iban a enterrarlo se apoderó de la compasiva mujer. Como ya no le importaba mucho lo que su marido o cualquiera pudiera pensar de sus excentricidades, le escribió una nota comunicándole que estaría fuera toda la tarde y toda la noche, pero que regresaría a la mañana siguiente. La dejó sobre el escritorio y, después de dar la misma información a los criados, se marchó de casa a pie.

Cuando el señor Marchmill regresó a casa a primera hora de la tarde, los criados parecían inquietos. La niñera se lo llevó a un aparte y le dijo que últimamente había visto tan triste a la señora que temía que hubiera ido a ahogarse al río. Marchmill se quedó pensativo. No creía que su mujer hubiera hecho tal cosa. Se marchó sin decir adónde iba y advirtió a los criados de que no le esperasen levantados. Fue hasta la estación de tren y compró un billete para Solentsea.

Cuando llegó ya había anochecido, aunque había viajado en un tren rápido y sabía que si su mujer había llegado antes que él lo habría hecho en un tren más lento, por lo que no podía haber llegado mucho antes. En Solentsea ya no era temporada alta: el paseo estaba solitario y se veían pocos cabriolés (y los que había eran de los más baratos). Preguntó por dónde se iba al cementerio y llegó enseguida. La puerta estaba cerrada, pero el vigilante le dejó pasar asegurándole, sin embargo, que no quedaba nadie dentro. Aunque no era tarde, la oscuridad otoñal se había intensificado y Marchmill tuvo cierta dificultad para seguir el camino serpenteante que conducía al lugar donde, según le había indicado el hombre, se habían celebrado los únicos entierros de aquel día. Decidió cruzar la hierba y, tropezando con algunos salientes, se agachaba de vez en cuando para discernir alguna posible figura recortada contra el cielo. No vio nada, pero al llegar a un lugar donde la tierra estaba removida, discernió una silueta agachada junto a una tumba reciente. Ella lo oyó y se levantó de golpe.

—¡Ell, pero qué tontería es esta! —exclamó indignado—. Escaparte de casa, ¡nunca había visto nada igual! No es que esté celoso de este pobre desgraciado, pero es ridículo que tú, una mujer casada con tres hijos y un cuarto en camino, pierdas la cabeza por un hombre muerto. ¿Sabes que te has quedado encerrada? Quizá no hubieras podido salir en toda la noche.

Ella no contestó.

—Espero por tu propio bien que las cosas entre vosotros no fueran muy lejos.

—No me insultes, Will.

—Te advierto que no pienso seguir permitiendo este comportamiento, ¿me oyes?

—Muy bien —dijo ella.

Will la agarró del brazo y se la llevó del cementerio. Era imposible regresar esa noche, y como no quería que los reconocieran en aquella lamentable situación, Marchmill se la llevó a una miserable cafetería que había cerca de la estación, desde donde partieron a la mañana siguiente. Hicieron todo el trayecto casi sin hablarse, con la impresión de que era una de esas situaciones desagradables que ocurren en la vida de los matrimonios y en las que de nada sirven las palabras. Llegaron a casa a mediodía.

Pasaron los meses y ninguno de los dos se aventuró a entablar una conversación acerca de ese episodio. Ella parecía estar sumida en la tristeza y la apatía con frecuencia, en un estado que podría considerarse de abatimiento. Se acercaba el día en el que tendría que enfrentarse al parto por cuarta vez y no parecía que aquello le levantara el ánimo.

—¡No creo que esta vez logre superarlo! —dijo un día Ella.

—¡Bah! ¡Qué tontería! ¿Por qué no iba a ir tan bien como siempre?

Ella negó con la cabeza.

—Estoy prácticamente convencida de que voy a morir, y me alegraría si no fuera por Nelly, Frank y Tiny.

—¡Y por mí!

—Tú pronto encontrarás a alguien que ocupe mi lugar —murmuró ella con una triste sonrisa—. Y tendrás todo el derecho, te lo aseguro.

—Ell, ¿no seguirás pensando en ese... poeta amigo tuyo?

Ella no admitió ni negó la acusación.

—Esta vez no sobreviviré al parto —repitió—. Algo me dice que no lo conseguiré.

Aquella forma de ver las cosas era un mal comienzo, como suele ser, y, de hecho, seis semanas después, en el mes de mayo, Ella estaba tendida en la cama de su dormitorio, sin pulso y pálida, sin apenas fuerzas para encadenar una respiración con la siguiente, mientras el bebé por cuya innecesaria vida estaba dando la suya se encontraba fuerte y sano. Justo antes de morir le dijo a su marido con mucha dulzura:

—Will, quiero confesarte las verdaderas circunstancias de ese... bueno, ya sabes de qué hablo... de aquella vez que fuimos a Solentsea. No sé qué me pasó, no sé cómo pude olvidarme de ti de esa forma, ¡de mi marido! Pero había entrado en un estado mórbido, creía que estabas siendo desconsiderado conmigo, que me habías olvidado, que no estabas a la altura de mi nivel intelectual, mientras que él sí lo estaba, y muy por encima. Tal vez, más que un nuevo amante, lo que yo quería era un hombre que supiera valorarme...

No pudo seguir hablando por culpa del cansancio y terminó muriendo algunas horas más tarde sin haber podido decirle a su marido nada más acerca del asunto de su amor por el poeta. A decir verdad, William Marchmill, como la mayoría de hombres que llevan muchos años casados, no sintió muchos celos del pasado, y no había demostrado el menor interés por presionar a su esposa para que confesara cosas sobre un hombre muerto y desaparecido que ya no podía molestarle más.

Pero cuando ella ya llevaba un par de años enterrada, un día, mientras estaba ordenando algunos documentos olvidados que quería destruir antes de que su segunda esposa se instalara en la casa, William encontró un mechón de pelo metido en un sobre junto a la fotografía del poeta fallecido, y en el reverso vio anotada una fecha con la letra de su mujer. Era de la época que habían pasado en Solentsea.

Marchmill contempló un buen rato el mechón de pelo y el retrato, pues algo le había sorprendido. Fue a buscar al pequeño que había provocado la muerte de su madre, y que se había convertido en un niño ruidoso, lo sentó sobre sus rodillas, acercó el mechón de pelo a la cabeza del pequeño y colocó la fotografía en la mesa que había detrás para poder comparar las facciones de ambos rostros. Debido a una inexplicable ironía de la naturaleza, en el niño se adivinaban rasgos muy parecidos a los del hombre al que Ella no había visto nunca. El niño tenía la misma expresión soñadora del poeta, y el pelo era del mismo color.

—¡Ya me lo imaginaba! —murmuró Marchmill—. ¡Así que me engañó en aquella casa! Veamos las fechas: la segunda semana de agosto... la tercera semana de mayo... Sí... sí... ¡Largo de aquí, mocoso! ¡No significas nada para mí!

Las fresas

ÉMILE ZOLA
(1840-1902)

I

Una mañana de junio, al abrir la ventana, recibí en el rostro un soplo de aire fresco. Esa noche hubo tormenta. El cielo parecía nuevo, era de un azul tierno, como si la lluvia lo hubiera lavado hasta el más pequeño rincón. Los tejados, los árboles, cuyas altas ramas podía ver entre las chimeneas, estaban empapados de agua. Ese trozo de horizonte reía bajo el sol amarillo. De los jardines vecinos emanaba el perfume de la tierra mojada. ban empapados de agua. Ese trozo de horizonte reía bajo el sol amarillo. De los jardines vecinos emanaba el buen olor de la tierra mojada.

—Vamos, Ninette —grité con alegría—; ponte el sombrero, querida... Nos vamos al campo.

Aplaudió y en diez minutos estuvo arreglada, algo muy meritorio para una coqueta de veinte años.

A las nueve estábamos en los bosques de Verrières.

II

¡Cuántos enamorados no habrán paseado sus amores por esos discretos bosques! Durante la semana, las arboledas están desiertas y se puede

 191

deambular por ellas uno junto al otro, con los brazos rodeando la cintura, los labios buscándose, sin peligro de ser vistos más que por las currucas de los matorrales. Hay caminos largos y elevados que se extienden a través de la espesura; el suelo está cubierto por un tapiz de hierba fina sobre la cual el sol, agujereando el follaje, lanza guijarros dorados. Hay otros caminos profundos, veredas estrechas, muy sombreadas, donde es obligado pasar bien arrimados. Se encuentran también frondas impenetrables en las cuales perderse si los besos cantan demasiado alto.

Ninon me soltó el brazo y se puso a correr como un cachorrillo, feliz de sentir la hierba rozando sus tobillos. Al regresar, se apoyó en mi hombro, cansada, cariñosa. El bosque seguía extendiéndose, como un mar sin fin compuesto de olas de verdor. El emocionante silencio, la sombra vivaz que daban los grandes árboles, se nos subía a la cabeza, nos embriagaba con toda la savia ardiente de la primavera. Era como si volviéramos a ser niños en el interior del misterio de los bosques.

—¡Oh! ¡Fresas! ¡Fresas! —gritó Ninon saltando un hoyo como una cabra en fuga para, acto seguido, ponerse a rebuscar entre la maleza.

III

¡Fresas, no! Solamente fresales; todo un lecho de fresales que se extendía bajo las zarzas.

Ninon dejó de preocuparse por los bichos, que le causaban un miedo atroz. Paseaba con valentía las manos entre las hierbas, levantando cada hoja, desesperada al no encontrar ningún fruto.

—Se nos han adelantado —decía con una mueca de despecho—. ¡Oh!, busquemos bien, tiene que haber más.

Y nos pusimos a buscar a conciencia. Agachados, alargando el cuello, sin apartar los ojos del suelo, avanzando a pasitos, con prudencia, sin atrevernos a hablar por miedo a que las fresas huyeran volando. Habíamos olvidado el bosque, el silencio y la sombra, los largos caminos y las estrechas veredas. Fresales, nada más que fresales. En cada mata que encontrábamos nos besábamos y nuestras manos temblorosas se tocaban bajo las hierbas.

Recorrimos así una legua, a gachas, errando a derecha e izquierda. Ni una fresita había. Los fresales eran espléndidos, con hermosas hojas de un verde oscuro. Mientras, veía a Ninon apretar los labios con los ojos húmedos.

IV

Entonces llegamos a una ladera en la cual el calor, al darle de lleno el sol, era abrumador. Ninon se quiso parar allí, decidida a no buscar más. Pero de pronto dejó escapar un grito agudo. Corrí, asustado, creyendo que se había hecho daño. La encontré agachada. Con la emoción se había tirado al suelo. Me señalaba con el dedo una fresita que no sería más grande que un guisante y que solo estaba madura de un lado.

—Recógela tú —me dijo en voz baja y acariciante.

Me había sentado a su lado, al pie de la ladera.

—No —respondí yo—, eres tú quien la ha encontrado, debes ser tú quien la recoja.

—No, hazme el favor, me gustaría que fueras tú.

Me opuse de tal manera que Ninon, al fin, se decidió a cortar el tallo con la uña. Luego, la historia fue otra, cuando se trató de saber quién de los dos se comería la fresita que nos había costado tantas horas de búsqueda. Ninon se había empeñado en metérmela en la boca. Yo me resistía con firmeza. Al final terminé haciendo concesiones y acordamos que compartiríamos la fresa.

Ninon se la puso entre los labios y, con una sonrisa, me dijo:

—Ven, toma tu parte.

Y yo tomé mi parte. No sé si la fresa fue compartida equitativamente. Ni siquiera sé si saboreé la fresa, ¡tan deliciosa me había parecido la miel del beso de Ninon!

V

La ladera estaba cubierta de fresales, y esos fresales eran cosa seria. La cosecha fue grande y gozosa. Habíamos desplegado un pañuelo blanco sobre

la tierra, jurando solemnemente guardar allí nuestro botín, sin sustraer ni una fresa. Sin embargo, me pareció ver que, en varias ocasiones, Ninon se llevaba la mano a la boca.

Terminada la cosecha, decidimos que había llegado el momento de buscar un rincón sombreado para desayunar a gusto. A pocos pasos, encontré un lugar encantador, un nido de hojas. El pañuelo fue colocado religiosamente a nuestro lado.

¡Dios glorioso! ¡Qué bien se estaba sobre el musgo, rodeados voluptuosamente de ese verde frescor! Ninon me miraba con los ojos húmedos. El sol había enrojecido suavemente su cuello. Al ver ella la ternura en mi mirada, se inclinó hacia mí y me tendió las dos manos en un gesto de adorable abandono.

El sol, llameando sobre los altos ramajes, lanzaba sus guijarros de oro a nuestros pies, entre la hierba fina. Incluso las currucas habían callado y apartaban la mirada. Cuando buscamos las fresas para comérnoslas, nos dimos cuenta con estupor de que nos habíamos tendido por completo sobre el pañuelo.

Los amigos de los amigos

HENRY JAMES
(1843-1916)

Sé perfectamente que yo me lo busqué, pero eso no mejora la situación. Yo fui la primera persona que le habló de ella, él ni siquiera había oído su nombre hasta entonces. Y aunque yo no hubiera dicho nada, lo habría hecho cualquier otro: con el tiempo intenté consolarme con esta reflexión. Pero el consuelo de las reflexiones es escaso: el único consuelo que cuenta en la vida es no haber hecho necedades. Y esa es una bendición de la que, sin duda, yo nunca disfrutaré.

—Deberías conocerla y comentarlo con ella —fue lo que dije inmediatamente—. Sois almas gemelas.

Le conté quién era ella y que eran almas gemelas porque si él en su juventud había vivido una experiencia extraña, ella había vivido una parecida más o menos por la misma época. Todos sus amigos lo sabían: siempre le pedían que hablara del incidente. Era encantadora, inteligente, hermosa, desdichada; pero, aun así, era a aquello a lo que debía su celebridad.

Tenía dieciocho años cuando, estando en el extranjero con una tía suya, había tenido una visión de su padre en el momento de su muerte. El padre estaba en Inglaterra, a miles de kilómetros de distancia y, que ella supiera, no estaba muriéndose ni muerto. Ocurrió durante el día, en un museo de una gran ciudad extranjera. Ella había pasado sola, adelantándose al resto de su grupo, a una pequeña sala que contenía una obra de arte famosa y en la que en ese momento se encontraban otras dos personas. Una de ellas era el viejo guardia; a la segunda, antes de fijarse, la tomó por un desconocido, un turista. No le llamó mucho la atención que el hombre no llevase sombrero y estuviera sentado en un banco. En cuanto sus ojos se posaron en él advirtió con asombro que se trataba de su padre, que, como si llevara mucho tiempo esperándola, la miraba con una extraña angustia y una impaciencia parecida al reproche. Ella corrió hacia él gritando desconcertada.

—Papá, ¿qué te pasa?

Pero a aquello siguió una demostración de una intensidad todavía mayor cuando, al moverse ella, él desapareció sin más, dejándola con el guardia y sus parientes, que para entonces ya la habían alcanzado y la rodeaban preocupados. Aquellas personas, el guardia, la tía, los primos, fueron por tanto testigos de lo ocurrido, al menos de la impresión que se había llevado ella, y también contaron con el testimonio de un médico que estaba atendiendo a una de las personas del grupo y a quien le comunicaron rápidamente lo que había sucedido. El doctor le dio un remedio para la histeria, pero después le dijo a la tía en un aparte:

—Espere a ver si ocurre algo más en casa.

Y sí que había ocurrido algo: el pobre padre, víctima de un mal repentino y violento, había fallecido aquella mañana. La tía, hermana de la madre, recibió un telegrama ese mismo día donde se anunciaba lo ocurrido y se le pedía que preparase a su sobrina. Su sobrina ya estaba preparada, sin duda aquella aparición había dejado en ella una huella imborrable. Como amigos suyos que éramos, nos habían contado lo sucedido, y nosotros, estremecidos, nos lo habíamos transmitido los unos a los otros. Habían pasado doce años de aquello y ella, como mujer que había tenido un matrimonio desdichado y vivía separada de su marido, se había convertido en una persona interesante por otros motivos; pero como el apellido que llevaba en ese momento era muy común, y dado que su separación legal apenas era algo distintivo en los tiempos que corrían, lo más habitual era referirse a ella diciendo «ya sabes, la muchacha que vio el fantasma de su padre».

En cuanto a él, el pobre había visto el de su madre, ¡qué más hacía falta! Yo no lo había sabido hasta una ocasión en la que, siendo nuestro trato más cercano y agradable, algo en la conversación le llevó a mencionarlo, y eso me inspiró para contarle que tenía una rival en ese terreno, una persona con la que podía comparar impresiones. Más adelante, esa historia se convirtió para él, quizá porque yo la repitiera demasiado, en una cómoda etiqueta mundana; pero no fue con esa referencia con la que me lo habían presentado un año antes. Él tenía otros méritos, al igual que ella, la pobre, también tenía los suyos. Puedo admitir con total sinceridad que yo los advertí desde el principio, que los descubrí antes de que él descubriera los míos. Recuerdo haberme sorprendido, incluso en ese momento, de que su percepción de los míos se acelerase por que yo hubiera correspondido a su curiosa anécdota aunque no fuera a través de mi propia experiencia. Dicha anécdota se remontaba, igual que la de ella, a una docena de años antes, a un año en el que por algún motivo personal él se había quedado en Oxford haciendo un curso «largo». Aquella tarde de agosto él estaba en el río. Cuando regresó a su habitación, todavía a plena luz del día, se encontró a su madre allí de pie, como si tuviera los ojos clavados en la puerta. Aquella mañana había recibido una carta suya procedente de Gales, donde vivía con su padre. Cuando lo vio le regaló una sonrisa radiante y le tendió los brazos; y entonces, cuando él se acercaba a ella abriendo los suyos, lleno de alegría, la mujer se desvaneció. Aquella noche le escribió una carta a su madre contándole lo que había ocurrido; la carta había sido conservada cuidadosamente. A la mañana siguiente le comunicaron la noticia de su muerte. Por eso se quedó tan asombrado con el pequeño prodigio que le relaté. Jamás había oído hablar de otro caso igual. Estaba claro que mi amiga y él debían conocerse; seguro que tendrían mucho en común. Yo podía encargarme de organizar el encuentro, ¿verdad?, siempre que a ella no le importase; él no tenía ningún inconveniente. Yo me comprometí a mencionarle el asunto a ella en cuanto me fuera posible, y lo hice una semana después. A ella le «importó» tan poco como a él, estaba encantada de poder conocerle. Y, sin embargo, nunca llegarían a encontrarse, tal como todos entendemos los encuentros.

II

Y esa es la mitad de mi historia, los extraordinarios obstáculos que se encontró. Fue a causa de una serie de accidentes, pero dichos accidentes, que se prolongaron durante años, se convirtieron, para mí y para los demás, en un asunto de diversión con ambas partes. Al principio eran divertidos, pero después empezaron a resultar aburridos. Lo raro es que ambas partes estaban dispuestas: no se podía decir que se mostrasen indiferentes, ni mucho menos reacios. Se trataba de uno de esos caprichos del azar, apoyado, imagino, por alguna firme oposición de los hábitos e intereses de cada uno. Los de él estaban centrados en su despacho, sus eternas inspecciones, que le dejaban muy poco tiempo libre, obligándolo a marcharse a menudo y a cancelar sus compromisos. Disfrutaba de la vida social, pero la encontraba en todas partes y la cultivaba a la carrera. Ella, por su parte, era prácticamente provinciana: vivía en Richmond y nunca «salía». Era una mujer distinguida, pero no tenía mundo, y muy sensible, como decía la gente, a su situación. Era decididamente orgullosa y bastante caprichosa, y vivía la vida como la había planeado. Se podía hacer ciertas cosas por ella, pero nadie podía obligarla a asistir a una fiesta. En realidad, éramos los demás quienes asistíamos más de lo que podría considerarse normal a las suyas, que consistían en su prima, una taza de té y las vistas. El té estaba bueno, pero las vistas ya las conocíamos, aunque quizá no fueran tan desagradables como la prima, una odiosa y vieja solterona que había formado parte del grupo del museo y con la que vivía en ese momento. Aquella conexión con una pariente inferior, que en parte tenía motivos económicos, pues según afirmaba su compañera era una gestora maravillosa, era una de las manías que teníamos que perdonarle. Otra era la estimación de lo que le exigía el decoro tras haber roto la relación con su marido. Y su visión era muy extrema, había quien opinaba que era incluso morbosa. Nunca tomaba la iniciativa, era escrupulosa, sospechaba desaires, o quizá debería decir que los recordaba: era una de las pocas mujeres que he conocido a quien esa situación en particular había hecho más recatada que atrevida. ¡La pobre era muy delicada! En especial se hacía evidente en los límites que establecía a las posibles atenciones de los hombres: siempre pensaba que su marido estaba esperando la oportunidad de atacarla. Desalentaba, por no decir que prohibía, las visitas de los hombres que no estaban seniles: decía que para ella todas las precauciones eran pocas.

La primera vez que le dije que tenía un amigo a quien el destino había distinguido de una forma tan extraña como a ella, le di una gran oportunidad para decirme:

—¡Vaya, pues preséntamelo!

Entonces yo lo habría llevado un día de visita y se habría dado una situación perfectamente inocente o, en cualquier caso, relativamente simple, pero ella no dijo eso, solo se limitó a decir:

—Debería conocerlo, sí. ¡A ver si coincidimos!

Eso provocó el primer retraso y, entretanto, ocurrieron varias cosas. Una de ellas fue que con el paso del tiempo ella fue haciendo nuevas amistades, pues era una mujer encantadora, y como esos amigos eran también amigos de él, siempre sacaban a relucir su nombre en la conversación. Era curioso que sin pertenecer al mismo mundo o, por así decirlo, por utilizar esa palabra tan horrible, al mismo ambiente, mi desconcertada pareja se relacionara tan a menudo con las mismas personas y tuvieran que entrar en el extraño coro. Ella tenía amigos que no se conocían entre sí, pero que inevitablemente le acababan hablando de él. También tenía una especie de originalidad, un interés intrínseco, que hacía que todos nosotros la considerásemos como un recurso privado, que la cultivásemos con celo, más o menos en secreto, como una de esas personas a las que no se ve en una reunión social, a las que no todo el mundo puede dirigirse —por lo menos el vulgo—, y con quien, por lo tanto, el trato era especialmente complicado y valioso. La veíamos por separado, previa cita y con y condiciones, y descubrimos que lo mejor era no comentarlo entre nosotros. Siempre había alguien que había recibido alguna noticia suya más tarde que el resto. Hubo una necia mujer que, por tres simples visitas a Richmond, ostentó durante mucho tiempo la reputación, entre los menos privilegiados, de haber intimado con «un montón de personas muy inteligentes y fuera de lo normal».

Todos hemos tenido amigos que hemos pensado que podíamos juntar, y todos recordamos que nuestras mejores ideas no han sido nuestros mayores triunfos, pero dudo que alguna vez se haya dado otro caso en el que el fracaso fuera tan directamente proporcional a la cantidad de influencia puesta en juego. Quizá lo más destacable en este caso fuera precisamente la cantidad de influencia. Mi dama y mi caballero comentaron ante mí y ante otros que parecía la trama de una divertidísima comedia. El primer motivo esgrimido se desdibujó con el tiempo y después florecieron sobre este cincuenta mucho mejores. Eran tan parecidos: tenían las mismas ideas, cualidades y gustos; los mismos prejuicios, supersticiones y herejías; decían las mismas cosas y a veces las hacían; les gustaban y les desagradaban las mismas personas y lugares, los mismos libros, autores y estilos; incluso tenían rasgos parecidos en su aspecto y facciones. Según los cánones sociales, los dos eran igual de agradables y guapos. Pero el mayor parecido que compartían era la extraña manía de no dejarse fotografiar, lo que generó asombros y habladurías. Que se supiera, eran las dos únicas personas que nunca habían posado para un retrato y que se negaban rotundamente a ello. No lo permitían bajo ninguna circunstancia, nadie logró convencerlos. Yo me había quejado abiertamente; a él, en particular, tenía muchas ganas de poder exhibirlo enmarcado sobre mi chimenea de la calle Bond. Era, sin duda, el mejor de los motivos por el que debían conocerse de todas las buenas razones reducidas a la nada por esa extraña ley que les había empujado a cerrarse mutuamente tantas puertas en las narices que los convertía en los cubos de un pozo, los dos extremos del balancín, los dos partidos del Estado, de forma que, cuando uno estaba arriba, el otro estaba abajo; cuando uno estaba fuera, el otro estaba dentro; bajo ningún concepto entraba uno de ellos en una casa hasta que el otro había salido, o se marchaban sin darse cuenta de que el otro estaba por allí. Solo aparecían cuando ya no se les esperaba, que era precisamente cuando se marchaban. Vivían en mundos alternos e incompatibles; se cruzaban con una insistencia que solo podía explicarse pensando que fuera premeditada. Y en realidad estaba tan lejos de serlo que había terminado, literalmente después de varios años, por decepcionarlos y disgustarlos. No creo que su curiosidad despertase hasta que se demostró tan fútil. No cabe duda de que se emprendieron todo tipo de acciones para ayudarlos, pero era como tender alambres para que tropezasen. Para dar ejemplos debería haber tomado notas, pero recuerdo que ninguno de los dos había sido capaz de asistir a una cena en la ocasión adecuada. El momento adecuado para uno nunca convenía al otro. Para las ocasiones frustradas eran muy puntuales, y al final solo existieron las frustradas. Los elementos conspiraban apoyados por la condición humana. Intervenían de forma infalible un resfriado, un dolor de cabeza, la pérdida de un ser querido, una tormenta, la niebla, un terremoto, un cataclismo. Todo el asunto parecía una broma.

Y así debía aceptarse, aunque uno no podía evitar sentir que la broma se había puesto seria, que les había despertado una conciencia a ambos, cierta incomodidad, un auténtico terror al último accidente de todos, el único al que le quedaba cierta novedad, el accidente que finalmente los juntaría. El efecto final de sus predecesores había sido el de avivar ese instinto. Estaban bastante avergonzados, quizá incluso el uno del otro. Tanto preparativo, tanta frustración... ¿Qué podía haber después de tanta expectativa que lo mereciera? Un mero encuentro sería absurdo. A menudo me preguntaban si me los imaginaba, pasados unos años, mirándose de la forma más estúpida. Si la broma les aburría no sería de extrañar que les aburriera cualquier otra cosa. Los dos hacían exactamente las mismas reflexiones y, de una forma u otra, ambos terminaban escuchando la opinión del otro. Tengo el convencimiento de que era ese recelo el que controlaba verdaderamente la situación. Lo que quiero decir es que si no lo consiguieron durante el primer año o el segundo a su pesar, mantuvieron el hábito porque —¿cómo decirlo?— se habían puesto nerviosos. Era necesaria cierta voluntad soterrada para explicar algo tan reiterado y ridículo al mismo tiempo.

III

Cuando para coronar nuestra larga amistad acepté la renovada oferta de matrimonio, se dijo jocosamente, lo sé, que yo había puesto como condición que me regalara una fotografía suya. Y lo que sí era cierto es que yo me negué a darle una mía si él no me daba la suya primero. Por fin conseguí tener su retrato encima de la chimenea, y allí fue donde ella, el día que vino a felicitarme, estuvo más cerca que nunca de verle. Al dejarse fotografiar, él dio un ejemplo que yo la invité a seguir; él había sacrificado su obstinación, ¿no podía hacer ella lo mismo? También debía regalarme algo por mi compromiso. ¿Por qué no me daba la pieza que faltaba? Se rio y negó con la cabeza; hacía ese gesto con un impulso que parecía proceder de tan lejos como la brisa que mece una flor. El marco que acompañaba al retrato de mi futuro marido era el de su futura esposa. Ella ya había tomado una decisión, y era tan incapaz de renunciar a ella como de explicarla. Era un prejuicio, un *entêtement,* una promesa: viviría y moriría sin dejarse fotografiar. Ahora ella también estaba sola en ese estado: eso era lo que le gustaba, la hacía mucho más original. Se regodeaba en la derrota de su antiguo socio y estuvo contemplando mucho rato su retrato, sobre el que no hizo ningún comentario memorable, aunque incluso llegó a darle la vuelta para mirarlo por detrás. En cuanto a nuestro compromiso se mostró encantadora, rebosante de cordialidad y simpatía.

—Llevas tú más tiempo conociéndole que yo sin conocerle —dijo—, y eso parece mucho tiempo.

Ella sabía que habíamos corrido mucho juntos arriba y abajo y era inevitable que ahora descansáramos juntos. Cuento esto porque lo que ocurrió a continuación es tan extraño que en cierto modo es un alivio para mí señalar el punto exacto hasta donde nuestra relación fue tan natural como siempre. Fui yo quien, presa de una locura repentina, la alteró de pronto y la destruyó. Ahora comprendo que ella no me dio motivos y que fui yo quien creyó advertirlo en la forma en que contemplaba el apuesto rostro enmarcado en la calle Bond. ¿Y cómo habría querido yo que lo observase? Yo había deseado desde el principio que ella se interesara por él. Y lo seguí deseando hasta el momento en que ella me prometió que, en esa ocasión, me ayudaría de verdad a romper el absurdo hechizo que los había mantenido separados. Yo ya había acordado con él que cumpliera con su parte siempre que ella hiciera la suya. De pronto me encontraba en una posición diferente, la posición de poder responder por él. Y debía organizarlo todo para que a las cinco de la tarde del sábado siguiente él estuviera en ese mismo lugar. Se había marchado de la ciudad por un asunto urgente, pero comprometido como estaba a mantener su promesa, regresaría a propósito y con el tiempo suficiente.

—¿Estás completamente segura? —recuerdo que preguntó con aspecto serio y reflexivo. Me pareció que había palidecido un poco.

Estaba cansada, se la veía indispuesta, era una lástima que al final él tuviera que conocerla en tan mal momento. ¡Ojalá hubiera podido verla cinco años antes! Sin embargo, le contesté que esa vez era seguro y que el éxito dependía solo de ella. A las cinco en punto del sábado lo encontraría sentado en un sillón concreto que señalé, el mismo donde solía sentarse y en el que —aunque eso no se lo dije— estuvo sentado la semana anterior, cuando me planteó la cuestión acerca de nuestro futuro de tal manera que me convenció. Ella lo miró en silencio, como había contemplado el retrato, mientras yo repetía por enésima vez que era demasiado absurdo que una persona no consiguiera presentarle su mejor amiga a su pareja.

—¿Soy tu mejor amiga? —me preguntó con una sonrisa que por un instante le devolvió la belleza.

Contesté estrechándola contra mi pecho, y después dijo:

—Está bien, iré. Tengo mucho miedo, pero puedes contar conmigo.

Cuando se marchó empecé a preguntarme de qué tendría miedo, pues parecía haberlo dicho en serio. Al día siguiente, a última hora de la tarde, recibí una nota breve de su parte: al llegar a casa le habían notificado la muerte de su marido. Hacía siete años que no le veía, pero prefería que yo lo supiera por ella antes que por terceros. Sin embargo, aquello cambiaba tan poco su vida que, por extraño y triste que pudiera parecer, mantendría la cita escrupulosamente. Me alegré por ella, supuse que el único cambio sería que tendría más dinero; pero incluso con aquella distracción, lejos de olvidar que había admitido tener miedo, me pareció advertir un motivo para que lo tuviera. A medida que avanzaba la tarde su temor empezó a ser contagioso, y la causa tomó en mi pecho la forma de un pánico repentino. No eran celos, era el temor de los celos. Me reprendí por no haber guardado silencio hasta que él y yo nos hubiéramos convertido en marido y mujer. Después de la boda seguramente me sentiría más segura. Solo era cuestión de esperar otro mes, una nadería para personas que habían esperado tanto. Había quedado muy claro que ella estaba nerviosa, y ahora que estaba libre esos nervios no mermarían. ¿Qué era aquello sino un intenso presentimiento? Hasta el momento ella había sido víctima de interferencias, pero era bastante posible que a partir de entonces se convirtiera en su origen. Y la víctima, en ese caso, solo sería yo. ¿Y qué había sido dicha interferencia sino el dedo de la providencia señalando un peligro? Y el peligro, sin duda, era para mí. Se había mantenido a raya por una serie de accidentes de frecuencia inaudita, pero ahora se veía el final del reinado de accidentes. Tenía la íntima convicción de que ambas partes mantendrían su palabra. Cada vez tenía más claro que los dos se estaban aproximando, convergiendo. Eran como los que buscan el objeto escondido en el juego de «frío y caliente», y los dos habían empezado a quemarse. Habíamos hablado de romper el hechizo; bueno, pues estaba a punto de romperse, a menos que adoptase otra forma y exagerase sus encuentros igual que había exagerado sus desencuentros. Y eso era algo en lo que no podía pensar con tranquilidad: me quitaba el sueño, a medianoche estaba muy inquieta. Finalmente, sentí que solo había una forma de matar aquel fantasma. Si el reinado de accidentes había terminado, yo debía recoger el testigo. Me levanté a escribir una nota para que él la viera cuando regresara y que, como los criados ya se habían acostado, yo misma salí sin sombrero a tirar al buzón más cercano. La escribí para decirle que no iba a poder estar en casa aquella tarde como había planeado y que debería posponer su visita hasta la hora la cena. Y con ello le insinuaba que me encontraría sola.

IV

Cuando, según lo acordado, ella se presentó en casa a las cinco de la tarde, yo me sentía falsa y ruin. Mi acto había sido el resultado de un ataque de locura transitoria, pero por lo menos, y como suele decirse, tenía que afrontarlo. Ella se quedó una hora; él, por supuesto, no apareció; y yo no tuve más remedio que persistir en mi perfidia. Había pensado que lo mejor era dejar que ella viniera; por muy curioso que me resulte ahora, aquello hizo que me sintiese menos culpable. Y, sin embargo, mientras estaba allí sentada tan pálida y agotada, afectada por la consciencia de todo lo que había supuesto la muerte de su marido, sentí una intensa punzada de pena y remordimiento. Si no le confesé en ese mismo momento lo que había hecho fue porque estaba demasiado avergonzada. Fingí sorpresa, la fingí hasta el final; protesté diciendo que si alguna vez había tenido confianza había sido ese día. Me sonroja contarlo; me lo tomo como una penitencia. No hubo muestra de indignación contra él que me callara: inventé suposiciones, atenuantes; admití estupefacta, mientras avanzaban las manecillas del reloj, que su suerte no había cambiado. Ella sonrió al escuchar aquella visión de su «suerte», pero parecía nerviosa: estaba distinta. Lo único que me sostenía era que, por raro que fuera, llevaba luto, no vestía capas y capas de de crespón, solo de negro riguroso. Llevaba tres pequeñas plumas negras en el sombrero y un pequeño manguito de astracán. Tras rumiarlo un poco, aquello me ayudó a comprender. Ella me había dicho en su carta que el repentino suceso no había supuesto ninguna diferencia para ella, pero por lo visto sí que lo suponía. Y si aceptaba las convenciones habituales, ¿por qué no respetaba la de no salir a hacer visitas durante uno o dos días? Tenía tantas ganas de conocer a alguien que no podía esperar a que enterraran a su marido. Aquella prueba de su entusiasmo me dio la crueldad y aspereza necesarias para perpetrar mi odioso engaño, aunque al mismo tiempo, a medida que pasaban los minutos, sospeché que en ella anidaba una emoción todavía más profunda que la decepción y que no conseguía ocultar. Me refiero a un extraño alivio, ese suave suspiro cuando un peligro ya ha pasado. Lo que ocurrió en esa hora estéril que pasó conmigo fue que ella renunció a él. Lo olvidó para siempre. Hizo la broma más elegante al respecto que haya oído nunca, pero fue, a pesar de todo, una gran fecha de su vida. Hablaba con cierta alegría de las demás ocasiones, el largo juego de escondite, la rareza sin precedentes de una relación así. Pues era, o había sido, una relación, ¿verdad? Eso era lo más absurdo. Cuando se levantó para marcharse le dije que más que nunca era una relación, pero que después de lo ocurrido yo no tenia el ánimo de proponerle una nueva oportunidad. Era evidente que la única ocasión válida sería el día de mi boda. Porque ella acudiría a la boda, ¿no? Era de esperar que él lo hiciera también.

—¡Si voy yo, él no se presentará!

Recuerdo el temblor de su risa. Admití que tenía parte de razón. Y lo más importante era que pudiéramos casarnos sin problemas.

—Eso no servirá de nada. ¡Nada nos servirá! —exclamó mientras me daba un beso al despedirse—. ¡No le conoceré jamás!

Y se marchó.

Pude soportar su decepción, pero cuando algunas horas más tarde le recibí a él, descubrí que no podía soportar la suya. No pensé en cómo podía afectarle mi maniobra, pero el resultado fue la primera palabra de reproche que le había oído decir jamás. Y digo «reproche», pero esa palabra no es lo suficientemente intensa para describir los términos en los que expresó su sorpresa de que, ante circunstancias tan extraordinarias, yo no hubiera encontrado la forma de no privarle de dicha ocasión. Debería haber encontrado la manera de no verme obligada a salir o haber dejado que ellos se reunieran de todas formas. Probablemente se habrían entendido en mi salón perfectamente sin mí. Y entonces me desmoroné: confesé mi inmoralidad y el miserable motivo que me había empujado a ello. Ni había pospuesto la cita con ella ni había salido; ella había estado en mi casa y, tras esperarle durante una hora, se había marchado convencida de que él se había ausentado por decisión propia.

—¡Debe de pensar que soy un desconsiderado! —exclamó—. ¿Ha dicho —y recuerdo el evidente modo en que contuvo el aliento al hacer la pausa— lo que tenía derecho a decir sobre mí?

—Te aseguro que no ha dicho nada que demostrara el menor enfado. Ha mirado tu retrato, incluso le ha dado la vuelta para mirar por detrás, donde está escrita tu dirección. Aunque eso no le ha provocado ninguna reacción. No le importa tanto.

—Entonces, ¿por qué le tenías miedo?

—No era de ella de quien tenía miedo. Era de ti.

—¿Pensabas que me enamoraría de ella? Nunca habías mencionado esa posibilidad —continuó diciendo mientras yo guardaba silencio—. Aunque la describieras como una persona admirable, no era así como me la presentabas.

—¿Te refieres a que de haberlo sido te las habrías arreglado para verla? Yo entonces no temía nada —añadí—. No tenía los mismos motivos.

Entonces me besó y, cuando recordé que ella había hecho lo mismo solo una o dos horas antes, sentí, por un instante, como si estuviera recogiendo de mis labios la presión de los de ella. A pesar de los besos, el incidente había provocado cierta frialdad, y la sensación de que él me considerase culpable de aquel fraude me hizo sufrir. Solo lo había descubierto a través de mi sincera confesión, pero yo estaba tan triste como si tuviera que borrar alguna mancha. No conseguía quitarme de la cabeza la forma en que él me había mirado cuando le hablé de la aparente indiferencia que ella había mostrado ante su ausencia. Por primera vez desde que le conocía pareció dudar de mi palabra. Antes de que se marchara le aseguré que le confesaría la verdad a ella, que me iría a Richmond a primera hora de la mañana y le explicaría que él no había tenido la culpa de nada. Entonces volvió a besarme. Iba a expiar mi pecado, le dije; me arrastraría; confesaría y le pediría perdón. Y me besó una vez más.

<h2 style="text-align:center">V</h2>

En el tren, al día siguiente, me pareció que en realidad había aceptado un buen trato para él, pero mi propósito era lo bastante firme como para seguir adelante. Subí la larga colina donde comienzan las vistas y llamé a su puerta. Me sorprendió un poco advertir que las persianas estuvieran aún bajadas, pues pensé que, aunque mis remordimientos me hubieran hecho llegar muy temprano, había dejado tiempo suficiente para que todo el mundo estuviera ya en pie.

—¿Que si está en casa, señora? Se ha marchado de la casa para siempre.

El anuncio de la criada me impactó enormemente.

—¿Se ha marchado?

—Ha fallecido, señora —al escucharlo me quedé sin respiración—. Murió ayer por la noche.

El fuerte grito que se me escapó sonó a mis oídos como una brutal transgresión del momento. Tuve la sensación de haberla matado yo; me sentí desfallecer y advertí vagamente que la mujer me tendía los brazos. No recuerdo lo que ocurrió a continuación, ni ninguna otra cosa salvo la pobre y estúpida prima de mi amiga, en una habitación oscura, tras un intervalo que supuse muy breve, mirándome entre sollozos de un modo acusador. No sabría decir cuánto tiempo tardé en comprender, en creer y luego rechazar, haciendo un gran esfuerzo, esa punzada de responsabilidad que, supersticiosamente, increíblemente, había sido al principio casi lo único de lo que había sido consciente. Tras lo ocurrido el médico había sido extremadamente claro y expeditivo: la muerte se debía a una larga y latente enfermedad de corazón, provocada años antes, probablemente, por las agitaciones y terrores que había sufrido durante su vida conyugal. Durante aquellos años ella había vivido crueles escenas con su marido, había temido por su vida. Después de aquello ella había sabido que debía evitar toda emoción, cualquier cosa parecida a la ansiedad y la tensión, cosa que se reflejaba en la tranquila vida que llevaba, pero ¿cómo asegurar que nadie, en especial una «auténtica dama» pudiera protegerse de cualquier pequeño sobresalto? Y había tenido uno unos días antes al enterarse de la muerte de su marido, pues en la vida había emociones fuertes de todas clases, no solo de dolor y sorpresa. Aunque ella nunca había soñado con tal desenlace: siempre había pensado que él viviría tanto como ella. Entonces, por la tarde, en la ciudad, era evidente que había sufrido algún contratiempo, algo debió de ocurrirle allí que era importante aclarar. Había regresado muy tarde, pasadas las once, y cuando su prima salió al vestíbulo a recibirla, estaba muy preocupada, había confesado que estaba muy cansada y que debía descansar un momento antes de subir las escaleras. Habían entrado juntas a la sala de estar y su compañera propuso que tomaran una copa de vino y se afanó en servirlas. Solo fue un momento, pero cuando mi informadora se dio la vuelta, a nuestra pobre amiga no le había dado ni tiempo de sentarse. De pronto, con un pequeño gemido apenas audible, se desplomó en el sofá. Estaba muerta. ¿Qué «pequeño sobresalto» le había asestado aquel golpe? ¿Qué conmoción la estaba esperando en la ciudad? Yo enseguida mencioné un posible motivo de perturbación, la cita fallida en mi casa, a cuya invitación había acudido a las cinco en punto con el caballero con el que yo me iba a casar, que no había podido acudir a la cita y a quien ella no conocía. Evidentemente, aquello no contó mucho, debía de haberle ocurrido algo más. No había nada más probable en las calles de Londres que un accidente, en especial con aquellos terribles cabriolés. ¿Qué había hecho? ¿Adónde había ido al marcharse de mi casa? Yo había dado por hecho que se había ido directamente a la suya. Las dos recordamos entonces que a veces, en sus excursiones a la ciudad, por comodidad, por darse un respiro, pasaba una o dos horas en el Gentlewoman, un tranquilo club de señoras, y prometí que haría una visita al establecimiento. Después entramos en la oscura y terrible habitación donde yacía muerta y donde yo, después de pedir que me dejaran a solas con ella, permanecí media hora. La muerte la había embellecido, la había dejado hermosa, pero lo que más sentí, cuando me arrodillé junto a la cama, fue que la había silenciado. Había echado la llave sobre algo que yo quería saber.

Cuando regresé de Richmond y después de hacer otro recado que tenía pendiente, fui al domicilio de mi prometido. Era la primera vez, pero siempre había querido ver dónde vivía. En la escalera, que, puesto que la casa tenía veinte habitaciones, era de paso público, me topé con su criado, que volvió a entrar conmigo y me acompañó hasta su cuarto. Cuando me oyó entrar apareció en la puerta de otra habitación, y en cuanto nos quedamos a solas le di la noticia.

—¡Está muerta!

—¿Muerta?

Se quedó tremendamente conmocionado, y me di cuenta de que no necesitaba preguntar a quién me refería con tal brusquedad.

—Murió ayer por la noche, al volver de mi casa.

Se quedó mirándome con mucha extrañeza, buscando, con sus ojos, alguna trampa en los míos.

—¿Ayer por la noche, al volver de tu casa? —repitió mis palabras estupefacto. Y después dijo algo que me dejó atónita a mí también—: ¡Eso es imposible! Yo la vi.

—¿Cómo que «la viste»?

—Justo ahí, donde estás tú ahora.

Aquello me recordó, tras un momento y como para ayudarme a asimilarlo, la gran advertencia de su juventud.

—En el momento de su muerte, ya lo entiendo: de la misma forma que viste a tu madre.

—No fue de la misma forma, no fue así —estaba muy afectado por la noticia; mucho más conmovido, era evidente, de lo que lo había estado el día anterior. Tuve la intensa sensación de que, como me había dicho a mí misma, ciertamente había una relación entre ellos y que él había estado con ella. Esa idea, por la reafirmación de su extraordinario privilegio, le habría hecho parecer un ser completamente anormal de no ser por la vehemencia con la que insistió en la distinción—. La vi viva. La vi para hablar con ella. La vi como te estoy viendo a ti ahora.

Es curioso que, por un momento, aunque solo fuera por un instante, encontrara cierto alivio en el más personal, por así decirlo, en el más natural de los dos hechos extraños. Al momento siguiente, mientras asimilaba la imagen de ella yendo a verle después de salir de mi casa, y de lo que eso explicaba respecto a cómo empleó su tiempo, le pregunté con cierta aspereza de la que fui consciente:

—¿Y se puede saber para qué vino?

Él se tomó un momento para pensar, para recuperarse y juzgar el posible efecto, de forma que al hablar, aunque seguía habiendo excitación en sus ojos, se sonrojó conscientemente e hizo un intento vano de restar gravedad a sus palabras con una sonrisa.

—Simplemente vino a verme. Después de lo que ocurrió en tu casa vino para que pudiéramos conocernos por fin. Me pareció un impulso precioso, y así me lo tomé.

Miré la habitación en la que ella había estado, donde ella había estado y yo no hasta ese momento.

—¿Y el modo en que te lo tomaste fue el modo en que ella lo expresó?

—Ella se limitó a presentarse aquí y dejar que la viera. ¡Con eso bastó! —gritó con una extraordinaria carcajada.

Yo cada vez sentía más curiosidad.

—¿Quieres decir que no te habló?

—No dijo nada. Solo me miró mientras yo la miraba a ella.

—¿Y tú tampoco le dijiste nada?

Él volvió a dirigirme esa dolorosa sonrisa.

—Pensé en ti. La situación era muy delicada. Tuve mucho tacto. Pero se dio cuenta de que me había agradado.

Incluso repitió la risa discordante.

—¡Ya lo creo que «te agradó»! —y entonces pensé un instante—. ¿Cuánto tiempo estuvo aquí?

—No sabría decir. Parecieron veinte minutos, pero probablemente fuera mucho menos.

—¡Veinte minutos de silencio! —estaba empezando a hacer mi versión definitiva y una a la que aferrarme—. ¿Eres consciente de que me estás contando algo absolutamente monstruoso?

Él estaba de espaldas a la chimenea y al escuchar aquello se acercó a mí con una mirada suplicante.

—Querida, te ruego que no te lo tomes a mal.

Yo podía no tomármelo a mal, y lo intenté, pero lo que por algún motivo no conseguí hacer, cuando él abrió los brazos, fue dejar que me abrazara. Y así cayó entre nosotros, durante un tiempo considerable, la incomodidad de un gran silencio.

VI

Él no tardó en romperlo diciendo:

—¿No hay ninguna duda de su muerte?

—Por desgracia, no. He estado de rodillas junto al lecho donde está tendida.

Él miró fijamente al suelo y luego a mí:

—¿Qué aspecto tiene?

—Pues está... en paz.

Él se volvió de nuevo mientras yo le miraba, pero enseguida dijo:

—Y entonces, ¿a qué hora...?

—Ha debido de ocurrir cerca de la medianoche. Se desplomó al llegar a su casa, a causa de una enfermedad del corazón que tanto ella como su médico sabían que tenía, pero de la que nunca, con paciencia y valentía, me había dicho nada.

Me escuchaba con atención y fue incapaz de decir nada durante un minuto. Finalmente habló con una confianza casi infantil, de una sencillez sublime, que todavía resuena en mis oídos mientras escribo:

—¡Era maravillosa!

Incluso entonces fui incapaz de ser lo suficientemente justa como para contestar que yo siempre se lo había dicho; pero inmediatamente, como si después de hablar hubiera vislumbrado lo que su comentario podría haberme hecho sentir, se apresuró a añadir:

—Entenderás que si no llegó a casa antes de medianoche...

Le interrumpí enseguida.

—¿Tuviste mucho tiempo para verla? ¿Cómo es posible —pregunté—, si te marchaste de mi casa bien tarde? No recuerdo exactamente qué hora era, estaba distraída con otras cosas. Pero sabes que, aunque dijiste que tenías mucho que hacer, te quedaste un buen rato después de cenar. Ella, por su parte, estuvo toda la noche en el Gentlewoman, precisamente vengo de allí, lo he confirmado. Se tomó el té en el club, allí estuvo mucho tiempo.

—¿Y qué estuvo haciendo allí durante tanto tiempo?

Me di cuenta de que tenía toda la intención de contradecir mi versión de los hechos, y cuanto más lo demostraba, más ganas sentía yo de insistir en dicha versión, de preferir con aparente obstinación una explicación que solo servía para multiplicar el asombro y el misterio, pero que, de los dos prodigios entre los que debía elegir, era el más aceptable para mis renovados celos. Él defendía, con una franqueza que ahora me parece hermosa, el privilegio de haberla conocido en vida a pesar de la suprema derrota;

mientras que yo, con una vehemencia de la que aún hoy me asombro, aunque en cierto modo todavía sigan ardiendo sus cenizas, solo podía contestar que, mediante un extraño don compartido por ella con su madre, y que por su parte también era hereditario, para él se había repetido el milagro de su juventud, y para ella el milagro de la suya. Ella había acudido a él, sí, y empujada por un impulso todo lo hermoso que él quisiera; ¡pero no lo había hecho en carne y hueso! Era una simple cuestión de pruebas. Yo insistía en que había recibido el testimonio definitivo de lo que ella había estado haciendo —la mayor parte del tiempo— en aquel club. El lugar estaba prácticamente vacío, pero los camareros se habían fijado en ella. Había estado sentada, sin moverse, en un sillón, junto a la chimenea del salón; había reclinado la cabeza, había cerrado los ojos, pareció quedarse dormida.

—Ya, pero ¿hasta qué hora?

—Ahí es donde los camareros me fallaron un poco —me vi obligada a contestar—. Especialmente la portera, que por desgracia es tonta, aunque se supone que también es socia del club. En ese momento, sin que nadie la sustituyera y en contra de todas las normas, se ausentó un rato de la portería desde la que debe vigilar quién entra y quién sale. Es poco clara, es evidente que miente, por eso no puedo decirte una hora basándome en su testimonio, pero me comentaron que hacia las diez y media nuestra pobre amiga ya no estaba en el club.

Aquello le vino muy bien.

—Vino directamente aquí, y de aquí se fue directamente al tren.

—No pudo marcharse con el tiempo tan justo —contesté—. Ella nunca habría hecho tal cosa.

—No tuvo ninguna necesidad de correr, querida, le dio tiempo de sobra. Te falla la memoria cuando afirmas que me marché tarde de tu casa, en realidad me fui antes que otras veces. Lamento que mi visita se te hiciera larga, pero estaba de vuelta en casa antes de las diez.

—Para ponerte las zapatillas y quedarte dormido en el sillón —repuse—. Dormiste hasta la mañana, ¡la viste en sueños!

Me miraba en silencio y con una mirada sombría, sus ojos mostraban que tenía que reprimir su irritación. Pero yo proseguí:

—Recibiste una visita, a horas intempestivas, de una dama; claro, nada en el mundo es más probable. Pero hay muchas clases de damas. ¿Cómo es posible, si nadie la anunció y tú nunca habías visto su retrato, que identificases a la persona de la que estamos hablando?

—¿No crees que me la habían descrito sobradamente? Te la describiré con todo lujo de detalle.

—¡No! —exclamé con una rapidez que le hizo reír. Me sonrojé, pero proseguí—: ¿Tu criado le abrió la puerta?

—No estaba, nunca está cuando le necesito. Una de las características de esta casa tan grande es que desde la puerta de la calle se puede acceder a los distintos pisos casi sin problemas. Mi criado mantiene relaciones con una joven que trabaja en el piso de arriba, y ayer por la noche estuvo con ella mucho tiempo. Cuando está ocupado deja la puerta de fuera entreabierta para poder volver sin hacer ruido. Y entonces solo hay que empujar la puerta para entrar. Ella la empujó, solo le hizo falta un poco de valentía.

—¿Un poco? ¡Le hizo falta mucha! Y también toda clase de cálculos imposibles.

—Bueno, pues la tuvo, y los hizo. Yo no he dicho en ningún momento que no fuera un episodio de lo más extraño —añadió.

Percibí algo en su tono que me hizo perder la confianza para seguir hablando. Finalmente dije:

—¿Y cómo descubrió dónde vives?

—Recordando la dirección que aparece en la pequeña etiqueta que los de la tienda pegaron al marco que te regalé para mi fotografía.

—¿Y cómo iba vestida?

—Iba de luto, querida. No llevaba mucho crespón, solo un luto sencillo y riguroso. Llevaba tres pequeñas plumas negras en el sombrero y un pequeño manguito de astracán. Cerca del ojo izquierdo —prosiguió— tiene una cicatriz vertical...

Lo detuve de golpe.

—La marca de una de las caricias de su marido. —Y entonces añadí—: ¡Debiste de acercarte mucho a ella!

No contestó y me pareció que se sonrojaba, y entonces dije:

217

—Bueno, adiós.

—¿No quieres quedarte un rato? —Volvió a dirigirse a mí con ternura y se lo permití—. Su visita tuvo su belleza —murmuró mientras me abrazaba—, pero la tuya tiene más.

Dejé que me besara pero recordé, igual que me había sucedido el día anterior, que el último beso que ella había dado en este mundo había sido, supuse, en los labios que él estaba tocando.

—Yo soy la vida —contesté—. Lo que viste anoche era la muerte.

—Era vida, ¡era vida!

Hablaba con una delicada obstinación. Me separé de él. Nos quedamos allí mirándonos fijamente.

—Describes la escena, si es que se puede llamar descripción, en términos incomprensibles. ¿Apareció en la habitación sin que te dieras cuenta?

—Yo estaba absorto escribiendo una carta, en esa mesa que hay debajo de la lámpara y cuando levanté la cabeza ya estaba delante de mí.

—¿Y qué hiciste?

—Me puse en pie de golpe y soltando una exclamación, y ella, con una sonrisa, se llevó el dedo a los labios, claramente a modo de advertencia, pero con delicada dignidad. Yo sabía que me estaba pidiendo silencio, pero lo raro es que ese gesto pareció explicarla y justificarla de inmediato. Nos quedamos frente a frente durante un rato que, como ya te he dicho, soy incapaz de calcular. Igual que estamos ahora tú y yo.

—¿Solo os mirasteis?

Él negó con impaciencia.

—¿Acaso tú y yo no nos estamos mirando?

—Sí, pero estamos hablando.

—Bueno, también hablé con ella. —Se perdió en el recuerdo—. Fue tan agradable como esto.

A punto estuve de preguntarle si no era decir demasiado, pero en su lugar le aclaré que lo que habían hecho era mirarse con admiración mutua. Entonces le pregunté si la había reconocido inmediatamente.

—No del todo —dijo—, porque no esperaba su visita, claro; pero comprendí quién era mucho antes de que se marchara, solo podía ser una persona.

Pensé un momento.

—¿Y cómo se marchó?

—Tal como había venido. La puerta estaba abierta y se marchó.

—¿Fue deprisa o despacio?

—Bastante deprisa, pero lo hizo volviendo la vista atrás. —Sonrió y añadió—: La dejé marchar, pues sabía muy bien que debía aceptar su voluntad.

Fui consciente de exhalar un suspiro largo y vago.

—Bien, ahora tienes que aceptar la mía y dejarme marchar a mí.

Entonces volvió a acercarse a mí, me detuvo y me convenció, declarando con toda su gallardía que lo mío era completamente diferente. Habría dado cualquier cosa por preguntarle si la había tocado, pero las palabras se negaban a salir: sabía perfectamente que sonarían horribles y vulgares. Dije otra cosa, he olvidado exactamente qué; fue algo débilmente tortuoso con la miserable intención de que me lo dijera sin tener que verbalizar la pregunta. Pero no me lo dijo, solo repitió, como para tranquilizarme y consolarme, la esencia de lo que había afirmado unos minutos antes: que era exquisita, como le había dicho tantas veces, pero que yo era su amiga «real» y la persona a la que querría para siempre. Aquello me hizo reafirmar, con el mismo espíritu de mi réplica anterior, que al menos yo tenía el mérito de estar viva; pero esto, a su vez, volvió a provocar en él aquel estallido contradictorio que temía:

—¡Ella estaba viva! ¡Lo estaba, de verdad!

—¡Estaba muerta, muerta! —aseveré con energía, con una determinación de que fuera como yo decía que ahora recuerdo como casi grotesca. Pero el sonido de la palabra me horrorizó, y todas las emociones naturales que su significado podría haber evocado en otras condiciones se unieron y se desbordaron. Comprendí que se había apagado un gran afecto, lo mucho que la había querido yo y lo mucho que había confiado en ella. Al mismo tiempo tuve una visión de la solitaria belleza de su final.

—Se ha ido, ¡la hemos perdido para siempre!

Me eché a llorar.

—Así es exactamente como me siento yo —exclamó él, hablando con una delicadeza absoluta y abrazándome para consolarme—. Se ha ido, la hemos perdido para siempre, así que ¿qué importa todo eso ahora?

Se inclinó sobre mí y cuando su rostro tocó el mío ya no pude distinguir si estaba húmedo por mis lágrimas o por las suyas.

VII

Mi teoría, una convicción que se convirtió en actitud, era que ellos nunca se habían «conocido»; y sobre esa base sentí que podía ser lo bastante generosa como para pedirle que me acompañara a su entierro. Lo hizo con modestia y sensibilidad, y yo asumí, aunque a él no le importara el peligro, que la solemnidad del acto, al que asistirían sobre todo personas que los habían conocido a los dos y que estaban al corriente de aquella broma eterna, privarían a su presencia de toda asociación ligera. En cuanto a lo que había sucedido la noche de su muerte, no nos dijimos mucho más. Él carecía de pruebas, salvo por una declaración del portero de su casa, personaje que, según él mismo admitía, era de lo más descuidado y voluble, y que afirmaba que entre las diez y las doce de la noche habían entrado y salido del edificio hasta tres mujeres vestidas de negro. Aquello era excesivo; ninguno de los dos necesitábamos que hubiera tres. Él sabía que yo había podido explicar cada minuto del tiempo de nuestra amiga, y dimos por zanjado el asunto; nos abstuvimos de seguir hablando del tema. Lo que sí sabía, sin embargo, era que él se contenía por complacerme más que porque hubiera cedido a mis razones. No se había rendido, era simplemente indulgencia; se aferraba a su interpretación porque le gustaba más, y le gustaba más, creía yo, porque reforzaba su vanidad. Tal cosa, en una situación similar, no habría tenido ningún efecto sobre mí, aunque sin duda yo tenía tanta vanidad como él; pero eso son cosas personales que nadie tiene derecho a juzgar. Yo me habría sentido más halagada siendo protagonista de uno de esos episodios inexplicables de los que se habla en los libros fantásticos y de los que se discute en las reuniones sociales; no podía imaginar, por parte de un ser sepultado en el infinito y todavía cargado de emociones humanas, nada más elegante y puro, más elevado y augusto, que ese impulso de reparación, de admonición, o incluso de curiosidad. Eso sí que era hermoso, y de haber estado en su lugar, yo me habría sentido mejor por ser distinguida y elegida. Todo el mundo sabía que así era, pues ya hacía tiempo que lo veía de ese modo, ¿y qué era sino casi una prueba? Cada una de las extrañas apariciones contribuía a confirmar la otra. Él tenía una sensación distinta, pero también tenía, me apresuro a añadir, el inequívoco deseo de no significarse, o, como suele decirse, de no darle demasiada importancia. Yo podía creer lo que quisiera, tanto más cuanto que todo este asunto era una especie de misterio que había imaginado. Era un hecho de mi historia, un enigma de mi conciencia, no de la suya, así que él lo tomaría como a mí me resultara más conveniente. Los dos teníamos otras cosas entre manos, estábamos ocupados con los preparativos de la boda.

Los míos eran muy urgentes, pero a medida que iban pasando los días me daba cuenta de que creer «lo que yo quisiera» era creer en algo de lo que cada vez estaba más convencida. También descubrí que no me gustaba tanto como debería, o que el placer estaba muy lejos de ser la causa de mi convencimiento. Mi obsesión, como debería llamarla realmente y tal como empezaba a percibir, se negaba a desaparecer, como yo había esperado, por mi sentido de la responsabilidad. Si tenía muchas cosas que hacer, todavía tenía muchas más en las que pensar, y llegó un momento en que mis ocupaciones se vieron gravemente amenazadas por mis pensamientos. Ahora lo veo todo, lo siento, lo vivo. Está terriblemente desprovisto de alegría, en realidad está repleto de amargura; y, sin embargo, debo ser justa conmigo misma: no habría podido hacer otra cosa. Las mismas impresiones extrañas, en caso de tener que volver a enfrentarme a ellas, me provocarían la misma profunda angustia, las mismas dudas lacerantes, las mismas certezas todavía más lacerantes. Es más fácil recordarlo todo que escribirlo, pero aunque pudiera reconstruirlo todo hora por hora y expresar lo inexplicable, la fealdad y el dolor enseguida me paralizarían la mano. Permítanme pues señalar brevemente que una semana antes de nuestra boda, tres semanas después de la muerte de ella, supe, con absoluta certeza, que había algo muy serio a lo que debía enfrentarme, y que si iba a hacer el esfuerzo debía hacerlo al instante y sin dejar pasar una sola hora más. Mis persistentes celos —esa era la máscara de Medusa— no habían muerto con ella, habían sobrevivido intensamente y se alimentaban de terribles sospechas. Y seguirían siendo terribles hoy día si no hubiera sentido la intensa necesidad de verbalizarlos en su momento. Esa necesidad se apoderó de mí para salvarme, por lo visto, de mi destino. A partir de entonces no vi, dada la urgencia del asunto, la escasez de las horas y la disminución del intervalo, más que una salida, la de la prontitud y la sinceridad absoluta. Al menos podía no hacerle el desprecio de retrasarlo ni un día más; al menos podía tratar mi dificultad como algo demasiado delicado para subterfugios. Así que una tarde, en términos tranquilos pero también bruscos y terribles, le dije que debíamos reconsiderar nuestra situación y reconocer que había cambiado por completo.

Él me miró con valentía.

—¿Qué significa que ha cambiado?

—Otra persona se ha interpuesto entre nosotros.

Él se paró a pensar un momento.

—No voy a fingir que no sé a quién te refieres. —Sonrió con compasión ante mi aberración, pero su intención era ser amable—. ¡Una mujer muerta y enterrada!

—Está enterrada, pero no muerta. Está muerta para el mundo, está muerta para mí. Pero no está muerta para ti.

—¿Te refieres a la diferencia de opinión que tenemos respecto a la noche de su aparición?

—No —contesté—, no me refiero a nada. No tengo ninguna necesidad. Tengo más que suficiente con lo que tengo ante mí.

—¿Y podrías aclararme lo que es, querida?

—Que has cambiado por completo.

—¿Por esa tontería? —dijo riendo.

—No tanto por esa, sino por las que la han seguido.

—¿Y cuáles son?

Nos estábamos mirando cara a cara, con franqueza, sin apartar la mirada, pero en la de él brillaba una luz extraña, y mi certeza triunfaba en su evidente palidez.

—¿De verdad pretendes fingir que no sabes de qué hablo? —pregunté.

—Querida, me has hecho un boceto muy vago —contestó.

Yo medité un segundo.

—¡Cualquiera sentiría vergüenza de terminar el cuadro! Pero desde ese punto de vista, y desde el principio, ¿qué ha podido ser más vergonzoso que tu idiosincrasia?

Él volvió a apelar a la vaguedad, cosa que siempre le salía muy bien.

—¿Mi idiosincrasia?

—Tu notoria y peculiar facultad.

Se encogió de hombros con impaciencia y exclamó con un desdén exagerado:

—¡Ah, mi peculiar facultad!

—Tu acceso a formas de vida —proseguí con frialdad—, tu dominio de las impresiones, apariciones y contactos, que para bien o para mal están prohibidos al resto. Al principio eso formaba parte del profundo interés que me inspirabas, uno de los motivos de que me divirtiera, por los que estaba tan orgullosa de conocerte. Era una distinción magnífica, sigue siendo una distinción magnífica. Pero es evidente que por aquel entonces yo no imaginaba cómo sería eso ahora; e incluso en ese supuesto, no habría imaginado cómo me afectaría.

—¿A qué diablos te refieres en esos términos fantásticos? —preguntó suplicante. A continuación, mientras yo reunía fuerzas para contestar, añadió—: ¿Cómo funciona? ¿Y cómo te afecta a ti?

—Ella te estuvo echando de menos cinco años —dije—, pero ahora ya no te echa de menos. ¡Estáis recuperando el tiempo perdido!

—¿Cómo que estamos recuperando el tiempo?

Había empezado a pasar de la palidez al sonrojo.

—Tú la ves, ¡la ves! ¡La ves cada noche! —Soltó una carcajada de burla, pero me pareció muy falsa—. Viene a verte igual que lo hizo aquella noche —afirmé—, lo probó y descubrió que le gustaba.

Fui capaz, con ayuda de Dios, de hablar sin pasión ciega o vulgar violencia, pero esas fueron mis palabras, y en ese momento no me parecieron en absoluto «vagas». Él miraba hacia otro lado riéndose, aplaudiendo mi disparate, pero enseguida me volvió a mirar con un cambio en su expresión que me sorprendió.

—¿Te atreves a negar que la ves habitualmente? —me aventuré a preguntarle.

Él había adoptado una actitud condescendiente, decidió entrar en el juego y seguirme la corriente. De repente, y para mi sorpresa, contestó:

—Bueno, querida, ¿y si fuera así?

—Es tu derecho natural, es algo que pertenece a tu forma de ser y tu maravillosa suerte, aunque no del todo envidiable. Pero confío en que entenderás que eso nos separa, así que renuncio a ti sin condiciones.

—¿Renuncias a mí?

—Tienes que elegir entre ella y yo.

Me miró con dureza.

—Ya lo entiendo.

Después se alejó un poco de mí, como si hubiera comprendido lo que le había dicho y tuviera que pensar cómo gestionarlo. Finalmente volvió a dirigirse a mí:

—¿Y tú cómo sabes algo tan personal?

—¿Te sorprende después de todo lo que te has esforzado por ocultarlo? Es muy personal, sí, y puedes creerme cuando te aseguro que jamás te delataré. Has hecho todo cuanto has podido, has desempeñado tu papel, te has comportado, ¡pobrecillo! Has sido leal y un hombre admirable. Por eso te he observado en silencio, desempeñando yo también mi papel; he advertido cada fallo en tu voz, cada ausencia en tus ojos, cada esfuerzo en tu mano indiferente; he esperado a estar totalmente segura y absolutamente infeliz. ¿Cómo puedes ocultarlo si estás completamente enamorado de ella, si estás casi mortalmente enfermo de la felicidad que ella te da? —Detuve su rápida protesta con un gesto todavía más rápido—. La amas como nunca has amado y, pasión por pasión, ella te corresponde. Ella te gobierna, te domina, ¡te posee entero! Una mujer, en una situación como la mía, adivina, siente y ve; no es una cabeza hueca a quien debas dar «explicaciones creíbles». Vienes a mí mecánicamente, con remordimientos, con las sobras de tu ternura y lo que queda de tu vida. Y yo puedo renunciar a ti, pero no puedo compartirte: lo mejor de ti se lo das a ella, yo sé lo que es y renuncio a ti para que seas suyo para siempre.

Él opuso una galante resistencia, pero no hubo arreglo posible; volvió a negarlo, se retractó de haberlo admitido, ridiculizó mi acusación, cuya extravagancia indefendible yo, además, le concedí sin reparo. No fingí ni por un momento que estuviéramos hablando de algo normal; no fingí ni por un momento que él y ella fueran personas normales. De haberlo sido, ¿cómo me habría interesado tanto por ellos? Ellos habían disfrutado de una extraña extensión del ser y me habían atrapado en su vuelo, pero yo no podía respirar ese aire y pedí que me bajaran. Todo era monstruoso, sobre todo mi lúcida percepción de lo ocurrido; lo único natural y verdadero era que yo tenía que actuar a partir de esa percepción. Después de haber hablado sobre ello tuve la sensación de que mi certeza era absoluta; lo único que me había faltado por ver era el efecto que tendría en él. Lo ocultó tras una cortina de burla, una distracción que le concedió tiempo y que le sirvió para ocultar su retirada. Puso en entredicho mi sinceridad, mi cordura, mi humanidad casi, y así nos distanció todavía más y confirmó nuestra ruptura. Lo hizo todo menos convencerme de que yo estaba equivocada o de que él era infeliz: nos separamos y yo dejé que siguiera con su inconcebible unión.

Nunca llegó a casarse, yo tampoco. Cuando seis años más tarde, sola y en silencio, me enteré de su muerte, me tomé la noticia como una contribución directa a mi teoría. Fue repentina, nunca se supo bien qué sucedió, estuvo rodeada de unas circunstancias —que analicé con detalle, ¡por supuesto!— en las que advertí una clara intención, la marca de su propia mano escondida. Fue el resultado de una larga necesidad, de un deseo insaciable. Lo que quiero decir exactamente es que fue la respuesta a una llamada irresistible.

En el bosque

GUY DE MAUPASSANT
(1850-1892)

El alcalde se disponía a sentarse a la mesa para almorzar cuando le anunciaron que el guardabosques lo esperaba en la alcaldía con dos prisioneros.

Acudió de inmediato y, en efecto, se encontró a su guardabosques, el viejo Hochedur, de pie, vigilando con aire severo a una pareja de burgueses entrados en años.

El hombre, un señor rechoncho, con la nariz roja, los cabellos blancos, parecía abrumado; en cambio la mujer, una señora menuda, endominga-da, rellena, carnosa, de mejillas brillantes, observaba con mirada desa-fiante al agente de la autoridad que los había capturado.

El alcalde preguntó:

—¿Qué ha pasado, viejo Hochedur?

El guardabosques procedió con su relación de los hechos.

Había salido por la mañana a la hora acostumbrada para hacer la ronda del lado del bosque de Champioux hasta el término con Argenteuil. No ha-bía notado nada fuera de lo normal en el campo, al contrario, hacía buen tiempo y el trigo estaba creciendo bien. Entonces fue cuando el hijo de los Bredel, que labraba la viña, le gritó:

—¡Eh! ¡Viejo Hochedur! Vaya a ver la linde del bosque. En la primera arboleda encontrará una pareja de tórtolos que, como mínimo, suman ciento treinta años entre los dos.

El viejo Hochedur se dirigió al lugar indicado, se adentró en la maleza y allí oyó palabras y suspiros que le hicieron sospechar que se estaba atentando de modo flagrante contra las buenas costumbres.

Avanzó a cuatro patas, como si fuera a sorprender a un cazador furtivo, y pilló a la pareja en el momento en que se abandonaban a su instinto.

El alcalde, estupefacto, observó a los culpables. El hombre había cumplido más de sesenta años y la mujer, por lo menos, cincuenta y cinco.

Se dispuso a interrogarlos, comenzando por el varón, que respondió con una voz tan débil que a duras penas se le oía.

—Su nombre.

—Nicolas Beaurain.

—Profesión.

—Mercero, calle de los Mártires, París.

—¿Qué hacían en ese bosque?

El mercero permaneció mudo, con la cabeza gacha sobre su gran barriga y las manos caídas sobre los muslos. El alcalde prosiguió:

—¿Niega lo que afirma el agente de la autoridad municipal?

—No, señor.

—Entonces, ¿lo admite?

—Sí, señor.

—¿Qué tiene que alegar en su defensa?

—Nada, señor.

—¿Dónde ha encontrado a su cómplice?

—Es mi mujer, señor.

—¿Su mujer?

—Sí, señor.

—Vamos a ver... Ustedes, en París, no viven juntos...

—Disculpe, señor, ¡claro que vivimos juntos!

—Pero, entonces... Está usted loco, completamente loco, querido señor, por dejarse llevar así, en pleno campo, a las diez de la mañana.

 228

El mercero parecía estar a punto de llorar de vergüenza. Murmuró:

—¡Fue ella quien lo quiso! Yo ya le dije que era una tontería. Pero cuando a una mujer se le mete una cosa en la cabeza... Ya sabe... No hay quien se la quite.

El alcande sonrió y replicó con picardía:

—En este caso, es justo al contrario: si su mujer hubiera tenido la idea solo en la cabeza, ahora no estaría aquí.

Entonces, encolerizado, el señor Beaurain se revolvió contra su mujer:

—¿Ves a dónde nos ha llevado tu poesía? Aquí estamos, y acabaremos ante los tribunales. Ahora, con nuestros años. ¡Por atentado contra la moral! Tendremos que cerrar la tienda, perder la clientela y cambiar de barrio. ¿Te das cuenta?

La señora Beaurain se levantó y, sin mirar a su marido, se explicó sin embarazo, sin vano pudor, casi sin titubear.

—Dios mío, señor alcalde, sé bien que somos ridículos. ¿Me permitiría defender mi causa como un abogado, o, mejor, como una pobre mujer? Espero que tenga a bien dejarnos volver a casa y ahorrarnos la vergüenza de unas diligencias judiciales.

»Hace tiempo, cuando yo era joven, trabé conocimiento con el señor Beaurain por estos lares, un domingo. Él estaba empleado en una mercería; yo era una de las trabajadoras de una tienda de confecciones. Me acuerdo como si fuera ayer. Venía a pasar los domingos aquí, de vez en cuando, con una amiga, Rose Levêque, con quien vivía en la calle Pigalle. Rose tenía un amiguito, y yo no. Él nos trajo aquí. Un sábado me dijo, entre risas, que vendría acompañado de un colega al día siguiente. Comprendí a qué se refería; pero le respondí que no se tomara la molestia. Yo era una muchacha decente, señor.

»Al día siguiente, pues, encontramos al señor Beaurain en el ferrocarril. Era muy apuesto en esa época. Pero yo estaba decidida a no ceder, y no cedí.

»Así llegamos a Bezons. Hacía un tiempo maravilloso, un tiempo de aquellos que te hace cosquillas en el corazón. A mí, cuando hace bueno, ahora como antes, me pongo tan tonta que me dan ganas de llorar, y si me encuentro en el campo, pierdo la cabeza. El verdor, los pájaros cantando, el trigo mecido por el viento, las golondrinas que van tan rápido, el olor a hierba, las amapolas, las margaritas, ¡todo me vuelve loca! Es como el champán cuando una no está acostumbrada a tomarlo.

»Pues bien, hacía un tiempo maravilloso, suave, claro, que te penetraba en el cuerpo por los ojos con solo mirar y por la boca con solo respirar. Rose y Simon se besaban sin descanso. Me daba apuro verlos. El señor Beaurain y yo íbamos detrás de ellos, sin hablar apenas. Cuando no te conoces no sabes qué decir. Tenía un aire tímido, este muchacho, y me gustaba verlo azorado. Así llegamos hasta el bosquecito. Se estaba tan fresco como en un baño y todos nos sentamos sobre la hierba. Rose y su amigo se burlaron de mí, por mi aspecto severo; ya comprenderá que no podía ser de otra manera. Y de pronto volvieron a besarse sin importarles nuestra presencia; estuvieron cuchicheando y luego se levantaron y se adentraron en el follaje sin decir nada. Juzgue usted, qué pinta debía de tener yo ante este muchacho al que veía por primera vez. Me sentí tan confusa al verlos marchar de aquella manera que me envalentoné y me puse a hablar. Le pregunté en qué trabajaba y me dijo que era aprendiz en una mercería, como le acabo de decir. Charlamos unos instantes y eso lo animó a tomarse ciertas libertades, pero yo lo puse en su lugar con firmeza, ¿no es verdad, señor Beaurain?

El señor Beaurain, que se miraba los pies confuso, no respondió. Ella prosiguió:

—Así, este muchacho comprendió que yo era como está mandado y empezó a cortejarme gentilmente, como un hombre decente. A partir de aquel día, regresó todos los domingos. Estaba muy enamorado de mí, señor. Y yo también lo amaba mucho, ¡pero que mucho! Fue muy guapo en su tiempo.

»En resumen, nos casamos en septiembre y abrimos nuestro propio negocio en la calle de los Mártires.

»Durante muchos años fue muy duro, señor. La tienda no arrancaba y no podíamos ni pensar en excursiones al campo. Además, habíamos perdido la costumbre. Se tiene la cabeza en otra parte, se piensa en la caja más que en las florecillas, cuando se es comerciante. Fuimos envejeciendo poco a poco, sin darnos cuenta, y nos convertimos en gente tranquila que ya no piensa en el amor. No se echa de menos lo que uno no percibe que le falta.

»Y después, señor, el negocio comenzó a funcionar. Nos hemos asegurado el porvenir. Verá usted, no sé lo que ocurrió en mi interior, no, realmente no lo sé. De pronto me puse a soñar como una jovencita. La visión de los carritos de flores que recorren las calles me arrancaba lágrimas. El olor de las violetas venía a darme alcance en mi butaca, detrás de la caja, y me hacía saltar el corazón. Entonces me levantaba y me apostaba en el quicio de la puerta para mirar el azul del cielo entre los tejados. Cuando se mira al cielo desde una calle, parece un riachuelo, un largo riachuelo que desciende sobre París, contoneándose, y las golondrinas van pasando como si fueran peces. ¡Es una tontería pensar en esas cosas a mi edad! Pero ¿qué quiere, señor? Cuando se ha trabajado toda la vida, llega un momento en que te das cuenta de que las cosas podrían haber sido distintas y entonces te arrepientes, sí, te arrepientes. Imagíneselo. Durante veinte años podría haber ido a recoger besos en el bosque, como las otras, como las otras mujeres. Soñaba con lo delicioso que es tumbarse bajo las hojas, enamorada de alguien. Y en eso pensaba todos los días, ¡todas las noches! Soñaba claros de luna sobre el agua hasta tener ganas de ahogarme.

»Al principio no me atrevía a hablar de esto con el señor Beaurain. ¡Demasiado bien sabía que me tomaría el pelo y me mandaría a vender hilos y agujas! Además, a decir verdad, el señor Beaurain ya no me decía gran cosa; pero al verme a mí misma en el espejo, comprendí que yo tampoco le decía gran cosa a nadie.

»Así fue como me decidí a proponerle una salida al campo, al lugar donde nos habíamos conocido. Aceptó sin recelar, y aquí llegamos, esta mañana, alrededor de las nueve.

»Pero sentí que la cabeza me daba vueltas al estar rodeada de trigo. El corazón de una mujer nunca envejece. Y, es cierto, ya no vi a mi marido tal y como es, sino como fue en otros tiempos. Esto se lo juro, señor. Es verdad de la buena. Me sentía achispada. Empecé a besarlo y se sorprendió más que si hubiera querido asesinarlo. Me repetía: «Pero tú estás loca, esta mañana estás loca de remate, ¿qué es lo que te ha dado?».

»Yo no escuchaba nada de lo que me decía, solamente escuchaba a mi corazón. Y nos adentramos en el bosque. Así ha ocurrido. He dicho la verdad, señor alcalde, toda la verdad.

Y el alcalde, hombre de buen talante, se levantó y dijo:

—Váyase en paz, señora, y no vuelva a pecar... entre el follaje.

El panorama de la princesa

EMILIA PARDO BAZÁN
(1851-1921)

El palacio del rey de Magna estaba triste, muy triste, desde que un padecimiento extraño, incomprensible para los médicos, obligaba a la princesa Rosamor a no salir de sus habitaciones. Silencio glacial se extendía, como neblina gris, por las vastas galerías de arrogantes arcadas, y los salones revestidos de tapices, con altos techos de grandiosas pinturas, y el paso apresurado y solícito de los servidores, el andar respetuoso y contenido de los cortesanos, el golpe mate del cuento de las alabardas sobre las alfombras, las conversaciones en voz baja, susurrantes apenas, producían impresión peculiar de antecámara de enfermo grave. ¡Tenía el rey una cara tan severa, un gesto tan desalentado e indiferente para los áulicos, hasta para los que antaño eran sus amigos y favoritos! ¿A qué luchar? ¡La princesa se moría de languidez... Nadie acertaba a salvarla, y la ciencia declaraba agotados sus recursos!

Una mañana llegó a la puerta del palacio cierto viejo de luenga barba y raída hopalanda color avellana seca, precedido de un borriquillo, cuyos lomos agobiaba enorme caja de madera ennegrecida. Intentaron los guardias desviar con aspereza al viejo y a su borriquillo pero titubearon al oír decir que en aquella caja tosca venían la salud y la vida de la princesa Rosamor.

Y mientras se consultaban, irresolutos, dominados a pesar suyo por el aplomo y seguridad con que hablaba el viejo, un gallardo caballero desconocido, mozo y de buen talante, cuya toca de plumas rizaba el viento, cuya melena oscura caía densa y sedosa sobre un cuello moreno y erguido, se acercó a los guardias, y con la superioridad que prestan el rico traje y la bizarra apostura, les ordenó que dejasen pasar al anciano, si no querían ser responsables ante el rey de la muerte de su hija; y los guardias, aterrados, se hicieron atrás, el anciano pasó, y el jumentillo hirió con sus cascos las sonoras losas de mármol del gran patio donde esperaban en fila las carrozas de los poderosos. En pos del viejo y el borriquillo, entró el mozo también.

Avisado el rey de que abajo esperaba un hombre que aseguraba traer en un cajón la salud de la princesa, mandó que subiese al punto; porque los desesperados de un clavo ardiendo se agarran, y no se sabe nunca de qué lado lloverá la Providencia. Hubo entre los cortesanos cuchicheos y alguna sonrisa reprimida pronto, al ver subir a dos porteros abrumados bajo el peso de la enorme caja de madera, y detrás de ellos al viejo de la hopalanda avellana y al lindo hidalgo de suntuoso traje a quien nadie conocía; pero la curiosidad, más aguda que el sarcasmo, les devoraba el alma con sus dientecillos de ratón, y no tuvieron reposo hasta que el primer ministro, también algo alarmado por la novedad, les enteró de que la famosa caja del viejo solo contenía un panorama, y que con enseñarle las vistas a la princesa aquel singular curandero respondía de su alivio. En cuanto al mozo, era el ayudante encargado de colocarse detrás de una cortina sin ser visto, y hacer desfilar los cuadros por medio de un mecanismo original. Inútil me parece añadir que al saber en qué consistía el remedio, los cortesanos, sin perder el compás de la veneración monárquica, se burlaron suavemente y soltaron muy donosas pullas.

Entre tanto, instalábase el panorama en la cámara de la princesa, la cual, desde el mismo sillón donde yacía recostada sobre pilas de almohadones, podía recrearse en aquellas vistas que, según el viejo continuaba afirmando terminantemente, habían de sanarla. Oculto e invisible, el galán hizo girar un manubrio, y empezaron a aparecer, sobre el fondo del inmenso paño extendido que cubría todo un lado de la cámara, y al través de amplio cristal, cuadros interesantísimos. Con una verdad y un relieve sorprendentes, desfilaron ante los ojos de la princesa las ciudades más magníficas, los monumentos más grandiosos y los paisajes más admirables de todo el mundo. En voz cascada, pero con suma elocuencia, explicaba el viejo los esplendores, verbigracia, de Roma, el Coliseo, las Termas, el Vaticano, el Foro; y tan pronto mostraba a la princesa una naumaquia, con sus luchas de monstruos marinos y sus combates navales entre galeras incrustadas de marfil, como la hacía descender a las sombrías Catacumbas y presenciar el entierro de un mártir, depuesto en paz con su ampolla llena de sangre al lado. Desde los famosos pensiles de Semíramis y las colosales construcciones de Nabucodonosor, hasta los risueños valles de la Arcadia, donde en el fondo de un sagrado bosque centenario danzan las blancas ninfas en corro alrededor de un busto de Pan que enrama frondosa mata de hiedra; desde las nevadas cumbres de los Alpes hasta las voluptuosas ensenadas del golfo partenópeo, cuyas aguas penetran vueltas líquido zafiro bajo las bóvedas celestes de la gruta de azur, no hubo aspecto sublime de la historia, asombro de la naturaleza ni obra estupenda de la actividad humana que no se presentase ante los ojos de la princesa Rosamor —aquellos ojos grandes y soñadores, cercados de una mancha de livor sombrío, que delataba los estragos de la enfermedad—. Pero los ojos no se reanimaban; las mejillas no perdían su palidez de transparente cera; los labios seguían contraídos, olvidados de las sonrisas; las encías marchitas y blanquecinas hacían parecer amarilla la dentadura, y las manos afiladas continuaban ardiendo de fiebre o congeladas por el hielo mortal. Y el rey, furioso al ver defraudada una última esperanza, más viva cuanto más quimérica, juró enojadísimo que ahorcaría de muy alto al impostor del viejo, y ordenó que subiese el verdugo, provisto de ensebada soga, a la torre más eminente del palacio, para colgar de una almena, a vista de todos, al que le había engañado. Pero el viejo, tranquilo y hasta desdeñoso, pidió al rey un plazo breve; faltábale por enseñar a la princesa una vista, una sola de su panorama, y si después de contemplarla no se sentía mejor, que le ahorcasen enhorabuena, por torpe e ignorante. Condescendió el rey, no queriendo espantar aún la vana esperanza postrera, y se salió de la cámara, por no asistir al desengaño. Al cuarto de hora, no pudiendo contener la impaciencia, entró, y notó con transporte una singular variación en el aspecto de la enferma; sus ojos relucían; un ligero sonrosado teñía sus mejillas flacas; sus labios palpitaban enrojecidos, y su talle se enderezaba airoso como un junco. Parecía aquello un milagro, y el rey, en su enajenación, se arrancó del cuello una cadena de oro y la ofreció al viejo, que rehusó el presente. La única recompensa que pedía era que le dejasen continuar la cura de la princesa, sin condiciones ni obstáculos, ofreciendo terminarla en un mes. Y, loco de gozo, el rey se avino a todo, hasta a respetar el misterio de aquella vista prodigiosa que había empezado a devolver a su hija la salud.

No obstante —transcurrida una semana y confirmada la mejoría de la enferma, mejoría tan acentuada que ya la princesa había dejado su sillón, y, esbelta como un lirio, se paseaba por el aposento y las galerías próximas, ansiosa de respirar el aire, animada y sonriente—, anheló el rey saber qué octava maravilla del orbe, qué portentoso cuadro era aquel, cuya contemplación había resucitado a Rosamor moribunda. Y como la princesa, cubierta de rubor, se arrojase a sus pies suplicándole que no indagara su secreto, el rey, cada vez más lleno de curiosidad, mandó que sin dilación se le hiciese contemplar la milagrosa última vista del panorama. ¡Oh, sorpresa inaudita! Lo que se apareció sobre el fondo del inmenso paño negro, al través del claro cristal, no fue ni más ni menos que el rostro de un hombre, joven y guapo, eso sí, pero que nada tenía de extraordinario ni de portentoso. El rostro sostenía con dulzura y pasión a la princesa, y ella pagaba la sonrisa con otra no menos tierna y extática... El rey reconoció al supuesto ayudante del médico, aquel mozo gallardo, y comprendió que, en vez de enseñar las vistas de su panorama, se enseñaba a sí propio, y solo con este remedio había sanado el enfermo corazón y el espíritu contristado y abatido de la niña; y si alguna duda le quedase acerca de este punto, se la quitaría la misma Rosamor, al decirle confusa, temblorosa, y en voz baja, como quien pide anticipadamente perdón y aquiescencia:

—Padre, todos los monumentos y todas las bellezas del mundo no equivalen a la vista de un rostro amado...

El ruiseñor y la rosa

OSCAR WILDE

(1854-1900)

—Dijo que bailaría conmigo si le regalaba una rosa roja —se lamentaba el joven estudiante—, pero no hay ni una sola rosa roja en todo mi jardín.

El ruiseñor lo escuchó desde su nido de la encina y asomó la cabeza por entre las hojas para mirarlo asombrado.

—¡No hay ni una sola rosa roja en todo mi jardín! —exclamó el estudiante, y sus hermosos ojos se llenaron de lágrimas—. ¡Ay, la felicidad depende de cosas insignificantes! He leído las palabras de los hombres más sabios y conozco todos los secretos de la filosofía y, sin embargo, toda mi vida ha quedado destrozada por carecer de una rosa.

—Por fin encuentro un hombre verdaderamente enamorado —dijo el ruiseñor—. Le he cantado noche tras noche a pesar de no conocerlo; noche tras noche le he contado su historia a las estrellas, y por fin lo veo. Su cabello es oscuro como la flor del jacinto, sus labios son rojos como la rosa que tanto desea, pero la pasión lo ha dejado pálido como el marfil y la tristeza ha sellado su frente.

—El príncipe celebra un baile mañana por la noche —murmuró el joven estudiante—, y mi amada acudirá a él. Si le llevo una rosa roja bailará conmigo hasta el amanecer. Si le llevo una rosa roja podré tenerla entre mis brazos, apoyará la cabeza sobre mi hombro y su mano estrechará la mía. Pero no hay ni una sola rosa roja en mi jardín, así que tendré que sentarme solo y ella me ignorará. No se fijará en mí, y se me romperá el corazón.

—No hay duda de que es un verdadero enamorado —dijo el ruiseñor—. Él sufre lo que yo canto: lo que para mí es dicha para él es sufrimiento. Realmente, el amor es un sentimiento maravilloso. Es más hermoso que las esmeraldas y más caro que los elegantes ópalos. No se puede adquirir con perlas ni con piedras preciosas, pues no se encuentra en el mercado. No se puede comprar al vendedor ni pesarlo en una balanza para comprarlo a precio de oro.

—Los músicos se sentarán en el estrado —dijo el joven estudiante— y tocarán sus instrumentos de cuerda, y mi amada bailará al son del arpa y el violín. Bailará con tanta dulzura que sus pies no tocarán el suelo, y los cortesanos, ataviados con sus alegres ropajes, revolotearán a su alrededor. Pero conmigo no bailará porque no tengo ninguna rosa roja que darle.

Y se dejó caer sobre la hierba, hundió la cara entre las manos y se echó a llorar.

—¿Por qué está llorando? —preguntó una pequeña lagartija verde que correteaba cerca de él con la cola levantada.

—Sí, ¿por qué? —quiso saber una mariposa que revoloteaba en busca de un rayo de sol.

—Eso, ¿por qué? —le susurró una margarita a su vecina con una vocecita dulce.

—Llora por una rosa roja —explicó el ruiseñor.

—¡Por una rosa roja! —exclamaron—. ¡Menuda tontería!

Y la lagartija, que era un poco cínica, se echó a reír.

Pero el ruiseñor comprendía el secreto de la tristeza del estudiante y aguardó en silencio en la encina reflexionando sobre los misterios del amor.

De pronto extendió sus alas marrones y echó a volar. Pasó por la arboleda como una sombra, y como una sombra cruzó el jardín.

En medio del prado había un precioso rosal y, al verlo, voló hasta él y se posó sobre una de sus ramitas.

—Dame una rosa roja y te cantaré mi canción más dulce —dijo.

Pero el rosal negó con la cabeza.

—Mis rosas son blancas —contestó—. Tan blancas como la espuma del mar y más blancas que la nieve de la montaña. Pero ve a ver a mi hermano, que crece alrededor del viejo reloj de sol, y quizá él pueda darte lo que deseas.

Así que el ruiseñor voló hasta el rosal que crecía alrededor del viejo reloj de sol.

—Dame una rosa roja y te cantaré mi canción más dulce.

Pero el rosal negó con la cabeza.

—Mis rosas son amarillas —contestó—. Tan amarillas como el cabello de la joven sirena que se sienta en un trono de ámbar, y más amarillas que el narciso que florece en la pradera antes de que el segador pase por allí con su hoz. Pero ve a ver a mi hermano, que crece bajo la ventana del estudiante, y quizá él pueda darte lo que deseas.

Y el ruiseñor voló hasta el rosal que crecía bajo la ventana del estudiante.

—Dame una rosa roja —pidió— y te cantaré mi canción más dulce.

Pero el rosal negó con la cabeza.

—Mis rosas son rojas —contestó—. Tan rojas como las patas de las palomas y más rojas que los grandes abanicos de coral que ondean en las cavernas del océano. Pero el invierno me ha congelado las venas, la escarcha ha marchitado mis brotes, la tormenta ha quebrado mis ramas y este año no tendré rosas.

—Solo quiero una rosa roja —se lamentó el ruiseñor—. ¡Solo una! ¿No hay ninguna forma de conseguirla?

—Hay una forma —respondió el rosal—, pero es tan horrible que no me atrevo a decírtela.

—Dímela —contestó el ruiseñor—. No tengo miedo.

—Si quieres una rosa —dijo el rosal—, deberás crearla con música a la luz de la luna y pintarla con la sangre de tu corazón. Deberás cantar para mí con el pecho apoyado en una espina. Tendrás que cantar para mí toda la noche y la espina se te clavará en el corazón, y así tu sangre correrá por mis venas y se convertirá en la mía.

—La muerte es un buen precio por una rosa roja —exclamó el ruiseñor—, y todo el mundo ama la vida. Es muy agradable posarse en el bosque verde y contemplar el sol en su carro de oro y la luna en su carro de perlas. Dulce es la fragancia del espino y dulces son también las campanillas que se esconden en el valle, y el brezo que se mece en las colinas. Y, sin embargo, el amor es mejor que la vida. ¿Y qué es el corazón de un pájaro comparado con el de un hombre?

Y extendió las alas marrones y levantó el vuelo. Cruzó el jardín como una sombra, y como una sombra cruzó la arboleda.

El joven estudiante seguía tendido en la hierba, donde el ruiseñor lo había dejado. Las lágrimas de sus hermosos ojos todavía no se habían secado.

—Sé feliz —le dijo el ruiseñor—. Sé feliz, tendrás tu rosa roja. Yo la crearé con mi música a la luz de la luna y la pintaré con la sangre de mi corazón. Lo único que te pido a cambio es que seas un verdadero enamorado, pues el amor es más sabio que la filosofía, aunque esta es sabia, y más fuerte que el poder, aunque este también es fuerte. Sus alas son del color del fuego y su cuerpo es del color de las llamas. Sus labios son dulces como la miel y su aliento es como el incienso.

El estudiante levantó la vista de la hierba y escuchó con atención, pero no comprendía lo que le decía el ruiseñor, pues solo entendía las cosas que estaban escritas en los libros.

Pero la encina sí que lo comprendió y se puso triste, pues quería mucho al pequeño ruiseñor que había construido el nido entre sus ramas.

—Cántame una última canción —le susurró—. Me sentiré muy sola cuando te hayas ido.

Entonces el ruiseñor cantó para la encina y su voz sonó como el agua que brota de una jarra de plata.

Al terminar su canción, el estudiante se levantó y sacó del bolsillo una libreta y un lápiz de grafito.

«Tiene belleza, eso es innegable —se dijo mientras paseaba por la arboleda—, pero ¿tiene sentimientos? Me temo que no. En realidad es como la mayoría de los artistas: tiene mucho estilo pero carece de honestidad. No se sacrificaría por los demás. Solo piensa en la música, y ya se sabe que el arte es egoísta. Ciertamente, debo reconocer que entona unas notas preciosas. Es una lástima que no tengan significado ni sentido práctico.»

Acto seguido, se marchó a su dormitorio, se tumbó en su pequeño camastro y se puso a pensar en su amada. Al rato, se quedó dormido.

Cuando la luna brillaba en el cielo, el ruiseñor voló hasta el rosal y apoyó su pecho contra la espina. Pasó toda la noche cantando con el pecho contra la espina y la fría luna de cristal se inclinó para escuchar. El ruiseñor estuvo cantando toda la noche, y la espina se fue adentrando en su pecho y la vida se le fue escapando lentamente.

Primero cantó sobre el nacimiento del amor en el corazón de un muchacho y una joven. Y de la rama más alta del rosal brotó una rosa maravillosa, pétalo tras pétalo, canción tras canción. Al principio era pálida como la niebla que flota por encima del río, pálida como los pies de la mañana, y plateada como las alas del amanecer. La rosa que floreció sobre la rama más alta parecía la sombra de una rosa en un espejo de plata, la sombra de una rosa en un espejo de agua.

Pero el rosal presionó al ruiseñor para que se apretara más contra la espina.

—Acércate un poco más a la espina, pequeño ruiseñor —le advirtió el rosal—, o amanecerá antes de que hayas terminado.

Entonces el ruiseñor se apretó más contra la espina, y su canto creció y creció, pues cantaba sobre el nacimiento de la pasión en el alma de un hombre y una muchacha.

Y en los pétalos de la rosa apareció un delicado rubor rosado, como el que aparece en el rostro del novio cuando besa los labios de su prometida. Pero la espina todavía no había llegado al corazón del ruiseñor, por eso el corazón de la rosa seguía siendo blanco, pues solo la sangre del corazón de un ruiseñor puede teñir de escarlata el corazón de una rosa.

Y el rosal presionó al ruiseñor para que se apretara más contra la espina.

—Acércate un poco más a la espina, pequeño ruiseñor —le advirtió el rosal—, o amanecerá antes de que hayas terminado.

Entonces el ruiseñor se apretó más contra la espina, y la espina le llegó al corazón y el pajarillo sintió una intensa punzada de dolor. Cuanto más amargo era su dolor, más impetuoso se volvía su canto, pues cantaba sobre el amor sublimado por la muerte, sobre el amor que no termina en el sepulcro.

Y la maravillosa rosa se tiñó de carmesí como la rosa del cielo de Oriente. Carmesíes eran los pétalos y carmesí como un rubí era el corazón.

Pero la voz del ruiseñor se fue apagando, empezó a batir las alas y una niebla cubrió sus ojos. Su canto se fue debilitando y sintió cómo algo le ahogaba en la garganta.

Entonces entonó un último canto. La pálida luna lo escuchó, olvidó el amanecer y se quedó en el cielo. La rosa roja lo escuchó, tembló de éxtasis y abrió los pétalos al aire fresco de la mañana. El eco se lo llevó a su caverna púrpura de las montañas y despertó a los pastores dormidos. Flotó por entre los juncos del río, que llevaron su mensaje al mar.

—Mira, mira —exclamó el rosal—, la rosa ya está terminada.

Pero el ruiseñor no contestó, pues yacía muerto sobre las altas hierbas con la espina atravesándole el corazón.

A mediodía, el estudiante abrió la ventana y miró hacia fuera.

—¡Vaya, qué suerte he tenido! —exclamó—. ¡Aquí hay una rosa roja! Nunca había visto una rosa como esta. Es tan hermosa que debe de tener un nombre en latín larguísimo.

Y se inclinó para recogerla.

A continuación, se puso el sombrero y corrió a casa del profesor con la rosa en la mano.

La hija del profesor estaba sentada en la puerta devanando una madeja de seda azul, con un perrito a sus pies.

—Dijiste que bailarías conmigo si te traía una rosa roja —dijo el estudiante—. Esta es la rosa más roja de todo el mundo. La llevarás esta noche cerca del corazón y mientras bailamos te dirá lo mucho que te amo.

Pero la muchacha frunció el ceño.

—Me temo que no combina con mi vestido —contestó—. Además, el sobrino del chambelán me ha mandado joyas de verdad, y todo el mundo sabe que las joyas cuestan mucho más que las flores.

—¡Qué ingrata eres! —dijo el estudiante, muy enfadado, y tiró la rosa al suelo; esta fue a parar a la alcantarilla y terminó bajo las ruedas de un carro.

—¿Ingrata? —repitió la muchacha—. Debes saber que tú eres muy grosero. Además, ¿tú quién eres? Un simple estudiante. Ni siquiera creo que llegues a lucir hebillas de plata en los zapatos como las del sobrino del chambelán.

Se levantó de la silla y entró en la casa.

—¡Qué tontería esto del amor! —exclamó el estudiante mientras se marchaba—. No es ni la mitad de útil que la lógica, pues no demuestra nada, habla siempre de cosas que no van a ocurrir y nos hace creer cosas que no son verdad. La verdad es que no es nada práctico y, dado que en estos tiempos ser práctico es lo más importante, volveré a la filosofía y al estudio de la metafísica.

Cuando llegó a su habitación, el estudiante abrió un libro enorme y lleno de polvo y se puso a leer.

Después del teatro

ANTÓN CHÉJOV
(1860-1904)

Al volver con mamá del teatro, donde representaban *Eugenio Oneguin,* Nadia Zelénina se metió enseguida en su habitación, se desvistió a toda prisa, se deshizo la trenza y, vestida apenas con una sencilla falda y una blusa, se sentó a la mesa a escribir la carta que habría escrito Tatiana.

«Yo le amo —escribió—, pero usted a mí no me ama. ¡No me ama!» Cuando lo tuvo escrito, se echó a reír.

Nadia tenía dieciséis años y todavía no amaba a nadie. Sabía que el oficial Gorni y el estudiante Gruzdev la amaban, pero ahora, volviendo de la ópera, había preferido dudar de ese amor. ¡Ay, lo interesante que resultaba ser una mujer infeliz a la que nadie amaba! Hay algo hermoso, conmovedor y poético cuando en una pareja uno ama más y el otro se muestra indiferente. Así, Oneguin resulta un personaje atractivo porque el amor le trae sin cuidado y Tatiana es encantadora porque desborda amor, y si ambos se amaran de la misma manera y fueran felices es muy probable que nos parecieran vulgares.

«Deje de intentar convencerme de que me ama —continuó escribiendo Nadia con el oficial Gorni en mente—, porque no puedo creerle una palabra.

Usted es un hombre inteligente, educado, serio, posee un talento inmenso y bien puede ser que le espere un futuro brillante, mientras que yo soy una pobre chica sin interés, y usted bien sabe que solo seré un estorbo en su vida. Es cierto que usted sintió algo por mí y llegó a creer que había encontrado en mí el ideal que perseguía, pero eso fue un error y ahora se pregunta desesperado por qué tuvo que toparse conmigo. ¡Solo su bondad le impide reconocerlo!»

Nadia sintió pena por sí misma, se echó a llorar y continuó escribiendo:

«Si no fuera porque me dolería abandonar a mi madre y a mi hermano, tomaría los hábitos y me iría al fin del mundo. Y entonces usted sería libre de encontrar un nuevo amor. ¡Ay, ojalá me muriera ahora mismo!»

Las lágrimas le impedían repasar lo escrito. Pequeños arcoíris rilaban en el escritorio, el suelo y el techo, como si Nadia mirara a través de un prisma. Tuvo que dejar de escribir y, echándose sobre el respaldo de la butaca, pensó en Gorni.

¡Dios mío, qué interesantes, qué encantadores son los hombres! Nadia recordó la expresión maravillosa, aduladora, culpable y suave que tenía el oficial cuando alguien discutía de música con él, y el esfuerzo que en tales circunstancias hacía para que la pasión no asomara al tono de su voz. En una sociedad en la que la apatía y una fría arrogancia se consideran señal de buena educación y noble temperamento conviene esconder las pasiones. Y él lo hace, aunque a duras penas lo consiga y todo el mundo se percate claramente de la enorme pasión que la música le inspira. Las discusiones eternas sobre música y los insolentes juicios que pronuncia gente que nada entiende de ella lo mantienen en un estado de tensión permanente y se le nota asustado, humilde, callado. Toca el piano de manera sublime, como un verdadero pianista, y si no fuera oficial del ejército, seguramente sería un músico célebre.

Las lágrimas se secaron en sus ojos. Nadia recordó cómo Gorni le había declarado su amor en una velada musical y otra vez más tarde junto a los vestuarios, donde había corrientes de aire frío procedentes de todos lados.

«Me alegra mucho que haya conocido por fin al estudiante Gruzdev —continuó—: es un hombre muy inteligente y creo que le tomará cariño.

Anoche vino a casa y se quedó hasta las dos. Todas estábamos encantadas con él y yo lamenté que usted no hubiera venido también. Dijo muchas cosas extraordinarias».

Nadia se acodó sobre la mesa y apoyó la cabeza en las manos. Sus cabellos cubrieron la carta. Recordó que el estudiante Gruzdev también la amaba y se le ocurrió que entonces tenía tanto derecho como Gorni a recibir una carta así. Sí, sí, ¿no haría mejor escribiéndole a Gruzdev? Y entonces, sin motivo alguno, la alegría se agitó en su pecho. Una alegría pequeñita primero, que rodaba por su pecho como una pelotita de goma y fue creciendo después, agigantándose hasta cobrar la fuerza de una ola. Nadia se olvidó de Gorni y de Gruzdev, su mente se hizo un lío, la alegría crecía y crecía sin parar, saltó de su pecho a los brazos y las piernas, y la joven sintió como si una suave y fresca brisa le acariciara la cabeza arremolinándole el cabello. Una leve risa le sacudió los hombros, sacudió también el escritorio y el vidrio de la lámpara, y unas lágrimas brotaron de los ojos y cayeron sobre la carta. Nadia no conseguía contener la risa y para demostrarse a sí misma que no reía sin motivo, buscó enseguida algún suceso gracioso que recordar.

—¡Cuánta gracia tenía aquel caniche! —balbuceó ahogada por la risa—. ¡Cuánta gracia, por Dios!

Recordó cómo la víspera, después de tomar el té, Gruzdev se puso a jugar con el caniche Maksím, y contó después la historia de otro caniche extraordinariamente listo que había perseguido a un cuervo en el patio, hasta que el cuervo se dio la vuelta de repente y lo acusó: «¡Qué bandido eres!», le espetó el cuervo al perrete. Y ahí el caniche, que desconocía que se las estaba viendo con un cuervo muy cultivado, se quedó de piedra, reculó perplejo y se puso a ladrar.

«No, será mejor que le escriba una carta a Gruzdev», se dijo Nadia y rompió la que había estado escribiendo.

Pensó en el estudiante, en el amor que le profesaba, en el que ella misma sentía por él, pero esas ideas se desvanecían y todo le venía a la mente de golpe: su madre, la calle, el lápiz, el piano... Sus pensamientos le producían felicidad y pensaba en que todo le iba bien, estupendamente, y la alegría que la embargaba iba anunciando la que vendría después, cuando todo le iría aún mejor. Pronto llegaría la primavera, y después ya sería verano y se iría con mamá a Gorbiki, Gorni iría a pasar allí las vacaciones y la llevaría a pasear por los jardines, cortejándola. También iría Gruzdev. Jugaría con ella al croquet y a los bolos, y le contaría cosas graciosas o sorprendentes. Sintió unas ganas intensas de disfrutar del jardín, la oscuridad, el cielo claro, las estrellas. Y ahí la risa volvió a sacudir sus hombros y tuvo la sensación de que olía a ajenjo y que una rama acababa de golpear su ventana.

Nadia se acercó a su cama, se sentó y sin saber qué hacer con la intensa alegría que se había apoderado de ella, dominándola por completo, miró la imagen que colgaba de la cabecera de la cama y exclamó:

—¡Ay, Dios mío! ¡Dios mío! ¡Dios mío!

La flor del membrillo

HENRY HARLAND
(1861-1905)

I

Theodore Vellan llevaba más de tres décadas fuera de Inglaterra. Treinta y tantos años atrás, había dejado a todas las personas de su entorno confusas y preocupadas debido a su repentina marcha y posterior desaparición. En aquel momento, su posición parecía especialmente satisfactoria. Era joven, tenía unos veintisiete o veintiocho años; era un hombre bastante acomodado, disponía de una renta de unas tres mil libras anuales; pertenecía a una familia magnífica, los Shropshire Vellan, cuyo título nobiliario estaba en poder de su tío, lord Vellan de Norshingfield; era apuesto, agradable, divertido y popular; y acababa de conseguir un escaño en la Cámara de los Comunes (en calidad de segundo diputado por Sheffingham), donde todo el mundo esperaba que llegara lejos gracias a su ambición e inteligencia.

Y entonces, y de forma repentina, renunció a su escaño y se marchó de Inglaterra. No le explicó a nadie los motivos que tenía para tomar aquella decisión tan inesperada. Se despidió brevemente por carta de algunos conocidos. «Me marcho a viajar por el mundo, estaré fuera durante un periodo de

 255

tiempo indefinido.» Ese periodo indefinido terminó convirtiéndose en más de treinta años y, durante los primeros veinte, únicamente su abogado y sus banqueros conocían su dirección, y jamás se la facilitaron a nadie. Durante los últimos diez se supone que estuvo afincado en la isla de Puerto Rico, donde tenía una plantación de azúcar. Entretanto su tío había muerto y su primo (el único hijo de su tío) había heredado el título. Pero este falleció poco después sin descendencia, por lo que sus propiedades y títulos nobiliarios recayeron sobre él, de modo que se vio obligado a regresar a Inglaterra: en el testamento de su primo había una veintena de beneficiarios menores, a quienes no podrían entregar su herencia a menos que el nuevo lord estuviera presente.

II

La señora Sandryl-Kempton estaba sentada delante del fuego en su espacioso, aireado y sombrío salón, pensando en el Theodore Vellan de antaño y preguntándose cómo sería el actual lord Vellan. Había recibido una carta suya esa mañana, enviada desde Southampton el día anterior, en la que le anunciaba: «Mañana estaré en la ciudad, en el hotel Bowden, en la calle Cork», y le preguntaba si podría pasar a verla. Ella le había contestado con un telegrama: «Ven a cenar esta noche a las ocho», invitación que él había aceptado, así que le pidió a su hijo que cenara en su club. Ahora estaba sentada delante de la chimenea, esperando a que llegara Theodore Vellan y recordando lo ocurrido treinta años atrás.

Por aquel entonces ella estaba a punto de casarse, y su marido, su hermano Paul y Theodore Vellan compartían una profunda amistad que se remontaba a sus tiempos de estudiantes en Oxford. Recordó a aquellos tres jóvenes apuestos, alegres e inteligentes y el brillante futuro que había imaginado para cada uno de ellos: su marido en la abogacía, su hermano en la Iglesia y Vellan desde luego no en política, nunca logró comprender sus aspiraciones políticas, no parecía que tuvieran nada que ver con su forma de ser; ella le veía haciendo carrera en la literatura, como poeta, pues sus versos le parecían extraordinarios y bellos. Pensó en todo aquello y entonces recordó que su marido estaba muerto, que su hermano estaba muerto, y que Theodore Vellan llevaba muerto para su mundo, en cualquier caso, más de treinta años. Ninguno de ellos había conseguido despuntar en nada; ninguno de los tres había estado a la altura de las expectativas sembradas en la juventud.

Sus recuerdos eran agridulces, le llenaban el corazón de alegría y dolor a partes iguales. Ella recordaba que Vellan había sido ante todo un hombre delicado. Era ingenioso, tenía sentido del humor, era imaginativo, pero, por encima de todo, era delicado: tenía una voz, una mirada y una forma de ser delicadas. Y esa delicadeza era la clave de su encanto; era, en realidad, una faceta de su modestia. «Era muy delicado, modesto, elegante y bondadoso», se dijo, y rememoró cientos de ejemplos de su delicadeza, modestia y amabilidad. Y no es que no fuera varonil, era un hombre con un gran espíritu y muy divertido, despreocupado y muy bromista. Y entonces recordó una escena que había ocurrido en aquel mismo salón hacía ya más de treinta años. Era la hora del té y en la mesa había un plato de galletas; ella, su marido y Vellan estaban solos. Su marido agarró un puñado de galletas y las fue lanzando al aire de una en una, mientras Vellan echaba la cabeza hacia atrás y las capturaba con la boca al caer, era una de sus habilidades. Sonrió al recordarlo y, al mismo tiempo, se llevó el pañuelo a los ojos.

«¿Por qué se marchó? ¿Qué pudo haber ocurrido?», se preguntó mientras renacía con fuerza el antiguo asombro ante lo ocurrido y sus antiguas ganas de entenderlo. «¿Pudo haber sido…? ¿Pudo haber sido…?» Y una vieja suposición, una vieja teoría, algo que jamás le había dicho a nadie pero que había sopesado en silencio volvió a pasar por su cabeza.

Entonces se abrió la puerta, el mayordomo masculló un nombre y ante ella apareció un hombre mayor, pálido, alto y de cabellos blancos, que le sonreía y le tendía las manos. Tardó un poco en comprender de quién se trataba. Había desdeñado el paso del tiempo sin darse cuenta, esperando que apareciera un jovencito de veintiocho años, moreno y con las mejillas sonrosadas.

Quizá él también se sorprendiera de encontrarse a una mujer de mediana edad con una cofia.

III

Después de la cena él no quiso separarse de su anfitriona y regresó junto a ella al salón, donde ella le dio permiso para fumar. Fumaba unos curiosos cigarrillos cubanos cuyo aroma era delicado y agradable. Habían hablado de todo; habían reído y suspirado recordando sus antiguas alegrías y penas. Todos sabemos que en los salones del recuerdo, la alegría y la tristeza van de la mano. Ella había llorado un poco la primera vez que nombraron a su marido y a su hermano, pero, un instante después, al recordar una anécdota graciosa, sonrió con los ojos llenos de lágrimas. «¿Te acuerdas de fulanito?» y «¿Qué habrá sido de este otro?» eran la clase de preguntas que se hacían, evocando viejos amigos y enemigos como fantasmas del pasado. Él describió casualmente la ciudad de Puerto Rico, sus negros y sus españoles, el clima, la flora y la fauna del lugar.

En el salón, se sentaron cada uno a un lado de la chimenea, y guardaron silencio un momento. Aprovechando el permiso que su anfitriona le había concedido, sacó uno de sus cigarrillos cubanos, lo abrió por las puntas, lo desenrolló, volvió a enrollarlo y lo encendió.

—Ya es hora de que me expliques lo que más deseo saber —dijo ella.

—¿Y qué es?

—Por qué te marchaste.

—Ah —murmuró él.

Ella esperó unos instantes.

—Cuéntamelo —le apremió.

—¿Recuerdas a Mary Isona? —preguntó.

Ella lo miró de repente, como sorprendida.

—¿Mary Isona? Sí, cómo no.

—Pues estaba enamorado de ella.

—¿Estabas enamorado de Mary Isona?

—Estaba profundamente enamorado de ella. Me temo que nunca he llegado a superarlo.

Ella clavó los ojos en el fuego. Apretó los labios. Vio a una muchacha delgada, con un sencillo vestido negro, un rostro delicado y pálido, los ojos brillantes, tristes y oscuros, y una cabellera negra y ondulada: Mary Isona, de ascendencia italiana, una modesta profesora de música, cuya única relación con el mundo en el que vivía Theodore Vellan era profesional. Entraba en aquel mundo de vez en cuando durante una hora o dos para tocar el piano o impartir alguna lección de música.

—Sí —repitió él—, estaba enamorado de ella. No he vuelto a enamorarme de ninguna otra mujer. Parece absurdo que un hombre mayor pueda decir estas cosas, pero sigo enamorado de ella. ¿Un hombre mayor? ¿De verdad nos hacemos mayores? Nuestro cuerpo envejece, se nos arruga la piel, nos salen canas, pero ¿qué hay de la mente, el espíritu y el corazón? ¿Eso que llamamos «yo»? Sea como sea, no pasa un día, ni una hora, sin que piense en ella, sin que la añore, sin que lamente su pérdida. Tú la conocías, ya sabes cómo era. ¿Recuerdas cómo tocaba? ¿Sus maravillosos ojos? ¿Su hermoso y pálido rostro? ¿Cómo le crecía el pelo en la frente? ¡Y su forma de hablar, su voz, su inteligencia! Sus gustos, sus instintos, en literatura, en arte, eran los más exquisitos que yo haya conocido jamás.

—Sí, sí, sí —dijo la señora Kempton lentamente—. Era una mujer singular. Yo la conocía bien, creo que la conocía mejor que nadie. Conocía todas las desgraciadas circunstancias de su vida: una madre terrible y vulgar; su pobre padre, un hombre soñador e incompetente; su pobreza, lo mucho que trabajaba. Y tú estabas enamorado de ella. ¿Por qué no te casaste con ella?

—Porque mi amor no era correspondido.

—¿Se lo pediste?

—No. No hizo falta. Era evidente.

—Eso nunca se sabe. Deberías habérselo pedido.

—Estuve a punto de hacerlo cientos veces. Me torturaba pensando en ello, preguntándome si tendría alguna oportunidad, debatiéndome entre la esperanza y el temor. Pero siempre que estaba a solas con ella me daba cuenta de que no tenía ninguna posibilidad. Su forma de tratarme era sincera y amistosa. Era inconfundible. Nunca se planteó siquiera que pudiera amarme.

—Cometiste un error al no pedírselo. Eso no se puede saber. ¡Oh! ¿Por qué no se lo pediste?

Su vieja amiga hablaba apasionadamente. Él la miró sorprendido y entusiasmado.

—¿De verdad piensas que ella podría haber sentido algo por mí?

—Oh, tendrías que habérselo pedido, tendrías que haberle preguntado —repitió ella.

—Bueno, ahora ya sabes por qué me marché.

—Sí.

—Cuando me enteré de su... de su muerte —no tuvo valor para decir «suicidio»—, ya no me quedaba nada que hacer. Fue tan horrible, tan atroz. Me resultaba imposible seguir con mi antigua vida, en el mismo lugar, con las personas de siempre. Quise irme con ella, hacer lo mismo que había hecho ella. La única alternativa que me quedaba era alejarme todo lo que pudiera de Inglaterra y de mí mismo, poner toda la distancia que pudiera.

—Alguna vez... —confesó al rato la señora Kempton— alguna vez me pregunté si quizá tu desaparición podría haber tenido algo que ver con la muerte de Mary, pues ocurrió inmediatamente después. Alguna vez me pregunté si, quizá, habías sentido algo por ella. Pero no podía creérmelo, solo lo pensaba porque las dos cosas ocurrieron seguidas. ¡Oh! ¿Por qué no se lo pediste? ¡Es horrible, horrible!

IV

Él se marchó, y ella se quedó un rato más sentada junto al fuego.

—Vivir es arriesgarse a cometer errores, muchos errores.

Era una frase que había leído en un libro unos días antes. En aquel momento había sonreído al leerla, ahora resonaba en sus oídos como la voz de un demonio burlón.

—Sí, arriesgarse a cometer muchos errores —masculló.

Se levantó y fue a su escritorio, abrió un cajón, rebuscó en su contenido y sacó una carta, una carta antigua, pues el papel había amarilleado y la tinta estaba medio borrosa. Volvió junto al fuego, desdobló la carta y la leyó. Eran seis páginas, escritas con una letra pequeña y femenina. Era una carta que Mary Isona le había escrito a ella, Margaret Kempton, la víspera de su

muerte, hacía más de treinta años. La autora de la misiva relataba las dificultades de su vida, pero decía que había podido soportarlo todo excepto un enorme y terrible secreto. Se había enamorado de un hombre que apenas era consciente de su existencia: ella, una insignificante profesora de música italiana se había enamorado de Theodore Vellan. Era como si se hubiera enamorado de un extraterrestre, pues ambos pertenecían a mundos muy distintos. Ella le amaba, pero sabía que no había esperanza y no podía soportarlo. Oh, sí, le veía de vez en cuando, aquí o allá, en casas a las que ella acudía a tocar, a impartir clases. Él era siempre muy educado con ella; era más que educado, era amable, le hablaba de literatura y de música. «Es tan dulce, fuerte e inteligente... pero nunca me ha visto como a una mujer, una mujer capaz de amar y ser amada. ¿Por qué iba a hacerlo? Si una polilla se enamora de la luna, la polilla está condenada a sufrir. Yo soy cobarde, soy débil, puedes pensar de mí todo lo que quieras, pero esto es demasiado para mí. La vida es demasiado dura. Mañana estaré muerta. Tú serás la única persona que sepa el motivo, y me guardarás el secreto.»

—¡Oh, qué lástima! ¡Qué lástima! —murmuró la señora Kempton—. Me pregunto si debería haberle enseñado la carta de Mary.

Un sacrificio por amor

O. HENRY
(1862-1910)

Cuando uno ama su propio arte, ningún sacrificio le parece excesivo. Esa es nuestra premisa, aunque esta historia llegará a una conclusión que demostrará, a la vez, que dicha premisa es incorrecta, lo que supondrá toda una novedad en lógica y un hito en la narración de cuentos más antiguo que la gran muralla China.

Joe Larrabee salió de las llanuras de robles del Medio Oeste con un don para el arte pictórico. A los seis años dibujó la bomba de la ciudad, junto a la cual pasaba con prisas uno de sus habitantes más conocidos. Enmarcaron y colgaron su obra en el escaparate de la tienda del pueblo, al lado de una mazorca con un número impar de hileras de granos. A los veinte años se marchó a Nueva York con una corbata floja y un capital un poco más apretado.

Delia Caruthers se manejaba de un modo tan prometedor con las seis octavas en un pueblecito del sur que sus familiares reunieron el dinero suficiente para que pudiera marcharse al «norte» y «terminar». No podían ver su f..., pero esa es nuestra historia.

Joe y Delia se conocieron en un atelier donde se había reunido un grupo de estudiantes de arte y música para hablar sobre el claroscuro, Wagner, la música, las obras de Rembrandt, los cuadros, Waldteufel, el papel pintado, Chopin y el té Oolong.

Joe y Delia se enamoraron el uno del otro, o mutuamente, como prefiera, y se casaron enseguida, pues (véase más arriba), cuando uno ama su arte, ningún sacrificio le parece excesivo.

El señor y la señora Larrabee comenzaron su andadura doméstica en un apartamento. Era un apartamento solitario, tan solitario como la A en el extremo izquierdo del teclado. Pero ellos eran felices, pues tenían su arte y se tenían el uno al otro. Yo aconsejaría a los jóvenes ricos que vendieran todas sus posesiones y se las dieran al pobre portero de su casa a cambio del privilegio de poder vivir en un apartamento con su arte y con su Delia.

Quienes vivan en un apartamento respaldarán mi máxima de que solo ellos son verdaderamente felices. Si en un hogar reina la felicidad nunca es demasiado pequeño: no importa que el tocador se desplome y se convierta en una mesa de billar, que la repisa de la chimenea se transforme en una máquina de remo, el escritorio en el dormitorio para invitados, el lavamanos en un piano vertical; no importa que las cuatro paredes se junten, siempre que usted y su Delia se queden atrapados entre ellas. Pero si el hogar es de otra clase, es mejor que sea amplio y extenso: entre por la Puerta de Oro, cuelgue el sombrero en Hatteras, la capa en Cabo de Hornos y salga por el Labrador.

Joe pintaba en la clase del gran Magister, todo el mundo conoce su fama. Sus honorarios son elevados, sus lecciones breves, sus tenues luces le han dado mucho prestigio. Delia estaba estudiando a las órdenes de Rosenstock, ya conoce usted la reputación que tiene de agitador de teclas de piano.

Fueron muy felices mientras tuvieron dinero. Como todo el mundo, pero no quiero ser cínico. Sus objetivos eran claros y definidos. Joe pronto sería capaz de pintar cuadros en su estudio, donde los ancianos de patillas estrechas y carteras abultadas se pelearían por el privilegio de poder comprarlos. Delia se familiarizaría con la música para desdeñarla después, de forma que cuando viera butacas de platea y palcos vacíos podría tener anginas y degustar langosta en un comedor reservado y negarse a salir al escenario.

Pero lo mejor, en mi opinión, era la vida hogareña en el pequeño apartamento: las apasionadas y volubles conversaciones que mantenían después

del día de estudio, las agradables cenas y los desayunos frescos y ligeros, el intercambio de ambiciones —ambiciones que se entrelazaban con las del otro o se descartaban—, la colaboración y la inspiración mutuas, e —ignoren mi naturalidad— las aceitunas rellenas y los bocadillos de queso a las once de la noche.

Pero con el tiempo, el arte empezó a pararse. A veces ocurre, incluso aunque el guardagujas no le haga ninguna señal con la bandera para que frene. Sale mucho y no entra nada, como se dice vulgarmente. No tenían dinero suficiente para pagar al señor Magister y a Herr Rosenstock. Cuando uno ama su arte, ningún sacrificio le parece excesivo. Y Delia tomó la decisión de impartir clases de música para que la olla siguiera hirviendo.

Pasó dos o tres días buscando alumnos. Un día llegó eufórica a casa.

—Joe, cariño —dijo contentísima—, tengo una alumna. ¡Y es encantadora! Es la hija del general... el general A. B. Pinkney, que vive en la Calle 71. Es una casa maravillosa, Joe, ¡deberías ver la entrada! Creo que tú dirías que es de estilo bizantino. ¡Y el interior! Oh, Joe, jamás había visto nada igual.

»Mi alumna es su hija Clementina. Y ya le tengo mucho cariño. Es muy delicada y siempre va vestida de blanco; ¡y tiene unos modales adorables y sencillos! Solo tiene dieciocho años. Le voy a dar clase tres veces por semana; ¡imagínate, Joe!, me pagarán cinco dólares por clase. Con estas condiciones no me importa en absoluto tener que dar clases, porque cuando tenga dos o tres alumnos más podré retomar mis clases con Herr Rosenstock. Venga, deja de fruncir el ceño, querido, y preparemos algo rico para cenar.

—Eso está genial para ti, Dele —dijo Joe atacando una lata de guisantes con un cuchillo y un hacha de cocina—, pero ¿y yo? ¿Crees que pienso dejar que trabajes de sol a sol a cambio de un sueldo mientras yo sigo coqueteando con las cumbres del arte? ¡Por los huesos de Benvenuto Cellini! De eso nada. Supongo que podría vender periódicos o poner adoquines en la calle y ganar un par de dólares.

Delia se acercó y le rodeó el cuello con los brazos.

—Joe, querido, no seas tonto. Debes seguir estudiando. Tampoco es que yo haya dejado la música y empezado a trabajar en otra cosa. Mientras enseño también aprendo. Siempre estoy rodeada de música. Y con quince dólares a la semana viviremos como millonarios. No deberías plantearte siquiera la posibilidad de dejar al señor Magister.

—Está bien —respondió Joe alargando el brazo para alcanzar el plato azul de las verduras—. Pero no soporto que des clases. Eso no es arte. Pero eres muy buena por hacer una cosa así.

—Cuando uno ama su arte, ningún sacrificio le parece excesivo —dijo Delia.

—El señor Magister ha elogiado el boceto que hice en el parque —comentó Joe—. Y Tinkle me ha dado permiso para que cuelgue dos de ellos en su escaparate. Si los ve algún idiota acaudalado quizá consiga vender alguno.

—Estoy convencida de que lo conseguirás —respondió Delia con amabilidad—. Y ahora demos las gracias por el general Pinkney y por este asado de ternera.

Durante la semana siguiente, los Larrabee desayunaron pronto. Joe estaba entusiasmado con unos bocetos matutinos que estaba haciendo en Central Park, y Delia lo despedía ya desayunado, mimado, agasajado y besado a las siete de la mañana. El arte es un amante exigente. Muchos días eran casi las siete de la tarde cuando regresaba a casa.

A finales de semana Delia, dulcemente orgullosa pero cansada, dejaba complacida tres billetes de cinco dólares encima de la mesa de centro de 8×10 (pulgadas) en la sala de estar de 8×10 (pies).

—A veces Clementina me agota —dijo un poco fatigada—. Me parece que no practica lo suficiente y tengo que repetirle una y otra vez las mismas cosas. Además, siempre se viste totalmente de blanco y es muy monótono. ¡Pero el general Pinkney es un hombre maravilloso! Me encantaría que lo conocieras, Joe. A veces se planta allí cuando estoy con Clementina al piano (es viudo, ¿sabes?), y acariciándose la barba blanca pregunta: «¿Cómo van las semicorcheas y las fusas?».

»¡Ojalá pudieras ver el revestimiento de madera que hay en la sala de estar, Joe! Tienen cortinas de ruedo de astracán. Y Clementina tiene una tos muy graciosa. Espero que sea más fuerte de lo que aparenta. Le estoy tomando mucho cariño, es muy amable y educada. El hermano del general Pinkney fue embajador en Bolivia.

Y entonces Joe, con un aire a lo Montecristo, sacó un billete de diez dólares, otro de cinco, otro de dos y otro de uno —todos billetes legales—, y los dejó junto a las ganancias de Delia.

—He vendido la acuarela del obelisco a un hombre de Peoria —anunció con orgullo.

—No me tomes el pelo —dijo Delia—. ¿De Peoria?

—Te lo aseguro. Ojalá lo hubieras visto, Dele. Un tipo gordo, con una bufanda de lana y un palillo hecho con una pluma de ave. Vio el dibujo en el escaparate de Tinkle y al principio pensó que era un molino. Pero se animó y lo compró de todas formas. Me ha encargado otro, un óleo de la estación ferroviaria de Lackawanna; se lo quiere llevar. ¡Clases de música! Oh, creo que sigue habiendo arte en eso.

—Me alegro mucho de que no te hayas rendido —dijo Delia con entusiasmo—. Lo vas a conseguir, cariño. ¡Treinta y tres dólares! Nunca habíamos tenido tanto dinero. Esta noche cenaremos ostras.

—Y *filet mignon* con champiñones —añadió Joe—. ¿Dónde está el tenedor de las aceitunas?

El siguiente sábado por la noche, Joe fue el primero en regresar a casa. Dejó sus dieciocho dólares en la mesa de la sala y se lavó lo las manos, que estaban muy manchadas de pintura negra.

Delia llegó media hora más tarde con la mano derecha envuelta en un montón de trapos y vendajes.

—¿Qué ha pasado? —preguntó Joe después del habitual intercambio de saludos.

Delia se rio, pero no lo hizo con mucha alegría.

—Clementina se empeñó en quería conejo galés después de clase —explicó—. Es una muchacha muy rara. ¿Quién quiere comer conejo galés a las cinco de la tarde? El general también estaba allí. Deberías haber visto cómo salía corriendo a por la plancha, Joe, como si no tuviera criados. Me he dado cuenta de que Clementina no goza de muy buena salud; es muy nerviosa. Y al servir se le ha caído un trozo de conejo hirviendo sobre mi brazo. Me ha dolido muchísimo, Joe. ¡Y la pobre estaba muy afectada! Pero el general Pinkney estaba muy preocupado. Ha bajado corriendo y ha enviado a alguien a la farmacia —dicen que el cocinero o alguien del servicio que estaba en el sótano— en busca de algún ungüento y todo lo necesario para vendarme la quemadura. Ahora ya no me duele tanto.

—¿Qué es esto? —preguntó Joe agarrándole la mano con ternura y tirando de unas cintas blancas que asomaban por debajo de los vendajes.

—Es algodón con ungüento —dijo Delia—. Oh, Joe, ¿has vendido otro dibujo?

Había visto el dinero encima de la mesa.

—¿Si lo he vendido? —respondió Joe—. Pregúntale al tipo de Peoria. Hoy ha recogido la pintura de la estación y, aunque no es seguro, quizá me encargue otro paisaje de un parque y una vista del Hudson. ¿A qué hora de la tarde te has quemado la mano, Dele?

—Me parece que eran las cinco —respondió ella lamentándose—. La plancha, es decir, el conejo, lo sacaron del fuego más o menos a esa hora. Deberías haber visto al general Pinkney, Joe, cuando...

—Siéntate aquí un momento, Dele —dijo Joe.

La acompañó al sofá, se sentó a su lado y le rodeó los hombros con el brazo.

—¿Qué has estado haciendo durante estas dos últimas semanas, Dele? —preguntó.

Ella lo desafió un instante con los ojos llenos de amor y obstinación, y murmuró una o dos frases acerca del general Pinkney, pero al final agachó la cabeza y aparecieron la verdad y las lágrimas.

—No conseguía alumnos —confesó—. Y no podía soportar la idea de que tuvieras que dejar las clases, y encontré un trabajo planchando camisas en esa enorme tintorería de la calle veinticuatro. Creo que he hecho un gran trabajo inventándome al general Pinkney y a Clementina, ¿no crees, Joe? Y esta tarde una chica de la lavandería me ha puesto una plancha ardiendo en el brazo, así que me he inventado esta historia del conejo galés mientras volvía a casa. No estás enfadado, ¿verdad, Joe? Si yo no hubiera conseguido el trabajo, quizá no habrías vendido tus pinturas a ese hombre de Peoria.

—No era de Peoria —confesó Joe lentamente.

—Bueno, no importa de dónde fuera. ¡Eres tan listo, Joe! Bésame. ¿Qué te ha hecho sospechar que no le estaba dando clases de piano a Clementina?

—No me había dado cuenta hasta esta noche. Y no habría desconfiado si no hubiera sido porque esta tarde he mandado ese trozo de tela de algodón y un poco de ungüento desde la sala de máquinas para una chica que se había quemado con una plancha. Llevo dos semanas encargándome del mantenimiento de las máquinas de esa misma tintorería.

—Entonces no has...

—Mi comprador de Peoria y el general Pinkney son dos creaciones del mismo arte —dijo Joe—, pero no podemos llamarlo ni pintura ni música.

Los dos se rieron y Joe empezó a decir:

—Cuando uno ama su arte ningún sacrificio le parece...

Pero Delia lo interrumpió poniéndole la mano en los labios.

—No —dijo—, «cuando uno ama», sin más.

La muerte de Isolda

HORACIO QUIROGA
(1878-1937)

Concluía el primer acto de *Tristán e Isolda*. Cansado de la agitación de ese día, me quedé en mi butaca, muy contento de mi soledad. Volví la cabeza a la sala, y detuve en seguida los ojos en un palco bajo.

Evidentemente, un matrimonio. Él, un marido cualquiera, y tal vez por su mercantil vulgaridad y la diferencia de años con su mujer, menos que cualquiera. Ella, joven, pálida, con una de esas profundas bellezas que más que en el rostro —aun bien hermoso— residen en la perfecta solidaridad de mirada, boca, cuello, modo de entrecerrar los ojos. Era, sobre todo, una belleza para hombres, sin ser en lo más mínimo provocativa; y esto es precisamente lo que no entenderán nunca las mujeres.

La miré largo rato a ojos descubiertos porque la veía muy bien, y porque cuando el hombre está así en tensión de aspirar fijamente un cuerpo hermoso, no recurre al arbitrio femenino de los anteojos.

Comenzó el segundo acto. Volví aún la cabeza al palco, y nuestras miradas se cruzaron. Yo, que había apreciado ya el encanto de aquella mirada vagando por uno y otro lado de la sala, viví en un segundo, al sentirla directamente apoyada en mí, el más adorable sueño de amor que haya tenido nunca.

Fue aquello muy rápido: los ojos huyeron, pero dos o tres veces, en mi largo minuto de insistencia, tornaron fugazmente a mí.

Fue asimismo, con la súbita dicha de haberme soñado un instante su marido, el más rápido desencanto de un idilio. Sus ojos volvieron otra vez, pero en ese instante sentí que mi vecino de la izquierda miraba hacia allá, y, después de un momento de inmovilidad por ambas partes, se saludaron.

Así, pues, yo no tenía el más remoto derecho a considerarme un hombre feliz, y observé a mi compañero. Era un hombre de más de treinta y cinco años, de barba rubia y ojos azules de mirada clara y un poco dura, que expresaba inequívoca voluntad.

—Se conocen —me dije— y no poco.

En efecto, después de la mitad del acto mi vecino, que no había vuelto a apartar los ojos de la escena, los fijó en el palco. Ella, la cabeza un poco echada atrás, y en la penumbra, lo miraba también. Me pareció más pálida aún. Se miraron fijamente, insistentemente, aislados del mundo en aquella recta paralela de alma a alma que los mantenía inmóviles.

Durante el tercero, mi vecino no volvió un instante la cabeza. Pero antes de concluir aquel, salió por el pasillo lateral. Miré al palco, y ella también se había retirado.

—Final de idilio —me dije melancólicamente.

Él no volvió más, y el palco quedó vacío.

—Sí, se repiten —sacudió largo rato la cabeza—. Todas las situaciones dramáticas pueden repetirse, aun las más inverosímiles, y se repiten. Es menester vivir, y usted es muy muchacho... Y las de su *Tristán* también, lo que no obsta para que haya allí el más sostenido alarido de pasión que haya gritado alma humana. Yo quiero tanto como usted esa obra, y acaso más. No me refiero, querrá creer, al drama de *Tristán*, y con él las treinta y seis situaciones del dogma, fuera de las cuales todas son repeticiones. No; la escena que vuelve como una pesadilla, los personajes que sufren la alucinación de una dicha muerta, es otra cosa. Usted asistió al preludio de una de esas repeticiones... Sí, ya sé que se acuerda... No nos conocíamos con usted entonces... ¡Y precisamente a usted debía de hablarle de esto! Pero juzga mal lo que vio y creyó un acto mío feliz... ¡Feliz!... óigame. El buque parte dentro de un momento, y esta vez no vuelvo más... Le cuento esto a usted, como si se lo pudiera escribir, por dos razones: Primero, porque usted tiene un parecido pasmoso con lo que era yo entonces —en lo bueno únicamente, por suerte—. Y segundo, porque usted, mi joven amigo, es perfectamente incapaz de pretenderla, después de lo que va a oír. Óigame:

»La conocí hace diez años, y durante los seis meses que fui su novio hice cuanto estuvo en mí para que fuera mía. La quería mucho, y ella, inmensamente a mí. Por esto cedió un día, y desde ese instante mi amor, privado de tensión, se enfrió.

»Nuestro ambiente social era distinto, y mientras ella se embriagaba con la dicha de poseer mi nombre, yo vivía en una esfera de mundo donde me era inevitable flirtear con muchachas de apellido, fortuna, y a veces muy lindas.

»Una de ellas llevó conmigo el flirteo bajo parasoles de *garden party* a un extremo tal, que me exasperé y la pretendí seriamente. Pero si mi persona era interesante para esos juegos, mi fortuna no alcanzaba a prometerle el tren necesario, y me lo dio a entender claramente.

»Tenía razón, perfecta razón. En consecuencia, flirteé con una amiga suya, mucho más fea, pero infinitamente menos hábil para estas torturas del *téte-à-téte* a diez centímetros, cuya gracia exclusiva consiste en enloquecer a su *flirt,* manteniéndose uno dueño de sí. Y esta vez no fui yo quien se exasperó.

»Seguro, pues, del triunfo, pensé entonces en el modo de romper con Inés. Continuaba viéndola, y aunque no podía ella engañarse sobre el amortiguamiento de mi pasión, su amor era demasiado grande para no iluminarle los ojos de felicidad cada vez que me veía llegar.

»La madre nos dejaba solos; y aunque hubiera sabido lo que pasaba, habría cerrado los ojos para no perder la más vaga posibilidad de subir con su hija a una esfera mucho más alta.

»Una noche fui allá dispuesto a romper, con visible malhumor, por lo mismo. Inés corrió a abrazarme, pero se detuvo, bruscamente pálida.

»—¿Qué tienes? —me dijo.

»—Nada —le respondí con sonrisa forzada, mientras le acariciaba la frente. Ella dejó hacer, sin prestar atención a mi mano y me miró insistentemente. Al fin apartó los ojos contraídos y entramos en la sala.

»La madre vino, pero sintiendo cielo de tormenta, estuvo solo un momento y desapareció.

»Romper es palabra corta y fácil; pero comenzarlo...

»Nos habíamos sentado y no hablábamos. Inés se inclinó, me apartó la mano de la cara y me clavó los ojos, dolorosos de angustioso examen.

»—¡Es evidente!... —murmuró.

»—¿Qué? —le pregunté fríamente.

»La tranquilidad de mi mirada le hizo más daño que mi voz, y su rostro se demudó:

»—¡Que ya no me quieres! —articuló en una desesperada y lenta oscilación de cabeza.

»—Esta es la quincuagésima vez que dices lo mismo —respondí.

»No podía darse respuesta más dura; pero yo tenía ya el comienzo.

»Inés me miró un rato casi como a un extraño, y al tiempo que apartaba bruscamente la mano con el cigarro, su voz se rompió:

»—¡Esteban!

»—¿Qué? —torné a repetir.

»Esta vez bastaba. Dejó lentamente mi mano y se reclinó atrás en el sofá, mientras mantenía fijo en la lámpara su rostro lívido. Pero un momento después su cara caía de costado bajo el brazo crispado al respaldo.

»Pasó un rato aún. La injusticia de mi actitud —no veía en ella más que injusticia— acrecentaba el profundo disgusto de mí mismo. Por eso cuando oí, o más bien sentí, que las lágrimas brotaban al fin, me levanté con un violento chasquido de lengua.

»—Yo creía que no íbamos a tener más escenas —le dije al tiempo que paseaba.

No me respondió, y agregué:

»—Pero que sea esta la última.

»Sentí que las lágrimas se detenían, y bajo ellas me respondió un momento después:

»—Como quieras.

»Pero en seguida cayó sollozando sobre el sofá:

»—¡Pero qué te he hecho! ¡Qué te he hecho!

»—¡Nada! —le respondí—. Pero yo tampoco te he hecho nada a ti... Creo que estamos en el mismo caso. ¡Estoy harto de estas cosas!

»Mi voz era seguramente mucho más dura que mis palabras. Inés se incorporó, y sosteniéndose en el brazo del sofá, repitió, helada:

»—Como quieras.

»Era una despedida. Yo iba a romper, y se me adelantaban. El amor propio, el vil amor propio tocado a vivo, me hizo responder:

»—Perfectamente... Me voy. Que seas más feliz... otra vez.

»No comprendió, y me miró con extrañeza. Yo había ya cometido la primera infamia; y como en esos casos, sentí el vértigo de enlodarme más aún.

»—¡Es claro! —apoyé brutalmente—. Porque de mí no has tenido queja.... ¿no? Es decir: te hice el honor de ser tu amante, y debes estarme agradecida.

»Comprendió más mi sonrisa que mis palabras, y mientras yo salía a buscar mi sombrero en el corredor, su cuerpo y su alma entera se desplomaban en la sala. Entonces, en ese instante en que crucé la galería, sentí intensamente lo que acababa de hacer. Aspiración de lujo, matrimonio encumbrado, todo me resaltó como una llaga en mi propia alma. Y yo, que me ofrecía en subasta a las mundanas feas con fortuna, que me ponía en venta, acababa de cometer el acto más ultrajante con la mujer que nos ha querido demasiado... Flaqueza en el Monte de los Olivos, o momento vil en un hombre que no lo es, llevan al mismo fin: ansia de sacrificio, de reconquista más alta del propio valer. Y luego la inmensa sed de ternura, de borrar beso tras beso las lágrimas de la mujer adorada, cuya primera sonrisa tras la herida que le hemos causado es la más bella luz que pueda inundar un corazón de hombre.

»¡Y concluido! No me era posible ante mí mismo volver a tomar lo que acababa de ultrajar de ese modo: ya no era digno de ella, ni la merecía más. Había enlodado en un segundo el amor más puro que hombre alguno haya sentido sobre sí, y acababa de perder con Inés la inencontrable felicidad de poseer a quien nos ama entrañablemente.

»Desesperado, humillado, crucé por delante de la sala, y la vi echada sobre el sofá, sollozando el alma entera, entre sus brazos.

»¡Inés! ¡Perdida ya! Sentí más honda mi miseria ante su cuerpo, todo amor, sacudido por los sollozos de su dicha muerta. Sin darme cuenta casi, me detuve.

»—¡Inés! —dije.

»Mi voz no era ya la de antes. Y ella debió notarlo bien, porque su alma sintió, en aumento de sollozos, el desesperado llamado que le hacía mi amor —¡esa vez, sí, inmenso amor!

»—No, no... —me respondió—. ¡Es demasiado tarde!

Padilla se detuvo. Pocas veces he visto amargura más seca y tranquila que la de sus ojos cuando concluyó. Por mi parte, no podía apartar de mi memoria aquella adorable belleza del palco, sollozando sobre el sofá...

—Me creerá —reanudó Padilla— si le digo que en mis insomnios de soltero descontento de sí mismo la he tenido así ante mí... Salí enseguida de Buenos Aires sin ver casi a nadie, y menos a mi *flirt* de gran fortuna... Volví a los ocho años, y supe entonces que se había casado, a los seis meses de haberme ido y torné a alejarme, y hace un mes regresé, bien tranquilizado ya, y en paz.

»No había vuelto a verla. Era para mí como un primer amor, con todo el encanto dignificante que un idilio virginal tiene para el hombre hecho que después amó cien veces... Si usted es querido alguna vez como yo lo fui, y ultraja como yo lo hice, comprenderá toda la pureza que hay en mi recuerdo.

»Hasta que una noche tropecé con ella. Sí, esa misma noche en el teatro... Comprendí, al ver al opulento almacenero de su marido, que se había precipitado en el matrimonio, como yo al Ucayali… Pero al verla otra vez, a veinte metros de mí, mirándome, sentí que en mi alma, dormida en paz, surgía sangrando la desolación de haberla perdido, como si no hubiera pasado un solo día de esos diez años. ¡Inés! Su hermosura, su mirada —única entre todas las mujeres—, habían sido mías, bien mías, porque me habían sido entregadas con adoración. También apreciará usted esto algún día.

»Hice lo humanamente posible para olvidar, me rompí las muelas tratando de concentrar todo mi pensamiento en la escena. Pero la prodigiosa partitura de Wagner, ese grito de pasión enfermante, encendió en llama viva lo que quería olvidar. En el segundo o tercer acto no pude más y volví la cabeza. Ella también sufría la sugestión de Wagner, y me miraba. ¡Inés, mi vida! Durante medio minuto su boca, sus manos, estuvieron bajo mi boca y mis ojos, y durante ese tiempo ella concentró en su palidez la sensación de esa dicha muerta hacía diez años. ¡Y *Tristán* siempre, sus alaridos de pasión sobrehumana, sobre nuestra felicidad yerta!

»Me levanté entonces, atravesé las butacas como un sonámbulo, y avancé por el pasillo aproximándome a ella sin verla, sin que me viera, como si durante diez años no hubiera yo sido un miserable…

»Y como diez años atrás, sufrí la alucinación de que llevaba mi sombrero en la mano e iba a pasar delante de ella.

»Pasé, la puerta del palco estaba abierta, y me detuve enloquecido. Como diez años antes sobre el sofá ella, Inés, tendida ahora en el diván del antepalco, sollozaba la pasión de Wagner y su felicidad deshecha.

»¡Inés!… Sentí que el destino me colocaba en un momento decisivo. ¡Diez años!… ¿Pero habían pasado? ¡No, no, Inés mía!

»Y como entonces, al ver su cuerpo todo amor, sacudido por los sollozos, la llamé:

»—¡Inés!

»Y como diez años antes, los sollozos redoblaron, y como entonces me respondió bajo sus brazos:

»—No, no… ¡Es demasiado tarde!…

Lección de canto

KATHERINE MANSfiELD
(1888-1923)

Desesperada, con una desesperación gélida y punzante clavada en el corazón como un malvado cuchillo, la señorita Meadows avanzó por el pasillo que conducía al auditorio ataviada con toga y bonete, y con una pequeña batuta en la mano. A su alrededor correteaban, brincaban y revoloteaban muchachas de todas las edades, con las mejillas sonrosadas por el aire fresco y rebosantes de la alegre excitación que se siente al llegar corriendo a la escuela una agradable mañana de otoño. Desde las aulas vacías se oía el rápido resonar de las voces; sonó un timbre, una voz parecida a la de un pajarito dijo: «Muriel». Y entonces, desde la escalera, se escuchó un gran estruendo. A alguien se le habían caído las pesas de gimnasia.

La profesora de Ciencias interceptó a la señorita Meadows.

—Buenos días —exclamó con un tono dulce e impostado—. Qué frío, ¿verdad? Parece que estemos en invierno.

La señorita Meadows, herida como estaba por ese cuchillo, miró con odio a la profesora de Ciencias. Todo en aquella mujer era dulce, pálido, meloso. No le habría sorprendido lo más mínimo descubrir una abeja enredada entre los mechones de su cabello rubio.

—Sí, hace mucho frío —contestó la señorita Meadows muy seria.

La otra esbozó su sonrisa dulzona.

—Parece que esté usted helada —dijo.

Abrió sus enormes ojos azules, en los que apareció un cierto brillo burlón. (¿Se habría dado cuenta de algo?)

—No, no es para tanto —contestó la señorita Meadows, que respondió con una mueca a la sonrisa de la profesora de Ciencias y siguió su camino.

Las clases de cuarto, quinto y sexto estaban reunidas en el auditorio. El bullicio era ensordecedor. En la tarima, junto al piano, aguardaba Mary Beazley, la alumna favorita de la señorita Meadows, que se encargaba de tocar los acompañamientos. Estaba girando el atril cuando vio llegar a la señorita Meadows y gritó: «¡Silencio, chicas!»; la señorita Meadows avanzó por el pasillo central con las manos escondidas en las mangas de la toga y la batuta bajo el brazo, subió los escalones de la tarima, se dio la vuelta rápidamente, agarró el atril de latón, se lo puso delante y dio dos golpes secos con la batuta pidiendo silencio.

—¡Silencio, por favor! ¡Silencio inmediatamente!

Y sin mirar a nadie en concreto, sus ojos se pasearon por ese mar de coloridas blusas de franela, de rostros y manos sonrosadas, de lazos en el pelo que temblaban cual mariposas y libros de música abiertos. Sabía perfectamente lo que estaban pensando: «Meady está de mal humor». ¡Pues que pensaran lo que les diera la gana! Pestañeó y levantó la cabeza con actitud desafiante. ¿Qué importancia podía tener lo que pensaran esas criaturas para alguien que se desangraba, herida de muerte en el corazón, en el mismísimo corazón, debido a aquella carta...?

> Cada vez estoy más convencido de que nuestro matrimonio sería un error. Y no es que no te ame. Te quiero todo lo que yo podría amar a una mujer, pero, a decir verdad, he llegado a la conclusión de que no tengo madera de hombre casado, y la idea de sentar la cabeza solo me provoca...

Había tachado «repugnancia» y encima había escrito «aflicción».

¡Basil! La señorita Meadows se acercó al piano. Y Mary Beazley, que había estado esperando ese momento, se inclinó hacia delante y los rizos le cayeron sobre las mejillas mientras susurraba:

—Buenos días, señorita Meadows.

Y, en lugar de entregárselo, le señaló un precioso crisantemo amarillo. Llevaban mucho tiempo repitiendo ese pequeño ritual de la flor, casi un trimestre y medio. Formaba parte de la lección, igual que abrir el piano. Pero esa mañana, en lugar de tomarlo, en lugar de prendérselo del cinturón mientras se inclinaba hacia Mary y le decía: «Gracias, Mary. ¡Qué hermoso! Abra el libro por la página treinta y dos», la estudiante se sintió horrorizada al ver que la señorita Meadows ignoraba el crisantemo por completo, no contestaba a su saludo y decía con voz gélida:

—Página catorce, por favor, y marque bien los acentos.

¡Qué desconcierto! Mary se sonrojó hasta que los ojos se le llenaron de lágrimas, pero la señorita Meadows ya había vuelto al atril, y su voz resonó por todo el auditorio.

—Página catorce. Empezaremos por la página catorce. *Un lamento.* A ver, niñas, a estas alturas ya deberían saberlo de memoria. Lo cantaremos todas juntas, no por partes, sino todo seguido. Y sin expresividad. Quiero que lo canten con sencillez y llevando el compás con la mano izquierda.

Levantó la batuta y dio dos golpecitos sobre el atril. Mary empezó a tocar los primeros acordes; todas las manos izquierdas comenzaron a balancearse en el aire, y enseguida empezaron a sonar aquellas vocecitas gritonas y juveniles cantando con tristeza:

> ¡Rápido! Con qué rapidez se marchitan las rosas del placer;
> qué pronto cede el otoño al inclemente invierno.
> ¡Efímera! Qué efímera es la alegría de la música,
> desapareciendo del atento oído.

Dios mío, ¿habría algo más trágico que aquel lamento? Cada nota era un suspiro, un sollozo, un gemido de terrible dolor. La señorita Meadows levantó los brazos dentro de la ancha toga y empezó a dirigir con ambas manos. «...Cada vez estoy más convencido de que nuestro matrimonio sería un error...», marcó. Y las voces entonaron con tristeza: «Efímera, qué efímera.» ¡Cómo se le había ocurrido escribir esa carta! ¿Qué podía haberle empujado a hacer algo así? No tenía ningún sentido. En su última carta solo había hablado de una librería de roble ahumado que había comprado para «nuestros» libros, y un «elegante perchero» que había visto, «una pieza preciosa con un búho tallado sobre una rama, que sostenía en las garras tres cepillos para los sombreros». ¡Cómo la había hecho sonreír! ¡Qué propio de un hombre pensar que alguien podía necesitar tres cepillos para los sombreros! «Desapareciendo del atento oído...», entonaban las voces.

—Otra vez —dijo la señorita Meadows—, pero esta vez la cantaremos por partes. Todavía sin darle expresividad alguna.

—*¡Rapido! Con qué rapidez...* —al añadir la intensidad de las contraltos era inevitable sentir un estremecimiento— *se marchitan las rosas del placer.*

La última vez que había ido a verla, Basil había lucido una rosa en el ojal. ¡Qué apuesto estaba con aquel traje azul y la rosa roja! Y él también lo sabía. Era imposible que no lo supiera. Primero se atusó el pelo, después el bigote; y cuando sonreía le brillaban los dientes.

—La esposa del director insiste en invitarme a cenar. Es muy engorroso. Nunca consigo tener una tarde para mí.

—¿Y no puedes rechazar la invitación?

—A un hombre de mi posición no le conviene ser impopular.

—*... la alegría de la música...* —atronaban las voces.

Al otro lado de los altos y estrechos ventanales el viento agitaba los sauces. Habían perdido la mitad de las hojas. Las que quedaban, diminutas, se movían como peces atrapados en un anzuelo.

«No tengo madera de hombre casado...»

Las voces se apagaron; el piano aguardaba.

—Bastante bien —admitió la señorita Meadows, pero seguía empleando un tono tan grave y rígido que las niñas más pequeñas empezaron a asustarse de verdad—. Pero ahora que ya se la saben, deberíamos cantarla con expresividad. Con toda la que puedan. Piensen en la letra, niñas. Utilicen la imaginación. *¡Rápido! Con qué rapidez...* —entonó la señorita Meadows—. Esa parte debería destacar, tiene que ser alta, intensa, un *forte:* es un lamento. Y después, en el segundo verso, donde dice «inclemente invierno», tienen que conseguir que ese «inclemente» suene como si un gélido viento soplara a través de él. ¡In-cle-men-te! —exclamó con tanta tristeza que Mary Beazley, sentada al piano, se estremeció—. El tercer verso debería ser un *crescendo. ¡Efímera! Qué efímera es la alegría de la música.* Se rompe con la primera palabra del último verso, «desapareciendo». Y cuando lleguen al «atento» ya debe empezar a descender, a morir..., hasta que la palabra «oído» no sea más que un susurro. En el último verso pueden ir descendiendo todo lo que quieran hasta llegar al final. Veamos.

Otros dos golpecitos y volvió a levantar los brazos.

—*¡Rápido! Con qué rapidez.*

«... y la idea de sentar la cabeza solo me provoca repugnancia...». Había escrito la palabra «repugnancia». Eso era lo mismo que decir que rompía el compromiso. ¡Su compromiso estaba roto! ¡Su compromiso! A todo el mundo le había sorprendido bastante que se hubiera comprometido. Al principio, la profesora de Ciencias no se lo creyó. Pero ella había sido la primera sorprendida. Ya tenía treinta años. Basil, veinticinco. Había sido un milagro, un auténtico milagro, escucharle decir, mientras volvían paseando a casa desde la iglesia aquella noche oscura: «¿Sabes? No sé cómo ha ocurrido, pero te he tomado cariño». Y le había agarrado una punta de la boa de plumas de avestruz.

—*... desapareciendo del atento oído...*

—¡Otra vez! ¡Otra vez! —exclamó la señorita Meadows—. ¡Más expresividad, niñas! ¡Una vez más!

—*¡Rápido! Con qué rapidez...*

Las muchachas mayores tenían el rostro encendido; algunas de las pequeñas se echaron a llorar. Grandes gotas de lluvia salpicaron los cristales, y se oía el murmullo de los sauces: «no es que no te ame...».

«Pero, querido, si me amas —pensó la señorita Meadows—, no me importa en qué medida. Ámame tan poco como quieras.» Pero sabía que él no la amaba. ¡Ni siquiera lo suficiente como para haberse molestado en tachar bien la palabra «repugnancia» para que ella no pudiera leerla!

—*... qué pronto cede el otoño al inclemente invierno.*

También tendría que dejar la escuela. Jamás podría volver a ver a la profesora de Ciencias o a sus alumnas cuando se supiera la noticia. Tendría que desaparecer, marcharse a otro lugar.

—... *desapareciendo...*

Las voces empezaron a morir, a apagarse, a susurrar... a desvanecerse...

De pronto se abrió la puerta. Una niña pequeña vestida de azul recorrió algo nerviosa el pasillo moviendo la cabeza, mordiéndose los labios y dándole vueltas a la pulsera de plata que llevaba en la muñeca sonrosada. Subió los escalones y se detuvo ante la señorita Meadows.

—Monica, ¿qué sucede?

—Disculpe, señorita Meadows —dijo la chiquilla jadeando—. La señorita Wyatt quiere verla en el despacho de dirección.

—Muy bien —respondió la señorita Meadows. Y dijo a las chicas—: Confío en que se esforzarán por hablar en voz baja mientras yo no esté.

Pero estaban demasiado impresionadas para hacer nada. La mayoría se estaba sonando la nariz.

En los pasillos hacía frío y había tanto silencio que los pasos de la señorita Meadows resonaban. La directora estaba sentada a su escritorio. Tardó un poco en levantar la cabeza. Estaba desenredando las gafas que, como de costumbre, se le habían quedado enganchadas en la corbata de puntilla.

—Siéntese, señorita Meadows —dijo con mucha amabilidad. Y a continuación tomó un sobre rosado que había sobre el secante del escritorio—. La he mandado llamar porque ha llegado este telegrama para usted.

—¿Un telegrama para mí, señorita Wyatt?

¡Basil! Se ha suicidado, decidió la señorita Meadows. Alargó la mano enseguida, pero la señorita Wyatt retuvo el telegrama un momento.

—Espero que no sean malas noticias —dijo con impostada amabilidad. Y la señorita Meadows lo abrió de un tirón.

«No hagas caso de la carta, fue una locura, hoy he comprado el perchero. Basil», leyó. No conseguía despegar los ojos del telegrama.

—Espero que no se trate de nada grave —dijo la señorita Wyatt inclinándose hacia delante.

—Oh, no, gracias, señorita Wyatt —respondió la señorita Meadows sonrojándose—. No es nada malo en absoluto. Es... —y se le escapó una risita de disculpa— es de mi prometido que dice que...

Guardó silencio.

—Entiendo —respondió la señorita Wyatt.

Y se hizo otro silencio. Entonces añadió:

—Aún le quedan quince minutos de clase, ¿verdad, señorita Meadows?

—Sí, señorita Wyatt.

Se levantó y se marchó casi corriendo hacia la puerta.

—Un momento, señorita Meadows —dijo la señorita Wyatt—. Debo decirle que no me gusta que mis profesoras reciban telegramas en horas lectivas, a menos que haya algún motivo grave, como la muerte de un pariente próximo, un accidente terrible o algo parecido —explicó la señorita Wyatt—. Las buenas noticias siempre pueden esperar, señorita Meadows.

Empujada por las alas de la esperanza, el amor y la felicidad, la señorita Meadows corrió de vuelta al auditorio, avanzó por el pasillo, subió los escalones y se acercó al piano.

—Página treinta y dos, Mary —dijo—, página treinta y dos.

A continuación tomó el crisantemo amarillo y se lo llevó a los labios para esconder una sonrisa. Después se volvió hacia las chicas y dio unos golpecitos con la batuta.

—Página treinta y dos, niñas. Página treinta y dos.

> Venimos hoy de flores engalanadas,
> con cestas de frutas y cintas,
> para celebrar...

—¡Basta! ¡Basta! —exclamó la señorita Meadows—. Qué horror. Horrible. —Y les sonrió a las pequeñas—. ¿Qué les sucede hoy a todas? Piensen en lo que están cantando, niñas. Utilicen la imaginación. «De flores engalanadas, cestas de frutas y cintas. Y para celebrar...» —jadeó la señorita Meadows—. No pongan esa cara tan triste, niñas. Esta es una canción cálida, alegre, placentera. «Para celebrar». Una vez más. Rápido. Todas juntas. ¡Ahora!

Y esta vez la voz de la señorita Meadows sonó por encima de las demás, profunda, brillante, llena de expresividad.